KB088625

도전! 웹소설 쓰기

도전! 웹소설 쓰기

최고 인기 웹소설 작가들의
실전 특강

박수정(방울마마)
유오디아
용감한 자매
이재익
청빙 최영진
이대성
지음

폭스코너

시작하며

웹소설이 대세다!

살다 보면 곤혹스러운 질문을 받을 때가 있다. 작가로서 받았던 수많은 질문들 중 가장 곤혹스러운 질문은 단연코 이것이었다.

"소설을 써서 먹고살 수 있나요?"

어린 시절부터 나 스스로에게도 수없이 물었던 질문이었다. 결국 대답을 찾지 못한 나는 전업 소설가를 포기하고 시나리오작가를 병행하다가 결국 다른 직장을 가졌다. 지금까지도 나는 낮에는 방송국 PD, 밤에는 작가로 이중생활을 해오고 있다.

작가의 분야도 참 많다. 드라마작가, 시나리오작가, 여행작가, 소설가 등등. 그중에서도 소설가 앞에는 유난히 '가난한'이라는 수식어가 익숙하게 붙는다. 나는 그게 너무 싫었다. 특히 20대에는 그게 싫어서 일부러 빨간 외제 스포츠카를 타고 다니기도 했다. 다분히 허세이긴 했지만, 내가 사랑하는 일에 씌워진 '가난'이라는 멍에를 부정이라도 하고 싶었던 마음도 적지 않았다. 그러나 출판시장은 점점 쪼그라들었고 소설가들은 더욱 가난해졌다. 사실 그 와중에 나는 글을 써서 적지 않은 돈을 벌었는데, 그 역시도 80퍼센트 이상이 소설의 영화 판권료와 시나리오 작가료였음을 고백한다.

책 판매가 그토록 줄었다는 것은 독자층이 얇아졌다는 뜻과 일맥상통한다. 이대로 소설은 소멸하나 싶었는데 생각지 못한 곳에서 희망의 싹이 돋아났다.

소위 등단이라는 거창한 절차를 통과한 문단 작가들이 독자들의 외면을 받는 동안, 평론가들의 외면을 받았던 문단 밖의 장르소설 작가들은 꾸준히 독자층을 유지해왔다. 그리고 몇 년 전부터 웹에서 소설을 연재하는 플랫폼이 생기기 시작했다. 스마트폰이 대중화되면서 웹소설 시장은 급성장했고, 마침내 네이버가 웹소설 플랫폼을 구축하면서 폭발적인 성장의 계기를 맞이했다. 요즘은 연수입 1억이 넘는 웹소설 작가들이 수두룩하다.

이제 나는 자신 있게 대답한다. 소설을 써서 먹고살 수 있느냐고 누군가 묻는다면 핸드폰을 들어 보이며 말해준다.

"웹소설 아세요?"

대세는 웹소설이다. 웹소설 시장으로 돈이 몰려서만이 아니다. 사람들의 눈이 종이보다 스마트폰 화면으로 쉽게 가기 때문이다. 현재는 장르소설에 편중되어 있지만, 결국은 문학 전반의 무게중심도 종이에서 웹으로 이동하리라 본다.

등단을 하기 위해 수많은 작가 지망생들이 글과 씨름하며 청춘을 바치던 시절이 있었다. 이제 초롱초롱한 눈망울을 가진 학생들은 웹소설 작가가 되기 위해 모니터 앞에서 밤을 지새운다. 학생들뿐이겠나. 직장인, 가정주부들 중에서도 가슴 깊이 묻어두었던 작가의 꿈을 웹에서 실현할 수 있지 않을까 고민하는 이들이 적지 않다. 당장 포털에 올라와 있는 질문만 해도 셀 수 없이 많은 것을 보면.

"어떻게 하면 웹소설 작가가 될 수 있나요?"

이 책은 이렇게 묻는 이들에게 줄 수 있는 최고의 대답이다.

이 책에 함께 글을 실은 작가들은 웹소설 작가들 중에서 가장 인기가 많은 이들이다. 이미 여러 편의 웹소설을 연재했으며, 현재도 네이버 '오늘의 웹소설'에서 연재를 진행 중인 현역작가로 집필 자격을 한정했다고 들었다.

나보다 더 조회 순위가 높은 작가도 있고, 내 작품보다 몇 배 더 많은 판매를 기록한 작가도 있지만, 감히 내가 대표 서문을 쓴다. 음, 출판사에서 그럴듯한 이유를 설명해주었는데도 불구하고 혹시 나이가 제일 많아서일까, 의문이 드는 것은 기분 탓이겠지?

이재익(SBS PD, 소설가)

| 차례 |

chapter 4
떠오르는 블루칩, 미스터리소설 __이재익

chapter 5
무한한 상상의 나래, SF&판타지소설 __청빙 최영진

chapter 6
강호의 호연지기와 장대함, 무협소설 __이대성

박수정(방울마마)

로맨스소설 작가. 한국외국어대학교 일본어과를 졸업했다. 2007년에 데뷔해서 2015년 현재까지 총 13종의 종이책과 전자책을 출간했다. 네이버 '오늘의 웹소설'에서 〈위험한 신입사원〉을 연재했으며, 또 다른 작품 〈프로젝트 S〉는 KBS 〈라디오극장〉을 통해 31부작으로 제작, 방송되었다. 특유의 따뜻하고 유쾌한 이야기들로 독자들을 만나고 있다.

chapter 1

사랑밖에 난 몰라, 정통 로맨스 소설

나는 어떻게 웹소설 작가가 되었나

나는 2007년에 데뷔해서 2015년 현재 데뷔 9년차를 맞이한 로맨스소설 작가다. 9년간 총 13종에 달하는 종이책을 냈고, 전자책으로만 출간한 작품도 있다. 그리고 지금은 네이버와 카카오페이지 등에서 연재를 진행하고 있으며, 대한민국에서 그토록 희귀하다는 글로만 벌어서 먹고사는 '전업작가'다.

내가 작가라는 것을 알면 이렇게 묻는 사람들이 있다.

"어떻게 하면 작가가 될 수 있나요?"

그럴 때 내 대답은 굉장히 심플하다.

"쓰고 싶은 글을 써서 장르에 맞는 인터넷 사이트에 연재하세요. 연재 중에 출판사에서 연락이 오면 그대로 데뷔하는 거고, 출간 제의가 오지 않으면 직접 출판사에 투고하면 됩니다."

한때 유행했던 "참 쉽죠, 잉?"이라는 말이 떠오를지 모르지만, 사실이 이렇다. 실제로 현재 업계에서 활동하고 있는 대부분의 장르소설 작가들이 이렇게 데뷔했다. 나 역시 처음부터 '작가가 되어야지!' 하고 주먹 불끈 쥐고 비장하게 시작한 케이스는 아니다. 그저 취미삼아 썼던 글을 인터넷에 몇 편 연재하다가 출판사의 눈에 띄어 운 좋게 데뷔했다.

이렇게 써놓으니까 내가 봐도 참 쉬운 것 같지만, 물론 세상에 그렇게 쉬운 일이 있을 리 없다. 순문학처럼 등단 과정을 거치지 않기 때문에 진입장벽이 낮고, 그래서 경쟁은 훨씬 더 치열하다. 특히나 2, 3년 전부터는 '웹소설'이라는 이름으로 장르소설이 뜨면서 더욱더 글을 쓰려는 사람들이 많아진 상태다. 데뷔하기는 쉽지만 살아남기는 예전보다 훨씬 어렵다.

내가 이 책의 원고 청탁을 받고 수락한 이유는 바로 그런 작가 지망생이나 신인작가들에게 내 이야기를 들려주기 위해서다. 이 길을 선택했다면 어쨌든 앞으로 끊임없이 고민과 회의에 시달릴 수밖에 없겠지만, 그래도 먼저 길을 간 선배에게서 이야기를 들으면 조금 낫지 않을까, 해서.

작가의 재능이란 무엇일까?

아무래도 경력이 있다 보니 주위에 친하게 지내는 동료들도 업계에서 이미 자리를 잡은 기성작가들이다. 이런 동료들과 이야기하다 보면 재미있는 공통점 한 가지를 발견하게 된다. 바로 중·고등학교 때부터 습작을 했다, 라는 것이다.

나 역시 마찬가지였다. 고등학교 1학년 때부터 1년에 한 편씩 노트 몇 권에 달하는 장편소설을 썼다. 2학년 때부터는 당시 유행하던 PC 통신 하이텔, 나우누리, 천리안 등에 연재를 하기도 했는데, 그래도 역시 가장 큰 독자는 같은 반 친구들이었다. 수업 시간에 선생님 눈을 피해 노트에 소설을 썼다. 야간 자율학습 시간에도, 독서실에 가서도 친구들이 공부할 때 나는 글을 썼다. 아침에 학교에 가면 내 책상 앞에 친구들이 줄을 서 있는데 어떻게 그 독자들을 실망시킬 수 있었겠는가? 고등학교 내내 그렇게 글만 썼다. 물론 고3 때까지도.

재미있는 것은 주위에 있는 작가들에게 물어보면 대부분 비슷한 경험을 가지고 있다는 것이다. 어떨 때는 내 추억을 남의 입으로 듣는 듯한 기분이 들 때도 있다.

지금 생각하면 참으로 무모한 짓이 아닐 수 없다. 대한민국에서 고등학생이 입시공부를 팽개치고 딴짓에 매달린다는 게 가당키나 한 일인가. 심지어 그때는 글을 써서 돈 한 푼 생기는 것도 아니고, 출판을 하겠다는 꿈조차 꾸지 못했다. 나중에 작가가 되겠다는 원대한 포부가 있었던 것도 아니었기 때문에 이것이 습작의 과정이라는 의식조차 없었다. 그저 독자가 읽어주는 것이 즐거워서, 그리고 무엇보다 내가 즐겁기 때문에 쓴 것이었다. 그리고 그런 사람들이 결국은

'작가'가 된다.

지금 이 글을 읽을 대부분의 작가 지망생들이나 신인작가들은 아마 매일같이 '나에게 글을 쓸 수 있는 재능이 있는가?' 하는 문제로 괴로워하고 있을 거라고 짐작한다. 아마 작가의 길을 가려고 마음먹은 사람들 중 이 고민을 하지 않은 사람은 드물 것이다. 남들이 보기에 정말 타고난 재능이 있는 작가들도 이 문제로 괴로워하는 경우를 많이 보았다. 심지어 이미 성공한 작가들조차도.

물론 나 역시 예외는 아니었다. 위에서 말했듯이 나는 애초에 작가가 되려는 생각이 없었다. 고등학교 때는 어디까지나 글쓰기가 좋아서 취미로 썼던 것이지, 내가 작가가 될 거라고는 꿈에도 생각해본 적이 없었다. 대학에서는 일본어를 전공했고 대학 시절 내내 글과는 전혀 상관없이 지냈다.

그러던 중 스물일곱 살의 어느 봄날, 날씨가 유난히 좋았다. 살랑살랑 불어오는 봄바람에 마음까지 함께 살랑거렸다. 갑자기 연애하는 이야기가 쓰고 싶어졌다. 그래서 무작정 쓰기 시작했다.

글을 쓰니 누군가에게 읽히고 싶어져서 로맨스 전문 연재 사이트를 찾아서 연재했다. 고교 시절에 PC통신에 연재했던 것과 별다를 바가 없었다. 그때와 다른 점이 있다면 이번에는 무려 출판사에서 종이책을 내자는 제의를 받았다는 것이다.

사실 그날 밤에는 설레서 잠도 제대로 자지 못했다. 내 이름 석 자가 박힌 책이 나오다니! 혹시나 다음 날 출판사의 마음이 변할까봐 얼마나 걱정했는지 모른다. 다행히 계약은 이루어졌고, 그해 가을에 두 권짜리 책을 내면서 정식으로 데뷔했다.

그런데 문제는 여기서부터 시작되었다. 책을 한번 내고 나니 이제는 취미가 아니게 되었다. 아, 나도 전업작가가 되고 싶다는 생각이 진지하게 들기 시작했다. 마침 그때가 취업활동을 해야 할 시기였는데 취업에는 관심이 없고 자꾸 글만 쓰고 싶어지는 것이었다.

하지만 한국에서 작가라는 것은 굶어죽기 딱 알맞은 직업이라고 여겨졌다. 장르소설 작가도 대부분은 크게 다를 바 없고, 심지어 당시는 지금보다 훨씬 시장이 작았다. 전업작가라는 것이 거의 불가능한 시장이었다.

물론 글로만 먹고살 수 있는 작가도 있었지만 당시에는 손가락에 꼽힐 정도, 정말 극소수의 이야기였고 나는 이제 겨우 데뷔한 신인이었다. 두 권짜리 첫 책 출간으로 얻은 수입이라고 해봤자 300만 원 남짓. 거기에 전자책 수입을 합친다고 해도 500만 원이 되지 않았다 (당시는 전자책 시장도 굉장히 제한적이어서 수입 역시 적었다).

이런 상황에서 내가 작가의 길을 계속 가도 되는 것인가. 내게 그런 재능이 있는가. 이 고민을 정말 오랫동안 했다. 재능이 없다면 허송세월하지 말고 빨리 취업해서 일해야 하는데, 내게 재능이 있는지 없는지가 아리송했다. 어떤 날은 '아, 난 역시 재능이 있어!' 하는 자신감이 들기도 하고, 또 그다음 날은 다시 '역시 난 재능이 없어' 하고 좌절하기도 했다. 희망을 가졌다가 좌절했다가, 또다시 희망을 가졌다가 다시 좌절하고. 무한 반복이었다.

답답한 나머지 이런 짓도 해봤다. 제주도 여행을 갔을 때, 산에 올라가서 제발 제대로 된 답을 달라고 속으로 기도한 후 동전을 던졌다. 앞면이 나오면 글을 계속 쓰고, 뒷면이 나오면 깨끗하게 접고 취업하겠다고 결심하고.

결과는 정확히 뒷면이었다. 그런데 그 순간 속에서 오기가 났다. 이까짓 동전이 뭔데 나한테 글을 쓰라 말라 한단 말인가? 다 필요 없으니 나는 내 길을 가겠다, 하는 오기가.

그때 깨달았던 것 같다. 아, 나는 어쨌든 글을 써야 하는 사람이구나, 하는 것을. 물론 고민이 그 순간 딱 끝난 것은 아니었다. 그 이후로도 계속 방황하고 힘들어했고 나 자신을 끊임없이 의심했다. 내게 재능이 있는가, 없는가.

하지만 중요한 것은 그러면서도 계속 글을 쓰고 있었다는 사실이다. 그렇게 고민하면서도 계속 쓰다 보니 어느새 작품이 하나둘씩 늘어났다. 5년이 지나고, 6년이 지나고, 어느새 데뷔 10년을 바라보게 되었다. 물론 경제적으로도 당시에는 상상조차 못했을 만큼 좋아졌다. 가끔은 한 달에 웬만한 회사원 연봉만큼 들어올 때도 있으니까.

그러니 부디 자신에게 재능이 있는가 하는 문제로 너무 괴로워하지 말았으면 좋겠다. 지나고 나서 생각하니 가장 큰 재능은 '글을 쓰고 싶은 마음'이었다. 이것이야말로 정말 타고난 재능이요, 후천적으로 배울 수 없는 부분이다. 이것이 있으면 그 외의 것들은 결국 따라

오게 되어 있다. 글은 많이 읽고 많이 쓰면 늘게 되어 있으니까. 그걸 조금 더 일찍 깨달았더라면 조금은 편안하게 글을 쓸 수 있었을 텐데, 하는 생각이 든다.

물론 내가 이렇게 말해도 지망생들은 분명 또 고민할 것이다. 어쩔 수 없다. 하게 되어 있다. 하지만 고민을 하면서도 부디 글은 놓지 않기를 바란다. 고민하더라도 계속 쓰면서 하면 된다. 그러다 보면 작품이 하나씩 늘어나고 어느새 작가로서 자리를 잡았을 것이다.

참고로 나는 그 고민을 여태까지도 하고 있다. 물론 계속 쓰면서.

이 글을 읽기 전 주의사항

'이렇게 하라' 혹은 '저렇게 하라' 하는 식의 서술이 계속 나올 수 있다. 하지만 아무쪼록 걸러 읽어주었으면 좋겠다. '이렇게 하라'고 쓰여 있더라도 '내 생각에는 이렇게 하면 좋을 것 같다'라고 쓴 걸로 받아들여주기를 바란다.

사실 나는 이렇게 써라, 저렇게 써라, 하고 누군가를 가르칠 정도로 대단한 작가가 아니다. 그런 작가가 과연 존재하는지도 의문이지만. 작가 위에 작가 없고, 작가 아래 작가 없다는 것이 평소 내 생각이다. 모두가 자기 스타일로 자기만의 세계를 그려내는데, 거기서 고하를 따진다는 것이 우습지 않은가.

다시 한 번 말하지만 내 말이 절대적인 지침이 될 순 없다. 그저 조금 먼저 글을 쓴 사람의 조언 정도로 받아들여줬으면 하는 바람이다.

2

웹소설과 장르소설의 차이

스마트폰의 보급에 따라 웹툰, 웹소설, 웹드라마 등의 스낵컬처가 유행하면서 웹소설에 관심을 갖는 사람도 늘어났다. 먼저 정확히 웹소설은 무엇을 말하는지에 대해서 짚어볼 필요가 있다.

사실 웹소설이라는 말 자체가 생긴 지 얼마 되지 않는다. 네이버가 2013년 1월에 장르소설 연재 서비스를 시작할 때, 그 서비스를 '웹소설'이라고 명명하면서 생겨난 것이니까. 즉 쉽게 말해 웹소설은 장르소설의 일부분이자 한 형태다. 굳이 기존의 장르소설과 웹소설의 차이점을 이야기하자면, 장르소설이 종이책, 전자책을 목표로 하는 글이라면, 웹소설은 처음부터 연재를 목표로 하는 글이라고 생각하면 될 것이다.

기존의 장르소설 역시 대부분 인터넷에 연재를 했고, 또 하고 있다. 하지만 그것은 어디까지나 출간 전 홍보 차원에서 무료 연재를 하는 것이고, 현재의 웹소설 시장은 유료 연재로서 연재 자체에서 수익을 얻는 것이 목적이다. 물론 웹소설도 인기를 얻으면 종이책, 전자책으로 출간되지만 아무래도 부차적인 것이고, 일차적인 목적은 연재다. 즉 기존의 장르소설이 출간〉연재라면, 웹소설은 연재〉출간이다.

이러한 차이가 있기 때문에 아예 처음에 쓸 때부터 다르게 써야 한다.

웹소설 쓰는 법

웹소설의 대전제는 가독성이다. 무조건 읽기 쉬워야 한다. 그러자면 우선 문장의 길이가 짧아야 하고, 문단의 길이도 확 줄여야 한다. 이유는 독자들이 웹소설을 읽을 때는 대부분 PC 화면이 아닌 모바일, 즉 자신의 휴대폰으로 보기 때문이다.

한글 프로그램에서 세 줄 나오는 문장이 폰으로 보면 여섯 줄 이상 나온다. 어떤 플랫폼에서는 한 줄에 채 스무 자가 안 들어가는 경우도 있는데, 이럴 경우에는 여덟 줄, 아홉 줄도 된다. 이러면 문장 한두 개로 벌써 페이지의 반이 꽉 차버린다. 그러니 원래 소설을 쓰던 버릇 그대로 웹소설을 쓰게 되면 독자는 보기가 힘들어진다.

이 느낌을 확실히 이해하기 위해서는 자신의 작품을 모바일로 보는 것이 중요하다. 반드시 글을 올리고 난 후 PC가 아니라 폰으로 읽어보기를 바란다. 무슨 말인지 확 느껴질 것이다.

또 한 가지, 웹소설 독자들은 전자책 독자들과 비슷하면서도 또 다르다. 주로 모바일로 본다는 점은 같지만, 전자책 독자들은 책을 읽겠다고 생각하고 돈 들여 그 책을 산 사람들이다. 웬만하면 돈이 아까워서라도 어느 정도 집중해서 본다.

하지만 웹소설 독자들은 대부분 호기심에 한번 눌러본 사람들, 혹은 그냥 시간 때우려는 사람들이기 때문에 굉장히 집중력이 떨어진다. 조금이라도 알아보기 힘들고 무슨 소린지 모르겠으면 바로 가차 없이 뒤로가기를 누른다.

그러니 최대한 읽기 쉽게, 또 이해하기 쉽게 써야 하는 것이 웹소설이다. '글로 설명한다'라기보다는 '장면을 보여준다'라는 느낌으로 쓰는 것이 유리하다. 서술보다는 대화를 많이 넣고, 묘사도 최대한 줄이는 것이 좋다.

한 가지 더 중요한 것은 시작부터 사건을 쳐주어야 한다는 것이다. 이야기의 배경 설정이나 인물의 구구절절한 사연 따위를 처음부터 풀어놓으면 안 된다. 그걸 다 들어주고 있을 정도로 웹소설 독자들은 참을성이 강하지 않다. 설명은 이야기가 진행되어가면서 뒤에 해줘도 괜찮다. 우선은 흥미로운 사건으로 눈길부터 잡아놓은 후, 뒤에서 차차 풀어주어도 좋다는 말이다.

또한 웹소설은 처음 쓸 때부터 연재 형식으로 써야 한다. 미리 한 권의 책을 써놓고 그것을 분량대로 무 자르듯 딱딱 자른다고 해서 연재 글이 되는 것이 아니다.

연재 글을 쓰는 것에는 생각보다 많은 기술과 노력이 필요하다. 오히려 처음부터 끝까지 책 한 권을 써내는 것보다 한 편씩 연재 글을 만들어내는 것이 훨씬 골치 아픈 일이다. 사실 이 부분은 책을 이미 몇 권씩 내고 연재를 많이 해왔던 기성작가들에게도 어렵다. 지금까지 해왔던 작업과 다르기 때문이다.

나 역시 그랬다. 이미 무료 연재를 수없이 해보았지만 그건 어디까지나 '무료'였기 때문에 분량의 제한도 없었고, 다음 편을 꼭 보게 해야 한다는 부담도 없었다.

하지만 유료 연재의 경우는 전혀 달랐다. 우선 유료 연재의 경우 대부분 정해놓은 회당 분량이 있는데, 물론 작가가 기계와 같을 수 없기 때문에 약간 넘치거나 덜한 정도는 허용되지만 그래도 선을 훌쩍 넘을 수는 없다. 예를 들어 내가 네이버에 연재했던 〈위험한 신입사원〉의 경우 늘 원고지 40~45장 안에서 한 회 차가 이루어졌다. 90화 가까이 쓰면서 이 범위를 벗어난 적이 거의 없다.

문제는 이게 생각보다 쉽지 않다는 것이다. 연재 글이라면 반드시 다음 회가 기대되도록 아슬아슬한 곳에서 끊어야 하는데, 그 절단 포인트가 40~45장마다 한 번씩 칼같이 올 리가 없다. 이 포인트는 20장 뒤에 오기도 하고 60장 뒤에 오기도 하고, 심지어 100장 뒤에 오기도 하는데, 한 회 차의 분량은 늘 40~45장으로 비슷하게 맞춰야 하는 것이다.

그렇다고 애매한 곳에서 대충 끊어버릴 수도 없다. 주인공이 밥 먹고 수다를 떤다든가, 혹은 세수하고 이를 닦는 장면에서 끝나는 드라마를 본 적이 있는가?

연재 글 역시 마찬가지다. 끝은 늘 아슬아슬하게, 다음 편이 궁금해지도록 끊어야 하는데 그러면서도 회당 분량은 그때그때 비슷하게 맞춰주어야 한다. 만약에 연재 글을 쓰다가 절단 포인트가 20장만에 와버렸다고 치자. 그러면 중간에 20장 정도를 더 늘려야 한 회 분량을 채울 수 있는데, 이 비는 분량을 별 쓸데없는 대화로 채우려고 해서는 안 된다.

"밥 먹었어?"

"응."

"뭐 먹었어?"

"삼겹살."

이런 식으로 분량을 채우게 되면 글은 필연적으로 지루해질 수밖에 없다. 분량만 늘리고 늘려서 40장을 채웠을 뿐이지 실제로 내용은 20장짜리니까. 게다가 읽고 나면 독자에게도 '볼 게 없었다'는 느낌을 주기 마련이다.

그렇다면 어떻게 늘려야 하는가.

'늘린다'는 생각을 한 순간 글은 반드시 지루해진다. 분량을 늘린다는 생각을 버리고 에피소드의 순서를 바꿔서 분량을 채워야 한다. 뒤에 올 에피소드의 일부를 앞으로 가져와서 넣어준다든지, 아니면 앞에 들어갈 에피소드에서 분량이 너무 많은 부분이 있었을 테니 그걸 조금 빼서 뒤로 가져가도 괜찮다. (이렇게 유기적으로 분량을 조절하려면 필수적으로 최소 몇 화 정도는 여유분을 가지고 연재를 진행해야 한다. 부디 유료 연재를 실시간 연재로 진행하는 모험은 하지 않기를 권한다!)

이런 방법이 여의치 않다면 에피소드를 좀 더 세밀하게 쓰는 방법도 있다. 몇 줄의 서술로 넘어갈 부분을, 조금 더 자세하게 장면으로 뽑아서 서술해주는 것이다. 여기서 주의할 점은 자칫 지루해질 수 있다는 것이다. 그러니 반드시 장면으로 풀어서 써주어도 지루하지 않고, 오히려 재미있어질 부분을 골라내는 안목이 필요하다.

드라마로 예를 들어보자. 주인공이 밥 먹는 장면을 길고 세세하게 찍어봤자 시청자 채널 돌아가는 일밖에 되지 않는다. 하지만 여주인공이 남편의 불륜 현장을 잡고 분노하는 장면은 어떨까? 표정 하나, 몸짓 하나까지 세세하게, 대사도 길게 해서 찍어도 시청자는 지루해하지 않을 것이다. 오히려 더 몰입하면서 재미를 느낄 것이다.

위에서 언급했듯이 웹소설은 가독성이 굉장히 중요하다. 그래서 서술이 아니라 보여주듯 장면으로 풀어주는 게 바람직하다고 이미 이야기했다. 즉 어떤 부분을 독자들이 세세하게 보고 싶어하는가, 그것만 제대로 캐치해낼 수 있다면 이 방법은 분량과 재미, 그리고 가독성까지 보장되는 좋은 방법이다.

반대로 분량이 넘칠 경우에는 필히 중간에서 자를 수밖에 없는데 여기에는 흔히 작가들끼리 말하는 '절단 신공'이 필요하다. 무조건 그 뒤가 궁금하게 끊어주어야 한다. 물론 어렵겠지만 계속해서 하다 보면 점점 감을 잡게 된다.

어떤 마음가짐으로 써야 하는가

지금까지는 전반적인 웹소설을 쓸 때의 주의점에 대해서 이야기 했다. 그러면 이제 내 전문 분야인 로맨스소설에 대해 알아보자.

먼저 로맨스 작가 지망생들, 혹은 신인작가들에게 당부하고 싶은 게 몇 가지 있다.

첫째는 자부심을 가지라는 것이다.

사실 장르소설이라는 것이 문학계에서는 변방 중의 변방에 속한다. 장르소설을 쓰기로 마음먹은 이상 작가 중에서는 최하위층이 되는 것을 자처한 것이나 다름없다는 뜻이다. 어디 가서 장르소설을 쓴다고 하면 다짜고짜 가르치려 들려는 사람도, 얕보는 사람도 많다.

그런데 장르소설 중에서도 로맨스는 한층 더 지위가 낮다. 판타지, 무협을 즐기는 독자들조차도 아무렇지 않게 로맨스를 '한심한 여자들이 읽는 책' 정도로 치부하는 경우가 드물지 않다. 전자책이나 장르소설에 대한 세미나가 열려도 판타지, 무협에 대해서만 다루고 로맨스에 대해서는 언급하지 않는 경우가 많다. 사실 로맨스의 점유율이 제일 큰데도.

현재 장르소설 시장은 2, 3년 전과는 비교도 안 되게 커졌다. 첫째는 스마트폰의 보급에 의한 전자책 시장의 확대 때문이고, 둘째는 웹소설과 유료 연재 등 연재 시스템의 정착 때문이다. 그런데 이 장르소설 시장에서도 가장 비중이 높은 것이 바로 로맨스다.

나는 이것을 로맨스의 힘이라고 본다. 세상이 점점 살기 힘들어질수록 로맨스의 힘은 빛을 발한다. 사람들에게 온갖 시름을 잠시잠깐 내려놓고 꿈을 꾸게 해줄 수 있는 것이 로맨스이기 때문이다.

그러므로 부디 자부심을 가졌으면 한다. 남들이야 뭐라 말하든 작가 자신은 자부심을 가져야 한다. 나는 사람들을 즐겁고 행복하게 하는 일을 하고 있다는 자부심. 그 마음을 잊지 않아야 세상이 로맨스 작가에 대해 폄훼를 하든 조롱을 하든 꿋꿋이 이겨낼 수 있다.

또 하나 당부할 것은, 조급해하지 말라는 것이다.

요즘 가끔씩 신인작가나 지망생들이 한탄하는 소리를 듣게 되는데, 조급함이 눈에 보여서 안타까운 마음이 든다. 겨우 3, 4년 전만 해도 작가들이 이렇게 조급하지 않았다. 그때는 어차피 이 일이 돈이 된다고 생각하고 글을 쓰기 시작하는 사람이 거의 없었기 때문이다. 그저 취미로 시작한 작가들이 대부분이었다. 하지만 지금은 웹소설이 돈이 된다는 기사도 많이 나고 하다 보니 모두들 조급해하는 경향이 있는 것 같다. 빨리 인기작가가 되어 정식 연재를 하고 싶어하고, 심지어 전업작가가 되기를 원한다.

하지만 아무리 시장이 커졌다 해도 하루아침에 글밥 먹고살기는 힘들다. 나만 해도 전업작가로 먹고살기에 충분한 수입을 벌어들이기 시작한 것은 겨우 2년 전부터의 일이다. 그 전 7년 동안은 입에 풀칠하는 것도 불가능했다.

돈에 대해 조급해하면 자칫 작품의 질이 떨어진다. 더 많은 독자에게 보이고 싶은 것과 더 많은 돈을 벌고 싶은 것은 미묘하게 다르다. 전자는 더 재미있는 글을 쓰려고 노력하게 되지만, 후자는 빨리 대충 많이 써서 팔아넘기고 싶어하게 된다.

노파심에 하는 말이지만 다작이나 과작에 대한 이야기가 아니다. 작가에 따라 다작을 할 수도, 과작을 할 수도 있다. 내 경우에는 다작을 하려고 들면 바로 작품의 질이 떨어지기 때문에 어쩔 수 없이 작품을 많이 내지 못하지만, 다작을 하면서도 늘 독자들에게 사랑받는 좋은 글을 쓰는 작가들도 많이 있다. 이건 작가마다 다르므로 자기 스타일에 맞게 하면 되지, 정답은 없다.

단지 다작을 하든 과작을 하든 반드시 자신의 마음에 드는 글을 쓰라는 것이다. 자기가 봐도 재미가 없고 미흡한데, 돈 때문에 그걸 그대로 세상에 내놓지는 말아야 한다. 특히 요즘은 연재가 돈이 되다 보니 하루에 몇 천 자, 심지어 만 자 단위까지 정해놓고 꾸역꾸역 일하듯 억지로 써내는 경우도 있는데, 당장에 얼마간의 돈이 될지는 몰라도 장기적으로 봤을 때는 전혀 도움이 되지 않는다. 최소한 자기가 읽었을 때는 재미있는 글을 내놓도록 하자.

글 자체에 대해서도 너무 조급해하지 말자. 좋은 글을 쓰고 싶은 욕심은 바람직하지만, 자칫 조급해한 나머지 쉽게 절망할 수 있다. 타고난 천재가 아닌 다음에야 어떻게 하루아침에 좋은 글이 나올 수 있겠는가? 다 쓰면서 늘게 되고, 그러다 보면 좋은 작품도 나오는 것이다.

무슨 일이든 그렇겠지만 이 일도 하루아침에 되지 않는다. 운이 좋아 하루아침에 되었다 해도 부작용이 따르기 쉽다. 부디 인내심을 가지고, 조급해하지 말고, 천천히 하나씩 쌓아간다는 마음으로 썼으면 좋겠다.

마지막으로, 읽는 사람들을 즐겁게 해주려는 마음을 갖기 바란다.

장르소설은 사람에게 위안을 주기 위해 존재하는 문학이다. 삶에 지치고 힘든 사람들이 잠시 와서 마음을 쉬고 갈 수 있는 오아시스라고 생각하면 된다. 자신의 치열한 삶에 대한 고뇌를 풀어내며 작가정신을 발휘하고 싶다면 로맨스는 적합한 무대가 아니다.

장르소설은 독자가 있기에 존재한다. 독자가 로맨스를 왜 읽는가에 대해서 먼저 이해할 필요가 있다. 만약 자신에게 독자를 즐겁게 해주고자 하는 진실한 마음이 없다면 일찌감치 로맨스는 접는 편이 좋을지도 모른다.

3

정통 로맨스소설 작법

로맨스의 공식

보통 로맨스를 그냥 '사랑 이야기'라고 생각하는 경우가 있는데, 그렇지 않다. 단어 자체의 정의로는 그럴지 모르지만, 사실 여기서 말하는 한국 장르소설로서의 로맨스는 정확히 정해진 틀이 있고, 그것을 벗어나면 독자들로부터 비난받고 외면당한다. 아예 이건 로맨스가 아니다, 라는 말을 들을 수도 있다.

특히 로맨스 시장이 커지면서 남자 작가가 로맨스를 쓰려고 하는 경우가 있는데, 여자들과 남자들이 생각하는 로맨스의 포인트는 전혀 다르다. 문제는 로맨스 시장의 독자들은 절대 다수가 여자라는 것이다. 그래서 남자 작가 본인은 로맨스라고 생각하고 쓰는데 결과물을 보면 남성향일 경우가 많다. 예를 들어 남주인공이 무능력하다든가, 여주인공이 여럿(!)이라든가.

꼭 남자가 아니라 로맨스 장르에 대해 전혀 모르는 여자가 써도 마찬가지다. 자칫 로맨스에서 용납되지 않는 부분을 건드릴 수가 있다.

멀리 갈 것도 없이 내 경우, 데뷔작에서 여지없이 실수를 범했다. 바로 남자 조연의 역할이 너무 컸던 것이다. 여주(여자 주인공)가 남주(남자 주인공)보다 남조(남자 조연)와 먼저 키스를 하고, 심지어 황홀해한다.

그때 편집자가 내게 했던 말이 지금도 생각난다.

"작가님, 남조와의 키스는 절대 달콤해서는 안 됩니다!"

당시로서는 전혀 이해가 가지 않는 이야기였다. 아니, 남주, 남조 다 멋진 남자들인데? 아직 남주와 사귀는 사이도 아닌데 왜 남조와 달콤한 키스를 하면 안 되는 거지?

이해가 안 갔지만 당시 나는 로맨스의 로 자도 모르는 신인이었기 때문에 순순히 편집자의 조언에 따라 수정했다. 그리고 지금 돌이켜 보면, 편집자의 조언이 백 번 천 번 옳은 말이었다!

만약에 그대로 책이 나왔더라면 독자들은 이런 반응을 보였을 것이다.

"여주의 마음이 갈대 같아요. 이 남자 저 남자에게 흔들려요. 애랑 키스해도 좋아하고, 재랑 키스해도 좋아하고. 헤픈 스타일이에요."

이래서 무작정 사랑 이야기만 쓴다고 다 로맨스가 아니라는 것이다. 장르소설로서의 로맨스에는 정확히 지켜야 할 공식이 존재한다.

그리고 이것을 알려면 다른 작품들을 많이 봐야 한다. '읽으라'는 말이 아니다. 많은 로맨스 작가들이 그렇듯, 나도 다른 작가의 작품을 잘 못 보는 경향이 있다. 그래서 거의 다른 로맨스들을 읽지 못한다. 그저 인기 있는 작품의 연재분을 한두 개씩 훑어본다든가, 새 책들이 나오면 책 소개를 보는 정도로 충분하다. 최소한 다른 작가들이 어떤 글을 쓰는지는 알아야 하니까.

다시 말하지만 그냥 무작정 자신이 생각하는 사랑 이야기를 쓴다고 로맨스가 아니다. 다른 작품들을 보면서 어느 정도 장르의 특성을 파악한 후에 쓰기를 권한다.

한 가지 더, 판타지나 무협 등의 다른 장르의 이야기에다 러브라인만 더 강조해놓고 이건 로맨스라고 주장하는 경우가 있다. 하지만 그렇지 않다. 이야기를 써놓고 거기에 러브라인을 넣는 것이 로맨스가 아니다. 전후관계가 반대다. 로맨스에서는 반드시 모든 사건이 사랑을 위해 벌어져야 한다. 전쟁이 터져도, 세계가 멸망해도 좋지만 그 모든 일은 남주와 여주 사이의 감정 변화에 기여하기 위해 일어나야 한다.

거꾸로 말하자면 남주와 여주 사이의 감정이 아닌 그 외의 것들은 많이 자제해서 써야 한다는 것이다. 스토리성이 너무 강하면 로맨스가 죽어버린다. 물론 스토리가 재미있으면 그 자체로 독자들에게 받아들여지기도 하지만, 로맨스가 약해서 아쉽다는 반응이 나온다.

클리셰, 잘 알고 제대로 써라

〈타이타닉〉의 결말을 모르는 사람은 없다. 알면서도 그 많은 사람들이 다 보았다. 사람들은 이야기의 결말보다 과정을 중요하게 생각하기 때문이다. 그렇다면 〈장희빈〉은 어떤가? 과정은 물론 결말까지 모두 나와 있다. 하지만 몇 번이나 드라마로 리메이크되었고, 대부분 성공했다. 과정을 뻔히 알면서도 그걸 또 보고 싶어한다는 얘기다. 예를 들어 장희빈이 패악을 부리다 사약을 받고 죽는 장면은 전 국민이 이미 몇 번씩 본 장면이다. 그런데 배우와 대사만 바뀌었을 뿐인데도 또 보고 싶어한다.

여기서 우리가 배워야 할 것은, 사람들이 '이미 뻔히 알면서도 다시 보고 싶어하는' 부분이 있다는 것이다.

로맨스가 뻔하다는 이야기는 사실 독자들에게서도 많이 나오는 이야기다. 그런데 재미있는 것은, 뻔하게 흘러가지 않으면 은근히 실망한다. 뻔한 줄 알면서도 꼭 보고 싶은 포인트가 있는 것이다. 〈장희빈〉에서 사약 신이 나오지 않는다고 상상해보라. 서운하지 않은가?

사람들이 원하는 것은 세상에 없었던 전혀 새로운 이야기가 아니다. 사실상 그런 이야기는 만들 수도 없다. '해 아래 새로운 것이 없나니.' 이미 솔로몬이 3천 년 전에 한 얘기다. 자신의 이야기가 굉장히 새롭고 창의적이라고 생각할지 모르겠지만, 사실 그 이야기도 어디선가 누군가는 반드시 했다. 자신이 모르고 있을 뿐.

심지어 장르가 정해지면 이건 더욱더 새롭기가 어렵다. 특히나 큰 틀에서 보면 로맨스는 정말 딱 정해져 있다. 두 남녀가 만나서 우여곡절 끝에 사랑을 이루는 이야기다.

사람들은 익숙한 것을 좋아한다. 늘 먹던 음식에서 이미 알고 있는 맛이 나기를 바라지 희한한 맛이 나는 것을 원치 않는다. 된장찌개를 먹을 때는 된장찌개 맛을 기대하고 먹지, 거기서 과일 맛이 나기를 바라지 않는다는 것이다.

물론 하나부터 열까지 모두 같아서야 식상할 뿐이다. 게다가 우리는 작가다. '그럼 어차피 다 뻔하니까 나도 뻔하게 쓰면 되겠네!' 이렇게 뱃속 편하게 생각할 수는 없다. 그 뻔한 것 안에서도 어떻게든 새로운 것을 찾아내야 한다. 열 개 중에 최소한 두셋 정도는 새로운 것을 집어넣어야 한다.

사실 스토리에서 새롭기는 굉장히 어렵다. 특히 장르소설은 이미 '장르'로 굳어져 있기 때문에 더욱더 그렇다. 그렇다면 설정이나 캐릭터 등에서 새로운 것을 찾아내야 한다.

한때 수많은 드라마에 등장했던 한 가지 클리셰를 예로 들어보자.

> 마음씨 착하고 촌스러운 평범한 주부가 어느 날 남편의 불륜을 알게 되고 결국 이혼한다. 그 후 젊고 잘생긴 데다 부자인 청년의 구애를 받게 되고, 그의 부모님의 반대 등 갖은 우여곡절 끝에 사랑을 이루게 된다. 남편과 그 불륜녀에게도 복수하고 진정한 행복을 찾는다.

이 판에 박힌 듯이 똑같은 줄거리의 드라마들 중에서도 대히트를 기록한 드라마가 있는가 하면, 쪽박을 찬 드라마도 있다. 물론 배우의 역량이나 감독의 연출 등 여러 가지 요소가 있겠지만, 가장 큰 차이는 작가가 얼마나 자신만의 색깔로 재미있게 풀어냈느냐 하는 것이다.

스토리가 참신한 것 같지 않다면 설정, 캐릭터에 공을 들이도록 하자. 예를 들어 사내 연애를 그릴 경우에는 회사를 조금 특별한 업종으로 정하면 한층 신선한 느낌이 든다. 남주, 여주의 직업을 특이한 것으로 정하면 새로운 느낌을 줄 수 있다. 아니면 늘 나오는 백화점 사장, 호텔 사장이더라도 말투나 취미 혹은 취향을 특이하게 만든다든지, 어떻게든 특징적인 점을 줄 수 있다.

하다못해 '무언가는' 달라야 한다.

내 작품인 〈위험한 신입사원〉의 경우, 신입사원인 남주인공이 회장님 손자로 나온다. 이거야말로 로맨스에서 흔하디흔한 소재지만 풀어가는 방식을 조금 달리했다. 대부분의 작품에서 남주인공이 재벌 2세나 3세라는 것이 나중에 짠하고 밝혀진다면, 내 작품은 첫 화부터 '회장님 손자가 신입사원으로 온다!' 하고 밝히고 갔다.

여주인공 역시 그냥 평범한 회사원이 아니라 전직 수영선수라는 설정을 주었다. 독자들이 호기심을 가질 수 있는 부분이다.

클리셰라는 것이 존재하는 이유는 거꾸로 말하면 대중이 그것을 좋아한다는 뜻이다. 그러나 똑같은 것을 써도 누군가는 잘되고, 누군가는 망한다. 그 차이가 어디에 있는지 명확하게 알아야 한다.

클리셰를 잘 알고 제대로 쓰는 작가야말로 진짜 프로다.

메시지를 담아라

로맨스는 기본적으로 사랑 이야기다. 하지만 단순히 처음부터 끝까지 사랑 타령이어서는 독자에게 공감을 얻고 또 감동을 주기 어렵다. 설렘 그 이상의 무언가가 있어야 한다는 뜻이다.

기본적으로는 두 남녀가 사랑을 이루어가는 과정 속에서 캐릭터의 발전이 있어야 한다. 즉 어떤 문제를 가지고 있는 캐릭터가 사랑을 통해서 그 부분을 치유받거나 개선해나간다는 뜻이다. 그래서 로맨스의 캐릭터는 이야기 처음과 끝이 똑같아서는 안 된다. 처음보다는 끝의 캐릭터가 좀 더 인간적으로 성숙해 있어야 한다.

메시지를 얹는 것도 좋다. 글에 메시지를 담는 것은 순문학에서만 가능한 일이 아니다. 로맨스소설, 심지어 로맨틱 코미디에서도 얼마든지 가능하다.

내 작품인 〈신사의 은밀한 취향〉의 주제는 외모지상주의에 대한 비판이었다. 〈나의 검은 공주님〉에서는 혼혈인에 대한 편견을 이야기하고 싶었고, 〈봉 사감과 러브레터〉에서는 진정한 교사의 역할에 대해, 그리고 〈프로젝트S〉에서는 대기업의 횡포에 맞서는 중소기업의 분투를, 〈위험한 신입사원〉에서는 가족의 화해를 주제로 삼았다.

트렌드에 맞는 캐릭터를 잡아라

사람들 가운데는 로맨스에 대해 비판적인 시선을 보내는 이들도 있다. 보통 로맨스 하면 재벌 2세 등 재력을 갖춘 남자 주인공이 등장하는데 이것을 '신데렐라콤플렉스' 운운하면서 못마땅해하는 것이다. "드라마가 여자들을 다 망쳐놓는다"라는 말과도 일맥상통한다.

로맨스 작가로서 얘기하자면 전혀 부끄러워할 필요가 없다. 우리는 독자에게 꿈과 환상을 선물하는 직업을 가지고 있을 뿐이다. 능력 있는 남성을 선호하는 것은 대부분 여성의 공통적인 특징인데 왜 그 부분을 애써 부정해야 하는가? 골 빈 여자라고 손가락질당할까봐?

그렇다면 일반적으로 남성들이 선호하는 장르인 무협/판타지를 보자. 실상 더하면 더했지 덜하지 않다. 애초에 잘나고 잘생기고 능력 있는 주인공이 나오지 않는다. 하나같이 어딘가 부족하고 모자라고 백수이거나 가난하거나 인생에 실패했거나 기껏해야 소시민이거나, 그런 사람들이 나와서 무림의 초절정 고수가 되고 영웅이 되어 이세계 혹은 현세계를 구원하며 숱한 미인들을 손에 넣는다. 그나마 로맨스는 남자가 한 명이다!

무협/판타지에 나오는 여주인공들 역시 모두들 아름답고 신이 내린 몸매에 현명하기까지 하다. 하지만 아무도 거기에 "왜 못생기고 뚱뚱한 여자 주인공은 쓰지 않나요? 이렇게 잘난 여자들이 평범한 남자한테 반하다니 말이나 돼? 하여튼 남자들이 이런 글만 보니까 뇌가 비지" 하고 비난하지 않는다. 단지 여성이라는 이유로 로맨스에게만 가해지는 폭력이다.

우리가 그리는 여주들은 다들 자신의 삶에 열정을 가지고 열심히 살아가는 사람들이다. 남주의 재력에 편승해서 인생 편하게 살려는 여주가 나오는 로맨스는, 최소한 나는 본 기억이 없다. 비록 조건은 남주보다 좀 못할지언정 나름대로의 신념을 가지고 자기 인생 열심히 살아가는, 그러므로 사랑하고 사랑받아 마땅한 여자들이다. 심지어 요즘은 남주 못지않게 스펙이 좋은 여주도 많다.

다시 말하지만 이런 남주들을 쓰는 것을 전혀 부끄러워할 필요가 없다. 소신을 가지고 쓰면 된다. 글 쓰는 작가 본인도 멋진 남성이 좋지 않은가? 독자들도 마찬가지다.

물론 재벌 2세 남주의 식상함에 대해서는 동의한다. 하지만 그것은 캐릭터의 진부함에서 오는 것이지, 직업 설정 자체의 문제는 아니라고 본다. 재벌 2세가 아니더라도 결국 로맨스 남주는 의사, 사업가, 법조인, 연예인 같은 전문직, 혹은 그게 아니더라도 어쨌든 돈 잘 벌고 '뽀대 나는' 직업을 벗어나기 힘들기 때문이다. 즉 그저 재벌이 아닐 뿐 또 다른 형태의 왕자님인 것은 마찬가지다.

한 가지 팁을 주자면 연예인이 남주인 경우에는 호불호가 많이 갈리는 편이다. 아예 남주가 연예인이면 읽지 않는 독자들도 있다. 특히 배우보다는 가수일 경우가 더하다. 그러므로 연예인을 주인공으로 설정할 때는 신중하게 생각하는 것이 좋다. 반면 의사가 등장하는 메디컬 로맨스는 꾸준히 인기 있는 소재다.

한편 주인공이 너무 완벽해서는 독자의 공감을 얻기가 어렵다. 너무 완벽한 사람에게는 정이 가지 않듯이, 캐릭터도 마찬가지다. 여주는 물론이고 로맨스의 꽃이라는 남주에게도 어쨌든 무언가 결핍은 주는 것이 좋다. 물론 로맨스 남주의 존엄성(!)을 해치지 않는 범위에서.

내 경우에는 남주에게 여러 가지 다양한 핸디캡을 주었다. 성격이 너무 고지식해서 연애하기 힘든 남주도 있었고, 어릴 때 부모님을 잃고 친척들에게 학대당한 트라우마로 은둔형 외톨이가 된 남주도 있었으며, 계모와의 관계 때문에 평생 까칠한 성격을 숨기고 웃는 얼굴의 가면을 쓰고 사는 남주도 있었다.

물론 이 모든 결핍들은 여주와의 사랑을 통해서 극복되어간다. 위에서 언급했듯이 사랑을 통한 캐릭터의 발전이야말로 로맨스소설이 가져야 할 미덕이다.

여자 주인공의 캐릭터 역시 예전에 비해 훨씬 중요해졌다. 예전에는 남주만 멋지면 여주 캐릭터는 별로 상관하지 않는 독자들이 많았다면, 요즘 시장의 독자들은 여주에게도 많은 것을 요구한다. 포커스가 남주에게서 점점 여주로 옮겨가는 추세다.

예전 로맨스소설에는 평범하거나 혹은 그 이하의 스펙을 가진 여주가 많았는데 요즘은 다르다. 요즘 독자들은 똑똑하고 아름답고 현명하며, 심지어 집안에다 직업까지 좋은 완벽한 스펙의 여주, 강하고 당찬 여주를 원한다. 이런 경향이 너무 뚜렷한 탓에 오히려 다양한 캐릭터를 쓰고 싶어하는 작가들에게서 "그놈의 당찬 여주 타령!" 하는 푸념이 나오기도 한다.

사실 너무 잘난 여주가 내 취향과는 어울리지 않기는 한데, 어쨌든 대세가 그렇기 때문에 나 역시 예전 로맨스처럼 너무 소심하거나 너무 비참한 상황에 놓인 여주는 피하는 편이다. 특히 일명 청순가련형 여주는 청승맞다고, 말괄량이형 여주는 민폐라는 식으로 독자들에게서 안 좋은 반응이 나올 수 있으므로 주의할 것.

로맨스의 묘미, 러브신이 중요하다

로맨스에서 꼭 짚고 넘어가지 않을 수 없는 부분이 바로 러브신이다(업계에서는 소위 '씬'이라고 부른다).

사실 웹소설 플랫폼에 따라서는 19금 작품을 아예 올릴 수 없는 경우가 있다. 대표적으로 네이버나 카카오페이지의 경우가 그러한데, 전 연령가에 맞게 훨씬 순화된 표현을 써서라도 로맨스 작가들은 기를 쓰고 러브신을 넣는다. 나 역시 네이버에서 연재하면서도 규제 수위를 어기지 않을 정도의 묘사는 했다. 무엇보다 독자들이 그러기를 열렬히 원하기 때문이다.

그만큼 로맨스소설에서 러브신은 빼놓을 수 없는 요소다. 러브신 없는 로맨스는 앙금 없는 찐빵이라고 단언하는 독자들도 많다.

물론 작품에 반드시 러브신이 들어가야 한다는 것은 아니다. 내 경우에도 처음부터 끝까지 전혀 러브신을 넣지 않고도 호평을 받은 작품들도 분명 있다. 하지만 한편으로는 "작가님, 너무하세요, 한 번은 넣어주시지" 하는 식으로 원망을 들은 것도 사실이다. 반드시 쓸 필요는 없지만, 독자들이 로맨스를 볼 때는 러브신에 대한 기대도 크다는 것을 염두에 둘 필요가 있다.

최근 몇 년 사이에는 줄거리보다는 러브신 묘사에 충실한 성인용 로맨스들이 많이 나오고 있고, 그런 작품들만 나오는 레이블도 여럿 있다(주로 전자책 전용 레이블).

일부에서는 이런 노골적인 성인용 로맨스에 대해서 우려를 표하는 시각도 있지만 내 의견을 말하자면, 옳다 그르다 말하기는 어려운 부분이 아닐까 생각한다. 물론 로맨스 본연의 미덕과는 조금 방향이 다를 수 있겠지만 엄연히 그런 작품을 원하는 독자층도 있으니까. 단, 아예 처음부터 목적이 확실한 성인용 작품을 쓸 생각이 아니라, 단순히 일반적인 로맨스에서 러브신을 넣을 생각이라면 이 부분은 부디 염두에 두었으면 한다.

바로 '러브신을 위한 러브신'은 쓰지 말 것.

묘사가 노골적이라든가 수위가 높아도 상관없다. 단, 그저 야한 장면을 보여주겠다는 생각에서 무작정 러브신을 쓸 게 아니라 그 장면이 꼭 필요할 때 넣는 것이 옳다는 이야기이다.

나는 19금 작품을 그다지 많이 쓰는 편은 아닌데, 지금껏 발표했던 작품 중에는 〈미로〉라는 작품이 가장 수위가 높았다. 러브신이 자주 등장하며 그중에는 상황과 묘사가 상당히 자극적인 장면도 여러 번 나온다. 그런데 작가로서 자신할 수 있는 것은 이중에 단 한 장면도 주인공들의 감정 변화에 기여하지 않는 러브신은 없었다는 것이다. 즉 쓸데없이 그냥 야하고자 넣은 러브신이 없었다.

주인공들의 감정 발전이나 사건의 진행에 전혀 기여하지 않는 러브신이 반복될 경우, 독자들이 먼저 지친다. 어느 작품에 가서는 "작가님, 제발 뜨거운 밤이요!" 하고 열렬히 원하던 독자가, 또 어느 작품에서는 "내용도 없이 러브신만 반복되는 거 지겹네요" 하고 반응하기도 한다. 즉 시도 때도 없이 야하다고 해서 독자가 다 좋아하지는 않는다는 것이다.

한 가지 더 조언할 것이 있다면, 19금을 쓰는 걸 부끄러워하지 말라는 것이다.

보통 데뷔한 지 얼마 안 되는 신인작가들 중에 많이 나타나는 현상인데, 본인이 19금을 쓰는 걸 굉장히 민망해한다. 작가가 이런 마음을 가지고 있다 보면 묘사가 부자연스러워지고, 자칫 힘이 너무 들어가서 둥둥 뜬 러브신이 되어버린다. 이렇게 되면 독자가 그 부분을 읽으면서 어떤 감동이나 설렘을 느끼기는 이미 힘들어진다. 이럴 바에는 차라리 쓰지 않는 것이 좋다.

작가는 프로다. 로맨스에 19금은 대단히 중요한 요소이며, 그걸 쓰는 것은 작가로서 당연한 일의 한 부분이다. 전혀 부끄러워할 필요가 없다.

오래전 내 작품 〈신사의 은밀한 취향〉이 오디오 드라마로 제작된 적이 있었다. 나는 드라마 공부를 했기 때문에 대본도 직접 썼는데,

녹음 현장에 갔다가 낭패를 보았다. 눈앞에서 성우들이 뜨거운 애정 연기를 하는데 그걸 듣고 있기가 굉장히 부끄러웠던 것이다.

작가인 내가 얼굴이 새빨개져서 고개도 못 들고 있자 성우분께서 웃으면서 이렇게 말씀하셨다.

"저는 전혀 아무렇지도 않아요. 연기니까요."

그 말을 듣고 아, 프로는 다르구나 하고 생각했다. 따지고 보면 나 역시 프로였던 것이, 사실 그 신음소리와 야한 대사가 난무하는 대본을 쓴 장본인이 바로 나다. 하지만 그 대본을 남에게 보이는 것이 전혀 창피하지 않았다. 일이니까.

남편이나 친정, 심지어 시댁 어른들까지 내 책을 즐겨 읽지만 그걸 의식해서, 써야 할 19금 장면을 쓰지 않은 적은 없다. 나중에 내 자식이 커서 읽는다 해도 민망하거나 부끄럽지 않다. 내 책은 아내, 딸, 며느리, 엄마로서의 내가 아니라 작가인 내가 쓴 글이기 때문이다.

물론 처음부터 이런 마음가짐을 가지기는 쉽지 않다. 나 역시 데뷔 시절에는 편집자가 보는 것조차 부끄러웠으니까. 그저 작가로서 당연한 일의 한 부분이라고 생각하고 계속 쓰다 보면 어느새 프로의 자세가 되어 있을 것이다.

결말은 무조건 해피엔딩으로 끝내라

이 글 첫머리에 나는 썼다. '이렇게 하라'고 쓰여 있더라도 '내 생각에는 이렇게 하면 좋을 것 같다'라고 순화해서 받아들여주기를 바란다고. 하지만 이것만은 쓰여 있는 글자 그대로 받아들여주었으면 좋겠다.

새드엔딩은 절대 쓰지 말 것!

독자로 하여금 슬프고 안타까워서 눈물을 흘리게 해도 상관없고, 답답해서 가슴 치게 만들어도 괜찮다. 하지만 마지막은 무조건 해피엔딩으로 끝나야 한다. 그게 로맨스의 대전제다. 사람들은 잠시라도 행복해지기 위해서 로맨스를 읽지, 슬프고 안타까운 마음으로 책장을 덮으려고 읽는 것이 아니기 때문이다.

"나는 꼭 새드엔딩으로 쓰고 싶은데요?"

그러면 쓰면 된다. 단, 뒷감당이 매우 힘들 수가 있다. 새드엔딩으로 끝나면 대부분의 독자들은 큰 배신감을 느낀다. 감정 낭비, 시간 낭비, 돈 낭비라고 생각한다. 애초에 새드엔딩이면 웬만해서는 출판사도 출간해주지 않는다.

"새드엔딩으로 쓰는 작가도 있던데요?"

있기는 하다. 단, 이미 대단한 필력으로 탄탄한 팬층을 확보해둔 작가들의 경우다. 사실 그런 작가들조차도 거의 새드엔딩을 시도하지 않는다. 독자들에게 충분히 받아들여진 새드엔딩의 작품은 극히 드물다. 수천 편의 작품 중에 한 열 손가락 안에 들 자신이 있다면야 물론 써도 좋지만…….

재차 강조하지만 로맨스 독자들은 해피엔딩을 원한다. 소위 '열린 결말'이라는 말이 있는데, 로맨스 독자들은 이런 결말조차도 만족하지 않는다. 아주 꽉 닫힌 결말, 즉 완벽한 해피엔딩을 선호한다. 그래서 이 부분에서 작가와 독자의 입장이 어긋나는 경우가 있다.

사실 작가 입장에서는 둘의 사랑이 이루어지면 그 이상 별로 할 얘기가 없다. 심지어 글 중간쯤에서 둘이 서로 마음을 확인하게 되면 그때부터는 글에 힘이 확 빠지는 경우도 많다. 이미 둘이 이루어졌으니 더 할 얘기가 생각나지 않는 것이다.

그런데 독자들은 두 남녀의 사랑이 이루어진 것만으로는 만족하지 않는다. 이 커플이 결혼해서 아이를 낳고 사는 모습까지 꼭 확인해야 만족하는 독자들이 대부분이다(그것도 심지어 아이가 달랑 하나면 섭섭해한다). 아무리 재미있는 작품이라도 끝에 결혼해서 애 낳고 잘 사는 얘기가 빠지면 "에필이 없네요" 하고 평가에 별 한 개가 빠지기 십상이다.

작가 입장에서는 힘들 수 있다. 사실 결혼식 장면이나 애 낳고 사는 얘기는 다 비슷비슷한데 작품마다 늘 같은 걸 쓸 수도 없으니까. 같은 걸 쓰면서도 어떻게든 매번 다르게 쓰려니 쉬울 리가 있나.

격려를 하자면 힘들어도 해야 한다. 우리는 로맨스 작가니까!

4

글쓰기 외에 알아야 할 것들

연재할 때 주의사항

로맨스 작가가 되겠다고 마음먹었다면 보통은 연재부터 시작하게 된다.

물론 연재를 하지 않고 바로 출판사에 투고해서 종이책이나 전자책을 내면서 데뷔하는 방법도 있지만, 인지도를 높이는 데나 본인의 실력을 높이기 위해서나 연재부터 시작하는 것이 좋다. 무엇보다 이제 글을 쓰기 시작하려는 사람이 한 편의 완결된 원고를 가지고 있기가 어려우니까. 참고로 거의 모든 출판사가 완결원고가 아니면 투고를 받지 않는다.

연재할 수 있는 사이트는 굉장히 많은데, 대표적으로는 로망띠끄가 있다. 나를 포함해서 현재 활동하는 로맨스계 기성작가들 중 대부분이 이 사이트에서 연재하다가 데뷔했다. 그만큼 역사와 전통을 자랑하는 곳이다. 그 외에도 피우리넷, 조아라, 신영미디어, 북큐브, 교보문고, 예스24 등 여러 사이트들이 있고, 좀 더 웹소설에 가까운 느낌으로는 네이버 웹소설의 챌린지리그나 북팔 등도 있다.

이중 하나 혹은 여러 개의 사이트에 동시에 연재해도 무방하지만 미리 그 사이트에서 연재되는 글들을 잘 살펴보고 나서 자신의 스타일에 맞는 곳에서 연재하기를 권한다. 같은 로맨스라 해도 네이버 웹소설과 로망띠끄는 글의 스타일도 분위기도 다르니까.

연재를 시작하게 되면 작가로서의 마음고생은 그때부터 시작이다. 웬만큼 쿨한 성격의 소유자가 아니면 하루에도 수십 번씩 들락거리며 새로 댓글이 달렸나 체크하게 되고, 조금 안 좋은 댓글이 있으면 마음이 상하고, 혹여 악플이라도 달리면 밤잠 못 자게 되는 현상이 벌어진다.

독자의 반응에 초연해지라는 말은 하지 않겠다. 사실 경력이 오래되어도 좀 무뎌질 뿐이지 아무렇지 않은 것은 아니다. 데뷔 10년이 넘어도 악플 달리면 속상해들 한다.

속상한 것은 정상이다. 마음껏 속상해해도 좋다. 단, 댓글에 흔들리지는 말 것. 설령 안 좋은 반응이 나오더라도 그것은 독자의 권한이라고 수긍하는 게 좋다. 단, 반응이 독자의 권한이라면 글은 작가인 나의 권한이다. 독자가 뭐라고 하건 글은 내 것이라는 뜻이다. 예를 들어 현재 연재하고 있는 글에 남자가 두 명 나온다고 치자. 남자 주인공은 A인데, 독자들은 열렬히 B가 남주가 되기를 원한다. 이럴 경우 반응에 흔들려 B로 주인공을 바꿔버려서는 안 된다는 것이다.

독자들이 B를 좋아하는 이유를 분석해서 B의 비중을 줄이고 A에게 매력을 더해준다든가, 여주와의 에피소드를 더 준다든가 해서 원래 정해놨던 길을 가야지, 남주를 B로 바꿔버리면 결국 그 글은 이도 저도 되지 않는다. 심지어 그때 가면 또 'A가 좋았는데' 하는 사람들이 대거 나타나게 마련이다.

독자의 댓글을 읽고 참고하되, 어디까지나 배의 키를 잡은 것은 선장인 작가라는 것을 잊어서는 안 된다. 독자가 작가의 배에 탄 것이지, 작가가 독자의 배에 탄 것이 아니기 때문이다.

또 하나, 절대 기죽지 말 것.

연재 사이트라는 것이 필연적으로 다른 작가들과 비교할 수밖에 없게 된다. 나도 신인 시절에는 그랬다. 나는 하루에 겨우 댓글 열 개도 달릴까 말까 한데 다른 작가들은 수백 개, 심지어는 천 단위까지 댓글이 달리는 것이었다. 나는 조회수가 수백에 불과한데, 만 단위로 조회수가 나오는 작가들도 있었다. 저 사람들은 인기가 있는데 왜 내 글은 인기가 없을까, 저 사람은 벌써 책을 몇 권이나 냈는데 왜 나는 그렇게 안 될까, 늘 속상했다.

하지만 나 역시 세월이 지나면서 점점 독자들이 늘어나기 시작했다. 나중에는 사이트 전체의 연재글 중에서 제일 많은 조회수와 댓글을 기록한 적도 있다.

문제는 이것이 하루아침에 되지 않는다는 것이다. 무슨 일이든 첫술에 배부를 수 없다. 물론 첫 연재로 큰 인기를 끄는 작가도 있지만 정말로 드문 케이스다. 게다가 이런 경우는 사실 알고 보면 기존에 활동하던 작가가 필명을 바꿔서 연재하는 것일 수 있다.

그러니 절대 기죽을 필요가 없다. 지금 당장 내 독자가 한 명밖에 안 돼도 괜찮다. 열심히, 성실하게, 꾸준히 연재하다 보면 점점 독자가 늘어나게 된다.

그러려면 무엇보다 성실하게 연재하는 것이 중요하다.

반응이 별로 없으면 쓸 힘도 없어지고 연재하기도 싫어지는 마음은 이해하지만 그래서는 안 된다. 설령 단 한 명의 독자가 내 글을 읽는다고 해도 그만두지 말고 끝까지 꾸준히 연재하는 게 좋다. 독자들은 작가의 이런 성실성을 높이 산다.

내 경우, 작년부터 올해까지 연재를 두 번 진행했다. 하나는 네이버북스 프리미엄 유료 연재였던 〈프로젝트S〉이고 또 하나는 네이버 '오늘의 웹소설'에서 정식 연재된 〈위험한 신입사원〉이다.

두 작품을 합쳐 종이책으로 총 다섯 권 분량을 연재하면서 나는 한 번도 정해진 업로드 날짜를 어긴 적이 없다. 반드시 일주일에 두 번씩 꼬박꼬박 정해진 요일을 지켜 연재했다. 물론 피치 못할 사정으로 글이 늦어질 수도 있다. 나 역시 연재 중에 다행히 큰일이 없었기에 망정이지, 뭔가 일이 생겼더라면 날짜를 어겼을지도 모른다. 하지만 기본적인 마음가짐만은 날짜를 철저히 지키겠다고 다짐하고 가는 것이 좋다는 것이다. 무료 연재라 해도 어느 정도는 지키도록 하자.

상습적으로 연재를 중단하게 되면 독자에게도 신뢰를 잃게 되지만 작가 자신의 글솜씨도 늘지 않는다. 힘들어도 무조건 끝까지 써내야 글이 는다. 결말이 마음에 안 들어서 나중에 대폭 수정하는 한이 있어도 어쨌든 끝까지 써야 한다.

계약과 투고에 대해

연재 도중에 출판사로부터 출간 제의를 받는 경우가 있다. 아마 이 글을 읽는 사람들은 대부분 계약에 대해 잘 모를 것이기 때문에 먼저 이 부분부터 간략하게 설명하겠다.

글을 쓴 우리는 저작권자가 된다. 저작권자는 크게 출판권(종이책을 낼 권리), 전송권(전자책을 낼 권리), 2차 저작권(영화나 드라마로 제작하거나 해외 번역, 출간할 권리) 등을 가지고 있는데, 계약을 통해서 이 권리들을 계약기간 동안 출판사 등에 허락해주는 것이다.

출간 제의는 종이책일 수도, 전자책일 수도 있는데, 요즘은 대부분 전자책을 내자고 제의해온다. 이것은 전송권 계약에 속한다. 그런데 혹여 종이책을 내자는 제의라 해도 출판권뿐 아니라 전송권도 함께 계약하자는 말을 반드시 듣게 된다.

이유는 요즘 종이책 시장이 많이 위축되어 있기 때문에 종이책 자체로는 수익이 나지 않아서 전자책을 함께 내 그 수익으로 손실 보전을 해야 하기 때문이다. 보통 신인의 경우, 종이책을 내게 되면 출판권 외에도 거의 3년 정도의 전송권 독점을 요구받는 경우가 많다.

참고로 전자책을 발행하는 업체는 수십 개에 달하며 내 경우 열 개가 넘는 회사와 함께 일한다. 같은 책을 여러 업체들에서 저마다 팔고 있으므로 그만큼 노출도, 판매량도 많아진다. 나의 경우에는 한 업체에 전송권 독점을 주지 않기 때문에 여러 회사에서 팔 수 있는 것이다.

하지만 요즘 시장에서 신인이 종이책을 내려면 전송권 독점은 피할 수가 없다. 게다가 종이책으로 나온 작품은 어느 정도 퀄리티가 보장되기 때문에 전자책으로도 더 잘 팔린다. 물론 독점을 가져간 출판사에서도 더 신경 써서 마케팅을 해주기도 한다. 즉 어느 쪽이 더 손해고 이익인지는 생각하기 나름이다. 본인이 종이책을 내고 싶은 열망이 크다면 3년간 전송권 독점을 주더라도 계약할 만한 가치가 있다(단, 5년 독점까지는 피하는 것이 좋다. 출판권이든 전송권이든 5년 계약은 너무 길다). 종이책이든 전자책이든 제의가 왔을 때는 독점 기간을 잘 보고, 독점 기간이 길 경우에는 신중하게 생각해서 계약하는 것이 좋다. 물론 자신이 신인이라면, 출판사가 판매량이 보장되지 않은 신인의 작품을 출간하는 것은 어느 정도 모험을 하는 거라는 걸 감안해야 한다. 처음부터 기성작가들과 비슷한 조건을 바라기는 어렵다는 뜻이다.

계약할 때는 출판권, 전송권, 2차 저작권 등을 주는 것이지, 절대 저작권 자체를 넘겨서는 안 된다. 또한 전자책을 계약할 때는 전송권만 주는 것이고 출판권이나 2차 저작권 등은 주지 않아야 한다. 계약할 때는 실물 계약서부터 우편으로 받지 말고 먼저 메일로 받아보고 내용을 검토한 후에 계약 여부를 결정하는 게 좋다.

그리고 한 가지 더 주의할 점은, 전자책 계약이 먼저 이루어진 책은 종이책 계약이 거의 불가능하다고 생각하면 된다. 물론 전자책 계약은 전송권만 넘기는 것이므로 출판권은 작가에게 남아 있지만, 현실적으로 출판권만 가져가서 종이책만 내려는 출판사는 요즘 시장에 존재하지 않기 때문이다. 그러니 종이책에 욕심이 있다면 반드시 전자책 계약은 신중해야 한다. 종이책과 달리 전자책 계약은 절대 조급하게 할 필요가 없다. 업체도 많고, 내기도 쉽기 때문이다.

다시 본론으로 돌아가자. 연재 중에 출간 제의가 오면 좋겠지만, 사실은 그렇지 않을 경우가 훨씬 많다. 이럴 경우에는 직접 투고를 하면 된다.

업체는 종이책 출판사와 전자책 전문 출판사로 나뉜다. 그러나 종이책 출판사도 요즘에는 거의 100퍼센트 전자책을 함께 내고 있으므로 전자책 투고를 종이책 출판사에 해도 상관없다. 업계의 거의 모든 출판사들이 상시 투고를 받고 있으므로 기 출간작들을 살펴보고 자신의 원고와 맞을 것 같은 곳에 투고하면 된다.

투고할 때는 완결된 원고, 그리고 간단히 줄거리를 요약하고 캐릭터를 소개한 시놉시스를 함께 보내면 좋다. 단, 여러 출판사에 동시에 보내지는 말 것. 자칫 여러 곳에서 출간 제의를 받게 되면 어느 곳에는 거절을 해야 하는 상황이 발생하는데 그렇게 되면 그 출판사에 큰 실례다. 검토 기간이 어느 정도 걸릴지 문의한 후, 기다리기 좀 힘들더라도 차근차근 한 곳씩 투고하자.

사실 다시 말하지만 요즘은 종이책 내기가 쉽지 않다. 그래서 종이책으로 투고했어도 전자책 계약을 제의받을 경우가 많은데, 그럴 때는 위에 설명한 점들을 주의해서 계약 여부를 결정하면 된다.

유행에 민감해져라

로맨스에도 여러 갈래가 있는데 크게는 사극 로맨스, 판타지 로맨스, 현대 로맨스 정도로 나눌 수 있겠다. 여기서 앞의 두 가지는 겹치는 경우도 있는데, 어찌 됐든 배경이 현실이 아니다 보니 트렌디한 감각이 크게 요구되지는 않는다. 하지만 현대 로맨스는 이야기가 다르다.

현대 로맨스를 쓰기 위해서는 늘 어느 정도의 감각은 유지되어야 한다. 그때그때 유행하는 것이라든가, 말투라든가, 개그 소재 같은 것에 너무 뒤떨어지게 되면 독자들이 글을 읽고 낡은 느낌을 받게 된다.

특히 30대 이상의 어느 정도 나이가 있는 작가라면 의식적으로 노력이 필요하다. TV도 좀 챙겨 보고, 젊은 사람들과 얘기도 적극적으로 해보고, 주부들이 모인 커뮤니티가 아닌 일반적인 인터넷 커뮤니

티도 좀 둘러보고. 그래야 감이 떨어지지 않을 수 있다.

또한 시장 자체의 유행도 늘 파악하고 있는 것이 좋다.

물론 기본적으로는 자기가 쓰고 싶은 글을 잘 쓰면 된다. 하지만 플랫폼에 따라, 또 시기에 따라 그때그때 유행이 다르기 때문에 그것도 어느 정도는 고려하는 게 좋다.

예를 들어 지금 내가 이 원고를 작성하는 2015년 기준으로, 네이버 웹소설에서는 가벼운 느낌의 로맨틱 코미디가 인기고, 카카오페이지에서는 서양 로맨스 판타지가 인기이며, 웹소설이 아닌 장르소설로서의 로맨스 시장에서는 잔잔물/진한 19금이 인기다.

Q & A

Q 글을 쓸 때 어느 정도까지 줄거리를 짜두고 시작하는 게 좋을까요? 혹은 작가님의 경우는 어떤가요?

A 나는 그때그때 감에 의존해서 쓰는 타입이라 상세한 설정은커녕 대강의 줄거리조차 없이 무작정 시작하는 경우가 많다. 최소한의 캐릭터와 상황만 있을 때가 대부분이다. 예를 들어 〈신사의 은밀한 취향〉이라는 작품은, 오로지 '멀쩡한 남자가 뚱뚱한 여자를 좋아하는 글을 써봐야겠다'라는 콘셉트 하나만 가지고 첫 연재분을 썼다. 둘 사이의 과거 인연이라든가, 줄거리나 기타 설정 등등 그 외의 것들은 모두 나중에 써가면서 나왔다.

사실 나는 거의 늘 이런 식이다. 글을 쓰고 있을 때, 바로 그 뒷부분이 어떻게 흘러갈지조차 모를 때가 부지기수다(물론 어디까지나 내 스타일이 그렇다는 것이고 절대 모든 기성작가들이 그렇다는 얘긴 아니다!)

치밀하게 줄거리를 짜고 시작하는 것과 나처럼 생각나는 대로 쓰는 것은 각각 장단점이 있다고 생각한다. 내 경우는 이다음 이야기가 어떻게 진행될지 작가인 나조차 모르므로 계속 흥미를 잃지 않고 써나갈 수 있다. 또한 작가가 아니라 캐릭터의 의지대로 굴러가기 때문에 그때그때 나도 미처 생각하지 못했던 새로운 에피소드가 나올 수도 있다.

그런데 여기서 중요한 건, 나는 이미 글을 많이 써본 사람이고 여러분은 대부분 신인이나 지망생일 테니 나처럼 했다가는 글을 끝까지 완결시키지 못할 가능성이 크다는 점이다. 아직 글쓰기가 익숙하지 않은 사람이 이렇게 한다는 건 여행 초짜가 지도 없이 길을 떠나는 것과도 같을 테니까. 즉 글쓰기 경험이 적을수록 설정과 줄거리는 어느 정도 짜두고 시작하는 게 좋다. 단, 너무 세밀하게 짜려고 들었다가는 그 단계에서 이미 진이 다 빠져서 정작 글쓰기에 돌입했을 때 흥미가 떨어질 수 있으니 그 부분은 주의해야 한다. 그랬다간 자칫 소위 설정덕후로 끝나고 마니까.

Q 문장을 잘 쓰는 비법이 따로 있나요?

A 사실 장르소설 중에서도 로맨스는 판타지나 무협과 달리, 스토리텔링도 중요하지만 문장의 아름다움도 중요하다. 실제로 로맨스 작가들 중에는 문장과 표현이 아름답기로 명성이 높은 작가들도 있다.

문제는 그런 재능이 없는 나나 대다수의 여러분은 어떻게 써야 하는가, 이다.

어쩔 수 없다. 일단 장르소설 본연의 미덕인 스토리텔링에 집중할 수밖에. 그리고 문장에 대해서는 억지로 아름답게 꾸며 쓰려고 몸부림치지 말고 '내용'을 전달하는 데만 충실하면 일단 기본은 한다. '문장은 거들 뿐'이라고 생각하고.

나는 문장을 가급적 수식어 없이, 묘사는 최소한으로, 그리고 짧게 쓰려고 노력한다. 즉 있는 그대로, 읽기 쉽게 쓰려고 한다는 말이다. 예를 들어 나는 '거대한 슬픔이 해일처럼 밀려와 여주를 덮쳤다'가 아니라 '여주는 슬펐다'라고 쓴다.

사실 추상적인 묘사를 잘하기만 하면 그것만큼 좋은 게 없다. 문장이 아름다워지면 작품에 깊이가 더해지고 감동도 커지니까. 그러나 불행하게도 대부분의 사람들, 그리고 나는 그런 재능을 타고나지 못했다.

가끔 그 특별한 재능을 너무 동경한 나머지 나쁜 버릇이 든 경우를 본다. 온갖 추상적인 묘사를 집어넣고 각종 수식어를 엄청나게 끼얹은 글들 말이다. 결국 무슨 얘기를 하고 싶은 건지도 모르겠는데 문장은 길어지니 비문투성이가 되고, 장르소설에서 가장 중요한 내용 전개가 느려지니 재미가 사라진다. 그럴 바엔 그냥 내용만 꾸밈없이 전달하는 게 작가도 행복하고 독자도 행복하고 편집자도 행복

해지는 길이다.
실제로 나는 문장을 잘 쓰는 작가라는 말은 많이 듣지 못하지만 잘 읽히는 문장을 쓰는 작가라는 말은 늘 듣는다. 장르소설 작가로서는 칭찬이라고 생각한다.

Q 글이 막혔을 때는 어떻게 하나요?

A 글을 업으로 삼은 작가들도 있고 단순 부업이나 취미로 쓰는 작가들도 있다. 둘 다 글로 돈이 들어오긴 하지만 편의상 프로와 아마추어로 구분하겠다.
사실 글이 안 써지기는 프로나 아마추어나 마찬가지다. 그런데 재미있는 것은 아마추어는 안 써지면 무작정 손을 놓고 글 안 써진다고 한탄하고, 프로들은 억지로라도 쓰면서 글 안 써진다고 한탄을 한다. 글은 원래 늘 안 써지고 늘 막히는 것이다. 줄줄 잘 써질 때가 이상한 것이다.
내 경우에는 일부러 버릇을 만들었다. 글이 막혔다 싶으면 무작정 목욕을 한다. 욕조에 들어가서 한 시간이고 두 시간이고 있기도 하고, 샤워기 물을 계속 맞고 있기도 한다. 그러면서 막힌 부분에 대해서 집요하게 생각한다. 그러면 신기하게도 풀린다.
다시 말하지만 프로들도 글은 늘 막힌다. 하지만 마감 때까지는 어떻게든 다 만들어낸다. 목에 칼이 들어와도 지켜야 하는 마감이 내일모레인데 지금 당장 전혀 생각나는 게 없어서 미치고 팔짝 뛸 지경이어도, 정작 내일모레 그 시간이 되면 기적같이 원고가 완성돼 있는 것이다. 배우들이 다이어트 얘기할 때 우스갯소리로 "입금되면 다 하게 된다"고 하는 말을 들어보았을 것이다. 그런 거다.
자신이 웹소설 정식 연재를 한다고 생각해보자. 당장 내일 연재분을 올려야 되는데 글이 꽉 막혔다. 그런데 나를 기다리는 독자가 수만 혹은 수십만이다. 그러면

이거 펑크 낼 수 없게 된다. 결국 어떻게든 원고를 만들어내게 되어 있다. 글이 막혀서 못 쓰겠다는 건 세상에 없다. 어떻게든 거기에 목숨 걸고 생각하고 또 생각하면 다 풀리게 되어 있으니까. 힘내자!

Q 출판사가 너무 많아서 선택하기 힘들어요. 어떻게 선택해야 하나요?

A 종이책 출판사도 많지만 시장이 워낙 커지다 보니 전자책 출판사도 굉장히 많아졌다. 늘 업체 미팅을 하면서 온갖 정보를 다 접하는 기성작가 입장에서도 여긴 또 어디야, 싶은 데가 많은데 하물며 신인들 입장에서는 오죽할까. 제의가 들어와도 선뜻 승낙하기가 힘들고, 또 투고를 하려고 해도 어디가 좋은지 잘 모를 것이다.

그렇다고 무작정 기성작가들의 블로그 등에 찾아가서 "A출판사가 좋아요, B출판사가 좋아요?"라든가 "C출판사 어때요?" 하고 묻는 경우가 있는데, 설사 어느 정도 친분이 있더라도 대답하기가 곤란하다. 작가마다 조건도 다 다르고 작업 스타일이 맞을 수도, 안 맞을 수도 있는 데다가 자칫 말이 잘못 새어나가면 모 작가가 어느 출판사를 험담했다는 식으로 얘기가 될 수 있으니까.

그러니 작가에게 직접 묻는 것보다는 열심히 여기저기 사이트를 다니면서 해당 출판사가 낸 작품들을 살펴볼 것을 권한다. 얼마나 오래된 회사인지, 어떤 작가들의 어떤 작품들이 나왔는지. 특히 그 장르에서 활동하는 기성작가들의 작품이 그 출판사에서 많이 나왔다면 일단 믿을 만한 회사에 가깝다고 생각하면 된다. 신생 출판사일수록 좀 더 신중하게 생각하는 게 좋겠고. 물론 어디든 처음에 신생이 아닌 곳은 없으므로, 신생이라고 무조건 피할 것은 아니고 얘기를 잘 들어보고 조건을 잘 살펴본 후에 결정하는 게 좋다는 말이다.

작가 지망생에게 전하는 말

전자책과 웹소설의 힘으로 장르소설 시장이 점점 확대되고 있다고는 하지만 빈익빈 부익부 현상이 심해진 것도 사실이다. 하루에도 수십, 수백 종의 신간이 쏟아져나오는데 이중에서도 주목을 받는 것은 이미 알려진 기성작가의 작품이 대부분이다.

이름 없는 신인의 작품은 나오는 즉시 묻혀버리기 십상이고, 잘 버는 작가들이 억대 연봉이니 월수입 수천이니 하고 기사가 날 때 대부분은 최소 생계비도 벌기가 힘들다.

하지만 포기하지 말고 꾸준히 하라는 말을 꼭 해주고 싶다.

사실 나는 굉장히 오랫동안 주목받지 못하던 작가였다. 책은 꾸준히 냈고 연재도 꾸준히 했고 어느 정도 나를 찾는 독자층도 있었지만, 정작 중요한 책이 잘 팔리지 않았다. 지금이야 종이책 시장이 많이 위축되어서 전자책이나 유료 연재 시장이 더 중요하게 생각되지만, 얼마 전까지도 로맨스계에서 인기작가의 기준은 종이책 증쇄였고, 사실 지금도 무시할 수 없는 부분이다. 나는 무려 책을 10권이나 낼 때까지 증쇄를 한 번도 찍지 못했다.

나의 아홉 번째 책은 연재 시에 굉장히 폭발적인 인기를 끈 작품이었다. 그래서 그때는 아, 이번에야말로 잘되겠지, 하고 기대했다. 그런데 웬걸, 출간을 했는데 반응이 연재 때만 못했다. 결국 아홉 번째 책도 증쇄를 찍지 못했다. 그때는 무척이나 낙심해서 아, 나는 뭘 해도 안 되나 보다 하고 진심으로 비관했었던 기억이 난다.

열 번째 책에 가서야 비로소 처음으로 증쇄를 찍었다. 데뷔 7년 만의 일이었다. 그때부터는 모든 일이 잘 풀리기 시작했다. 전보다 훨씬 많은 사람들이 내 글을 읽어주게 되자 별로 빛을 보지 못했던 예전 작품들도 새롭게 다시 팔려나갔다.

여담이지만 내가 그토록 실망했던 아홉 번째 책, 〈신사의 은밀한 취향〉은 후일 전자책으로 나와서 각종 플랫폼에서 크게 히트를 했다. 나온 지 3년이 된 지금은 카카오페이지에서 또다시 연재되며 사랑받고 있다. 그러니 다 때가 있는 것이다.

한번은 내가 장르소설 강연에서 우스갯소리로 이런 말을 한 적이 있다. 나는 데뷔 7년쯤 되니까 비로소 먹고살 만해지더라. 그러니 여러분도 최소한 7년은 버티고, 7년 후에도 뭐가 안 돼 있거든 내 멱살을 잡으러 오라고 했다.

물론 그냥 글이 써지면 쓰고, 안 써지면 1년이고 2년이고 손 놓는 식으로 세월을 보내서는 7년 아니라 70년을 보내도 안 될 수 있다. 계속 노력하며 꾸준히 쓰면 반드시 점점 좋아질 거라는 뜻이다.

사실 나는 평생 게임 한 가지 외에는 도대체 뭘 길게 해본 적이 없는 사람이다. 내 얼굴에 침 뱉기 같지만 부지런하지도 못하고 끈기라고는 없다. 글쓰기 환경이나 좋은가 하면 그렇지도 않다. 나는 심지어 세 살배기 아들을 키우는 엄마다. 따로 아이를 봐주는 사람이 있는 것도 아니다. 아침에 일어나서 아이 준비시켜 어린이집 보내고, 그사이에 집안일하고 글 좀 쓰다가 오후에 하원시켜서 놀이터에서 놀아주다 들어와서 저녁 준비하고, 저녁밥 먹고 또 아기랑 놀다가 밤에 아기가 잠들면 그때 다시 컴퓨터 앞에 앉는 식이다.

정말이지 웬만한 사람은 다 나보다 글쓰기 좋은 환경에 있을 것이다. 이런 나도 멀쩡히 작품 활동을 하고 있다. 그러니 누구든지, 얼마든지 할 수 있다.

부디 이 글을 읽는 여러분도 자신을 믿고, 섣불리 절망하지 말고, 꿈을 꺾지 않기를 바란다. 그러면 최소한 7년 후에는 내 멱살을 잡으러 오는 대신 같은 업계 동료로서 웃으며 함께 술 한잔할 수 있을 테니까.

유오디아

2013년 7월, 조아라에 〈어느 날 광해군과〉를 연재하면서 웹소설계에 첫발을 내디뎠다. 이 소설은 후에 네이버에서 〈광해의 연인〉으로 연재되어 독자들의 사랑을 받았다. 그리고 네이버 웹소설에서 조선 헌종을 주인공으로 한 〈반월의 나라〉와 대한제국의 우체총사를 배경으로 하는 〈제국스캔들〉을 연재했는데, 〈제국스캔들〉은 2015년 부산국제영화제 아시아필름마켓 EIP 피칭작으로 선정되기도 했다. 단편소설로는 〈승은과자〉, 〈대군의 연인〉, 〈광풍정 연가〉 등이 있다. 지금도 꾸준히 역사 로맨스를 쓰고 있다.

chapter 2

수백 년을 거슬러 더 애절한 러브스토리, 역사 로맨스 소설

1

웹소설을 쓰게 된 계기

나는 〈광해의 연인〉, 〈반월의 나라〉, 〈제국스캔들〉 등을 쓴 3년차 웹소설 작가다. 나는 역사를 전공하진 않았지만 오래전부터 역사 로맨스를 쓰고 싶은 열망이 있었다. 그런데 솔직히 난 좌절부터 먼저 하게 된 경우임을 고백한다.

아는 지식이라고는 고등학교 때 국사 과목을 통해 얻은 게 전부, 여기에 해외 유학으로 인해 한국사와는 더 멀어진 상태였다. 종종 타향살이 중에 한국 역사 다큐멘터리를 인터넷으로 시청하기도 했지만, 이건 어디까지나 취미 정도. 그 이상도 이하도 아니었다.

처음 역사 로맨스라고 습작을 끄적거려봤지만, 이미 한국의 역사 로맨스 수준이 워낙 높은 데다 어휘 구사 또한 쉽지 않아서 괴롭기만

했다. 더욱이 오랜 외국 생활로 한국어를 까먹어가고 있는 시점이었기 때문에 역사 로맨스라는 이름표를 달 만한 글이 아니라고 자책만 하고 있었다. 이렇게 좌절과 자책만 거듭하며 10년의 시간을 보냈다.

나는 한국으로 돌아온 후 도서관 수서부에서 일을 하게 되었다. 이 일을 하게 된 계기는 책을 많이 볼 수 있을 거라는 생각 때문이었는데, 막상 일이 너무 많아 책을 보는 건 말처럼 쉽지 않았다.

그러던 어느 날, 내 책상 위에 놓여 있는 한 권의 책이 눈에 들어왔다. 바로 《시인 연산군》. 연산군이 남긴 시를 모아둔 책이었다. 워낙 낡고 오래돼 보수를 위해 나한테 온 책이었는데, 그 책을 들춰보고 깜짝 놀라고 말았다.

조선 최초로 쫓겨난 임금, 패륜아. 이런저런 나쁜 꼬리표를 달고 있는 연산군이 남긴 주옥같은 시를 보면서 그의 예술가적 기질에 대해 생각하게 되었고, 그를 주인공으로 한 소설을 써보자는 생각이 뇌리를 강하게 때렸다.

그러나 결과는 장렬한 실패.

단지 그의 시를 가지고 역사 로맨스소설을 쓰기에는 연산군 시대에 대한 역사적 배경 지식이 내게는 턱없이 부족하다는 뼈아픈 사실만 깨닫고 말았다. 그때 불현듯 판타지를 역사와 섞으면 역사 로맨스를 조금 더 쉽고 가볍게 쓸 수 있지 않을까, 라는 생각이 떠올랐다. 하지만 이 생각을 실천으로 옮기지 못하고 연산군에 대해 쓰던 글은 그대로 접어버렸다. 그리고 또 몇 달이 흘러갔다.

그러던 어느 한가한 도서관의 오후, 갑자기 소재 하나가 머릿속을 스쳐 지나갔다. 왕 또는 왕자와 한 소녀의 시간을 초월한 만남. 그런데 왕 또는 왕자는 사복을 입고 있어서 신분이 드러나지 않는다. 그리고 미래의 소녀는 그를 보고도 놀라지 않는다. 그녀에게는 과거 역사 속 사람을 만나는 일이 종종 일어나는 일이었으니까.

그렇다면 여주인공은 대대로 시간 여행을 할 수 있는 특이한 집안의 사람이어야 한다. 남자 주인공은 사복을 입고 밖에 돌아다닐 일이 가능한 왕이나 왕자여야 하고. 사복 차림으로 궁궐을 나올 역사 속 왕이나 왕자는 무궁무진하다. 그렇다면 역사적으로 사복을 입고 궁 밖으로 나갈 수밖에 없던 왕이나 왕자는 누가 있을까? 그 순간, 유레카! 임진왜란 당시 분조를 이끌고 위험한 전국팔도를 돌아다니며 의병활동을 적극 지원한 한 10대의 왕자가 떠올랐다.

광해군.

웹소설 〈광해의 연인〉은 이렇게 시작되었다.

Q 역사 로맨스소설은 역사를 알아야만 쓸 수 있나요?

A (개인적으로) 절대 그렇지 않다고 생각한다. 역사 로맨스는 역사를 전공하고 역사를 잘 아는 사람이 쓰는 것이 아니다. 그렇다면 로맨스가 아니라 역사소설을 쓰는 게 맞지 않을까. 역사를 좋아하는 사람이 역사 로맨스를 써야 로맨스가 더해진 재미있는 소설이 나오는 것이다.

Q 조선시대가 배경인 소설을 쓰고 싶다면 《조선왕조실록》을 읽어야 하나요?

A 《조선왕조실록》은 아직 나도 다 읽어보지 못했다. 아마 정독을 위해 마음잡고 보기 시작하더라도 몇 장 넘기기도 전에 하품을 하거나, 한글 번역본으로 본다 해도 무슨 말인지 이해가 안 돼 책장을 덮어버리게 될 게 뻔하다.

내 경우 역사 로맨스를 쓰는 도중 《조선왕조실록》을 찾아보게 되는 때는, 내가 배경으로 삼은 역사적 사실이 과연 진실인지 아닌지 확인해보기 위한 후처리 과정에서다. 그러나 이때 《조선왕조실록》만 찾아보진 않는다. 《조선왕조실록》 외에도 《승정원일기》, 《일성록》 등 다양한 조선시대의 기록물을 뒤져봐야 그중에서 내가 찾고 싶은 단 한 줄을 찾아낼 수 있다. 그렇기 때문에 처음 역사 로맨스를 쓰려는 독자에게는 이러한 과정을 추천하지 않는다. 오히려 역사 로맨스를 쓰는 데 도움보다는 골치 아픈 일들만 더 늘어나고 쓸데없는 시간 낭비를 하는 경우가 생기기 때문이다.

Q 역사 로맨스를 쓰기 위해서는 어떤 역사책을 봐야 할까요?

A 역사 로맨스를 쓰려는 사람이 역사책이라고는 교과서밖에 못 보았다면 문제가 될 수 있다. 그러나 요즘에는 그런 사람이 거의 없는 것이 시중에 역사를 배

경으로 한 단순한 만화책부터 한 권으로 읽는 조선사, 고려사 등 가볍게 읽을 수 있는 역사책들이 상당히 다양하게 나오고 있기 때문이다.
내가 가장 먼저 추천하고 싶은 것이 바로 그러한 책들이다. 재미있고 흥미로운 짧은 내용의 만화나 역사책을 많이 읽으라는 것이다. 그러다 보면 아는 내용이 반복되고(이 역시 공부가 된다), 어느 순간 더 많은 내용을 알고 싶다는 호기심이 들기도 하고, 때로는 집필자에 따라 역사적 해석이 다른 부분을 찾아내게 되어 스스로 역사적 의문을 품게 되기도 한다. 이런 경우 조금 더 어렵고 분량이 많은 역사책을 보게 되는데, 이러면서 역사적 지식이 늘어나게 되고 향후 역사 로맨스를 쓰는 데 큰 도움이 된다.

Q 역사 로맨스를 쓰기 위해서는 역사학 관련 학과로 진학해야 할까요?

A 시중에 나와 있는 역사소설 및 역사 로맨스를 쓴 작가들의 이력을 살펴보면 역사를 전공한 사람들은 의외로 드물다는 것을 확인할 수 있을 것이다. 꼭 역사를 전공했다고 해서 역사 로맨스소설을 잘 쓰는 것은 아니다. 어느 분야든 간에 자신이 흥미를 느끼고 재미를 느껴야 스스로 관심이 생겨 많은 지식을 얻게 되고, 그 지식을 바탕으로 글을 쓰게 되는 것이라고 생각한다.
하지만 어느 순간 그 지식 이상의 것을 바라게 될 때는 전공자처럼 역사학을 깊이 배우는 것도 좋다. 그러나 대부분 더 깊고 넓은 역사적 지식이 필요하게 될 때는 전문가들에게 '자문'을 구하는 것으로 이를 해결한다. 역사를 전공한 사람을 찾아가거나 따로 연락하여, 자신이 글을 쓰는 데 얻고 싶어하는 분야에 대한 정보를 요청하는 것이다. 이 경우가 자신이 공부하고 찾아보는 것보다도 더 정확하고 시간도 줄일 수 있는 효과적인 방법이다.

Q 인터넷을 검색해서 얻은 역사 자료를 역사 로맨스를 쓰는 데 그대로 사용해도 될까요?

A 정보화의 발달로 인해 원하는 검색어만 치면 그와 관련된 많은 정보들을 쉽게 얻을 수 있는 시대가 되었다. 나 역시 지금도 인터넷을 통해 많은 자료를 얻고 있다. 하지만 그 모든 것을 100퍼센트 신뢰하지는 않는다. 예전에 인터넷으로 얻은 자료들을 가지고 한 역사학과 교수님께 질문했다가 크게 혼난 적이 있다. 교수님께서는 요즘 역사학과 학생들도 과제를 대부분 인터넷 검색으로 해결하는데, 인터넷은 정확한 정보를 담고 있지 않다고 말씀하셨다.

이 부분에 대해서는 얼마나 자신이 철저하게 고증을 할 것인가에 달려 있다. 고증에 중점을 두기보다는 그저 그 시대의 분위기를 살린 역사 로맨스를 쓰고 싶다면, 굳이 인터넷 자료를 신뢰할 수 있느냐 없느냐에 의문을 가질 필요는 없다. 소설은 허구다. 단지 역사 로맨스는 어느 정도 역사적 '개연성'을 가진 허구일 뿐이다. 그 차이뿐이다.

작가인 본인이 어느 정도 선에서의 고증에 만족한다면, 인터넷으로 찾은 자료에만 근거하여 소설을 쓰고 완성하면 되는 것이다. 그러나 역사 전공자들이 보았을 때 웃음거리가 되지 않으려면, 또 적어도 "난 인터넷에서 검색한 자료로만 썼다"라는 소리를 하고 싶지 않다면, 글을 쓰기 전에 다른 방식으로 검색한 자료들이 진짜 정확한 내용인지를 검증하는 작업이 필요하다. 물론 이 작업에는 상당한 시간이 소요되기 마련이다.

Q 주인공이 실제 역사에서 비극적 최후를 맞은 경우, 엔딩은 어떻게 하는 게 좋을까요?

A 로맨스소설에서는 보통 해피엔딩을 권장한다. 남녀 간의 사랑이 행복한 결혼

생활로 마무리되길 바라지, 비극적인 최후나 죽음을 원하는 독자는 거의 없기 때문이다. 독자들과의 교감이 중요한 웹소설의 특성상 많은 독자들이 해피엔딩을 원한다는 사실을 무시할 순 없다. 그러나 내가 〈광해의 연인〉에서 웹소설 엔딩은 다소 모호하게, 단행본 엔딩은 사실상 비극으로 마무리 지은 이유는 처음부터 역사를 위한 '로맨스소설', 즉 역사소설의 소재로 '로맨스'를 삼았기 때문이다.

정사에서 광해군은 제주에서 죽었다. 역사를 아는 독자들은 광해군이 환생해 여주와 재회하거나 타임슬립해 미래에서 여주와 행복하게 살 거라고 예견했다. 만약 그런 엔딩을 취했다면 로맨스소설의 공식인 해피엔딩은 지킨 것이겠지만, 실제 역사를 따라온 독자들은 '뻔뻔한 왜곡'이라 여길 소지도 있다. 그러니 처음부터 해피엔딩을 결심했다면 가상의 시대와 왕을 설정해 쓰기를 권한다. 하지만 실제 역사라는 매력을 활용하고 싶어 실존인물을 허락도 없이(?) 소설에 끌어들였다면 응당 그 책임을 져야 한다고 나는 생각한다.

물론 예상 밖의 결말도 가능하다. 〈반월의 나라〉의 경우, 최초 구상한 스토리는 더 길었다. 실제의 헌종은 갑작스런 죽음을 맞지만, 첫 구상에서는 살아남아 철종 시절의 민란을 이끄는 수장이었으며 고종의 아버지가 된다는 설정이었다. 꽤 그럴듯해 보였지만, 역사적 인물에게 긴 허구의 스토리를 부여하면 그간 유지해온 개연성을 잃을 위험이 있다. 결국 연재한 소설에서 헌종은 죽음과 동시에 청나라로 건너가 여주와 행복한 결말을 맺는다. 독자가 원하는 해피엔딩과 역사적 개연성을 지키고 싶었던 나와의 타협이 이루어진 셈이다. 이러면 비극적 최후를 맞은 주인공이 살아남게 된 이유만 만들어내면 된다. 물론 역사적 결말을 원했던 독자들은 실망할 수도 있다. 어느 쪽을 택할지는 오롯이 작가의 몫이다.

역사 로맨스소설 작법

내가 몇 년 전에 쓰다가 중단한 〈왕자의 연인〉이라는 작품이 있다. 이 소설을 기획하고 준비했던 과정을 예로 들어 역사 로맨스소설은 어떻게 쓰는 것인지 설명해볼까 한다.

기획

① 소재를 얻다

1997년 경복궁 경회루 연못의 물을 빼고 청소를 하던 도중에 청동으로 만든 '용'이 발견된다. 이후 학자들 사이에 이 용의 출처를 두고 일부러 빠뜨린 거라는 둥 공사 중에 빠뜨린 거라는 둥 여러 의견들이 쏟아진다. 다양한 의견이 나왔지만, 용이 왜 경회루 연못에 들어가게 되었는지에 대한 역사적 기록이 없기 때문에 의문 속에 빠지고 만다.

당시 이 기사를 접하고 나서 이 용을 가지고 어떻게든 소설을 써보고 싶었지만, 아주 오랫동안 이 기사는 내 기억 속 한 켠에 저장만 되었을 뿐 세상 밖으로 나오지는 못했다. 그리고 시간이 흘러, 어느 날 다시 한 번 이 용에 대해서 언급한 최신 기사를 읽게 되었다. 동시에 잊고 있던 옛 기사가 떠올랐고, 이것을 가지고 소설을 구상하고 싶은 생각이 들었다. 정확히는 청동 용이 경회루 연못에서 발견된 것 자체가 기이하니까, 역사 로맨스에 적절한 판타지까지 섞어볼까 생각했다. 나는 이 글이 어떤 로맨스가 되든 간에 역사적 배경에 판타지를 더해보기로 마음먹었다.

하지만 여기서 단지 이 '청동 용' 하나만을 가지고 어떻게?

② 이야기를 구상하다

나는 로맨스소설을 쓰는 사람이다. 그러니 경회루 연못에서 용이 발견되든, 아니면 다른 무엇이 발견되든 결국 로맨스와 직결되어야 한다. 하지만 커다란 청동 용을 가지고 아름다운 로맨스를 쓰기에는 어딘가 미적지근한 느낌이 들었다. 그래서 왜 경회루 연못에 용을 넣어두게 되었는지 생각해보았지만, 역시나 쉽게 뭔가가 떠오르지 않았다. 그래서 용을 넣었다면 언제 용을 넣었을지에 대해 생각해보았다. 이때 필요한 건 경회루에 대한 지식이다. 용이 발견된 곳은 경회루니까.

경회루는 1412년인 태종 12년, 태종의 명에 의해 만들어졌다. 하지만 모두 알다시피 선조 때 있었던 임진왜란으로 인해 경복궁은 불탔고, 경회루 역시 불타버렸다. 그 이후 오래도록 방치되다가 고종 때 흥선대원군에 의해 경복궁이 다시 지어진다.

그렇다면 잠시 시간 여행을 떠나보자. 경회루가 처음 지어진 건 태종 때이다. 그때 경회루를 짓기 위해 지금의 못을 팠을 것이다. 그리고 선조 때 경회루가 불탔다고 하더라도 그 기단석과 못은 그대로 있었을 것이다. 고종 때 흥선대원군이 다시 지을 때까지 구정물 상태였더라도 말이다.

최근 학자들은 고종 때 경회루를 다시 지으면서 청동 용을 넣었다는 데 의견을 모으고 있다. 하지만 내가 이 글을 쓸 당시에는 이런 학자들의 의견을 접할 수 없었기 때문에, 나는 그 당시에 갖고 있던 지식과 상상력만으로 판단을 내려버렸다. 바로 이 청동 용이 처음 경회루를 지을 때 못에 넣어졌던 거라고 가설을 세운 것이다. 그러나 여전히 로맨스와는 연결되지 않는, 덜 자란 이야기 구상 단계이다.

③ 주인공을 정하다

a. 남주

모든 소설이 그렇겠지만 특히나 로맨스소설에는 '남주'와 '여주'가 중요하다. 역사 로맨스를 쓰기로 한 이상 남주와 여주를 선택해야 하는데, 앞서 경회루가 태종 때 지어졌다는 것을 간단한 인터넷 검색으로 알아낸 나는 가장 매력적인 주인공이 되어줄 남주 결정에 길게 고민할 필요가 없었다. 바로 태종 이방원.

태종 이방원이라는 남주를 설정해놓았다면, 자연히 그에 대해서 조사가 필요하다. 이 역시도 어렵지 않다. 요즘은 인터넷이 잘 발달되어 있어서, 그에 대한 아주 기본적인 정보는 검색만으로도 쉽게 찾아낼 수 있기 때문이다.

> 태종 이방원. 1367년 태어나 1422년 사망(56세). 재위는 1400년부터 1418년까지. 성은 '이' 이름은 '방원'. 본관은 '전주' 자는 '유덕'. 왕자 때 받은 작호는 '정안공(정안대군)'이고 태종은 묘호이며…….

대충 이러한 결과물을 얻을 수 있다. 그렇다면 다음은 여주 차례. 기본적으로 '역사 로맨스'를 쓰기로 한 이상, 정석을 따르도록 하자. 그의 가족관계를 살펴보니, 태종 이방원은 조선 왕들 중에서 후궁이 많기로 손에 꼽히는 왕이다. 보통 이런 경우 실망감이 먼저 든다. 적어도 로맨스의 남자 주인공으로 삼으려면 후궁이 한두 명 있는 왕이거나, 왕비만 엄청나게 사랑했던 왕이라면 더 멋있어 보이니까. 그런데 후궁과 그 자녀들 이름만 나열해봐도 한숨부터 나왔다.

왕비 : 원경왕후 민씨

후궁 : 효빈 김씨, 신빈 신씨, 선빈 안씨, 명빈 김씨, 의빈 권씨, 소빈 노씨, 정빈 고씨, 숙의 최씨……

그렇다면 그를 남자 주인공으로 선택한 것을 포기해야 할까? 새로운 남주를 찾아야 하는 걸까? 하지만 애써 찾은 남주 이방원의 다른 매력들은 버리기에 너무 아쉽다. 방법은 없을까?

보통 이런 경우 '태종 이방원'의 멋진 이미지만 남긴 채 조선풍 분위기의 로맨스소설로 급선회하려는 경향들을 보인다. 그리고 남주인공의 이름만 그대로 갖다 쓴다거나, '태종'을 '환종', '박종' 등 생전 들어본 적도 없는 묘호를 붙여 이 세상에 존재하지도 않는 신(新)조선국을 만든다.

사실 어떻게 보면 이게 쉬워 보이기는 하다. 그 분위기와 제도만 그대로 따온 채 본래의 목적에 맞게 로맨스만 왕창 깔아두면 나름 '역사 로맨스'처럼 보이니까. 그러나 내가 여기서 말하는 역사 로맨스는 단순 분위기만 따가지고 와서 만드는 역사 로맨스가 아니다.

그럼 이런 경우엔 어떻게 해야 할까? 남주로 삼고 싶은데 이대로라면 그에게 부여하고 싶은 로맨틱한 남주의 이미지를 모두 무너뜨릴 것만 같다.

그렇다면 태종 이방원이라는 남주를 가운데 두고, 그에게서 뽑아낼 수 있는 '로맨틱한' 부분의 역사를 찾아내면 된다. 보통 정략결혼으로 하게 되는 본부인은 제쳐두고, 야사든 아니면 달리 전해지는 역사 속에서 그와 함께 이름을 남긴 여인을 찾아내는 것이다. 그런데 이때 어디서 어떻게 무슨 책을 뒤져봐야 하나 하는 큰 고민이 생겨버린다. 답은 의외로 가까이에 있다.

위에 설명한 태종의 가계도를 다시 한 번 살펴보자.

검색만으로도 쉽게 찾을 수 있는 태종 이방원의 후궁들 중에서 유독 다른 후궁과 구별되는 여인이 한 명 있다. 바로 '효빈 김씨'. 그녀는 태종이 유일하게 왕이 되기 전에 맞아들인 후궁이다. 또한 태조 이성계의 왕비인 신덕왕후 강씨의 여종으로 미모가 눈에 띄게 빼어났다고 전해진다.

이거야말로 '득템'인 것이다. 태종 이방원의 로맨틱한 과거를 하나 찾아내기 위해 숨겨진 역사 속 여인에 대해 찾아보다가 그가 왕자 시절 맞아들인 유일한 후궁을 발견해낸 것이니까!

나는 그녀를 여주로 선택했다. 남주도 여주도 모두 역사 속 실존 인물들로 선택한 것이다. 이제 남주와 여주의 이야기를 구상하기 전에, 본격적으로 여주에 대해서 탐구해봐야 할 차례다.

b. 여주

효빈 김씨.

그녀가 역사에 남긴 기록을 찾아보았다. 이 역시 역사책을 뒤적거리며 자료를 찾는 독자들에게 부담을 덜어주기 위해서라도, 누구라도 쉽게 할 수 있는 인터넷 검색을 통해 알아보았다.

수백 년 전에 살았던 여인이라 그런지 자료가 많지 않다. 언제 태어났는지는 기록조차 없고, 언제 죽었는지에 대해서만 기록이 있다. 신덕왕후의 여종이었다는 것, 그리고 얼굴이 빼어나게 예뻤다는 것, 마지막으로 양녕대군에 이어 태종의 두 번째 아들인 경녕군을 낳은 사실뿐이다.

이제 이 이야기에 살을 붙여야 한다. 그녀의 성장과정과 과거 그리고 태종 이방원을 만나기 직전까지의 이야기가 필요하다. 태종 이방원을 만나기 직전까지의 이야기가 필요한 이유는 바로 그 순간부터 이 소설은 본격적으로 시작될 것이기 때문이다.

하지만 여기서도 고민은 있다. 남주인 태종 이방원이 고려 말에 태어난 사람이듯, 그녀 역시 고려 말에 태어난 여인일 것이다. 이때 우리에게 필요한 것은 역사 속에 그녀의 기록이 등장하기 시작한 시점, 즉 신덕왕후의 여종으로 등장하기 이전의 사연이다. 그리고 그 사연은 반드시 이 글의 '소재'를 얻었던 '경회루'와 어떤 식으로든 연결이 되어야 한다.

그러나 그녀가 태종 이방원과 비밀연애든 공개연애든 서로 만나서 러브러브 끝에 첩이 되고 아들인 경녕군을 낳기까지, 그녀는 경회루가 있는 한양에는 온 일이 없다. 왜냐하면 그때는 고려 말이라서 고려의 수도는 한양이 아니라 개경이었기 때문이다.

꼬리에 꼬리를 물어가며 소재를 찾아가더라도 절대 '원점'을 잊어서는 안 된다. 여기서 원점은 경복궁 '경회루'. 그렇다면 이제 드디어 '판타지'에 도움을 받을 차례다. 실제 태어난 탄생 연도도, 어떤 과정을 거쳐 신덕왕후의 여종이 되었는지도 모르는 '여주' 효빈 김씨는 바로 미래에서 온, 경회루에서 청동 용이 발견된 1997년에 살았던 사람이 되는 것이다!

④ 역사와 판타지를 섞다

남주는 앞서 말했듯이 '태종 이방원'.

여주는 방금 막 정했듯이 1997년에 살았던 '김씨 성을 가진 여성'이다. 이제 수백 년의 시간을 건너뛰어서 두 사람을 만나게 해야 한다. 그래야 로맨스가 시작되고 진행될 테니까. 하지만 수백 년의 시간을 뛰어넘어 두 사람이 만나기에는 아주 큰 제약이 있다. 바로 사람은 시간 여행을 할 수 없다는 것. 다행인 것은 지금 쓰려는 게 '소설'이라는 사실이다.

다시 1997년 청동 용이 발견되었던 시점으로 돌아가자. 이제 이 청동 용은 두 남녀를 이어주는 매개체가 될 것이다. 그렇다면 이 용을 가지고 어떻게 여주는 과거로 가서 남주를 만나게 될까? 다양한 상상을 할 수 있을 것이다. 청동 용을 타고 하늘로 날아간다든지, 청동 용을 만졌더니 갑자기 몸이 뿅 사라지며 과거로 가게 된다든지, 청동 용에 용신이 깃들어서 그 능력으로 여주를 과거로 보낸다든지……. 여기가 가장 중요한 부분이라고 생각하는데, 여기서 길을 잘

못 들어서게 되면(구상을 잘못하게 되면) 이 소설은 역사 로맨스가 아니라, 판타지 로맨스가 되어버린다.

태종 이방원 시대에 경회루를 지으면서 청동 용을 넣었다면, 그 사실을 임금인 태종 이방원도 알고 있었을 것이다. 그리고 그 용은 수백 년 동안 기록조차 남지 않은 채 내려오다가, 1997년에 발견된다. 1997년에 사는 여주는 그 청동 용의 존재를 알게 된다. 하지만 대부분의 사람들은 경회루 연못에서 청동 용이 발견되더라도 이 소식을 접할 기회가 적다. 발견되었다는 기사나 뉴스를 눈으로 보기 전까지는 말이다.

그렇다면 청동 용이 발견되었을 때, 가장 관심이 많고 또 가까이 접근까지 할 수 있는 사람들이 누구일까? 그렇다, 바로 역사학자들일 것이다. 하지만 학자가 되려면 보통 대학을 졸업한 다음일 테니까 여주로 삼기에는 나이가 너무 많다. 여기서 여주의 나이를 깎으려면, 조금 현실적인 생각을 해봐야 한다. 여주는 보통 고등학생이나 대학생으로 삼는다. 하지만 이런 유물에 대한 정보를 얻고 또 접근하려는 이가 고등학생이라면 개연성이 떨어진다. 그래서 여주의 신분은 대학생으로 결정. 여기에 그녀는 청동 용이 발견되었다는 정보를 얻어야 하니까, 고고학이나 역사학을 전공하는 대학생이 되는 것이다.

자, 지금까지의 이야기를 정리해보면 이렇다.

남주는 태종 이방원. 여주는 1997년에서 온 역사학 또는 고고학을 전공하는 대학생. 그녀는 경회루에서 발견된 청동 용으로 인해서 과거로 가게 된다. 그리고 남주인 태종 이방원을 만나 사랑에 빠진다. 그리고 처음에 과거로 가게 한 청동 용의 존재는 엔딩에서도 '원점' 이었던 그 존재를 드러내 완결을 짓는 데 활용될 것이다.

그러나 여기서 또 다른 문제가 발생한다. 여주가 과거로는 갔는데, 그 과거는 어떻게 구상하느냐는 것이다. 고려 말에서 조선 초까지, 말 그대로 혼돈의 시기다. 이때 두 남녀가 만났다. 하지만 난 그 시대의 역사를 잘 모르는데?

자료 수집

소설을 구상할 때, 처음의 '원점'은 아주 중요하다. 이 소설은 '1997년 경회루 청동 용 발굴'에서 시작했다. 그리고 소설의 시작은 여주가 청동 용을 통해 과거로 가서 남주인 태종 이방원을 만나는 것까지다. 이때 판타지의 도움을 약간 받으면 수월하다.

이제 이 청동 용이 경회루 연못에 던져지게 되는 시점(태종이 경회루를 만드는 시기)을 결말로 잡고, 그사이를 남주와 여주의 사랑으로 채워야 한다. 이 부분은 어디까지나 로맨스 부분이니까, 이제부터 해야 하는 것은 '역사 로맨스' 취지에 걸맞게 소설의 배경이 되는 '역사'를 알아야 한다는 것.

하지만 이 시대의 역사를 잘 모른다면? 방법이 없다. 바로 '자료 수집' 단계에 들어가는 수밖에.

① 답사하기

이 소설의 배경은 고려 말과 조선 초. 고려의 수도는 개경이고 조선의 수도는 한양이다. 여기서 우리는 지금 북한에 있는 개경을 갈 수 없다는 비극과 맞닥뜨리게 된다. 그나마 다행인 점은 개경의 사진이나 지도 등을 인터넷 검색만으로 쉽게 구할 수 있는 시대라는 것이다.

반면 조선의 경우는 쉽다. 우선 조선 초 태종 시기까지 있었던 경복궁을 가볼 수 있다. 가서 사진을 많이 찍어오는 것도 글을 쓸 때 도움이 된다. 경복궁의 전각들을 살펴보면서 조선 초기의 전각들과 후기에 새로 지어진 전각들에 대한 정보도 얻을 수 있다. 예를 들어 경복궁의 건청궁은 조선 초기에는 존재하지 않았던 건물이다. 또한 조선 초기에는 지금의 경복궁 후원인 향원정까지는 궁궐이 아니었다. 이러한 정보들은 인터넷을 통해서도 얻을 수 있지만, 답사로 직접 확인하는 것도 매우 중요하다. 소설을 쓰는 동안 주요 인물들의 동선과 시간, 그리고 장면을 구상하고 떠올리면서 시각적인 부분과 공간 감각적인 부분을 얻을 수 있기 때문이다.

② 인터넷 검색하기

a. 역사

처음에도 말했지만 나는 역사에 대해서 많이 안다고 해서 역사 로맨스를 쓸 수 있는 것도, 잘 쓰게 되는 것도 아니라고 생각한다. 그렇게 치자면 역사를 깊게 공부한 사람들은 모두 역사소설을 써야 할 테니까. 그러니까 나는 역사를 좋아하는 마음이 가장 중요하다고 생각하는 사람이다.

하지만 이 역시 단순히 좋아한다고 해서 글을 쓸 수 있는 것은 아니다. 그래서 자료 조사가 필요한 것이다. 적어도 자신이 쓰려고 하는 시대적 배경에 대한 아주 기본적인 조사는 해야 한다.

이 소설의 남주는 태종 이방원이다. 단순 인터넷 검색만으로 쉽게 찾아볼 수 있는 그의 자료에 따르면, 그는 고려 공민왕 재위 16년에 함경도 귀주에서 태어났다. 하지만 태어나자마자 여주를 만나 사랑하는 이야기를 쓸 순 없으니까, 적어도 고려 우왕 때 과거에 급제한 남주가 본격적으로 개경에서 활동하는 시기로 가야 한다.

태종 이방원이 본격적으로 역사에 이름을 남기기 시작한 시기는 고려 우왕 때 과거에 급제한 후, 아버지 이성계가 위화도 회군을 하고 조정을 휘어잡았을 때인 1392년 전후다. 그때 그의 나이 25세. 그는 개경에 있었다. 이 시기 그가 1997년의 대학생이던 여주를 만난다고 한다면, 이 시기부터 그를 중심으로 한 역사를 조사하면 된다.

1392년부터 태종 이방원이 경회루를 짓고 청동 용을 그 연못에 빠뜨리는 1412년까지 20년의 역사다. 이렇게 정하는 이유는 역사를 잘 모르거나 그 엄청난 분량의 자료를 조사하는 부담을 줄이기 위해서다.

앞서 여주를 '판타지 설정'으로 1997년에서 데려오는 경우도 이런 자료 조사를 단축시키는 장점이 있다. 역사 로맨스를 쓸 때 과거 시점에서 진행할 생각이라면, 1997년에서 과거로 시간 여행 하는 여주의 역사적 배경을 조사할 필요가 없어진다. 오로지 남주에게만 초점이 맞춰지기 때문에 자료 조사의 분량이 반 토막 나는 효과를 얻을 수 있는 것이다.

그렇다면 1392년부터 1412년까지 태종 이방원이 살았던 시대에는 무슨 일이 있었을까? 아주 큼지막한 사건들만 뽑아보도록 하겠다. 물론 남주 이방원을 중심으로. 역시 여기서도 '책'을 보지 않는다. 오로지 단순 인터넷 검색으로 찾아낼 수 있는 쉬운 자료들만 나열해 보았다.

1390년(23세) 고려 공양왕 때 밀직사대언에 임명됨.

1391년(24세) 어머니 한씨가 사망하자 시묘살이 시작.

1392년(25세) 이성계가 말에서 떨어져 부상을 당하고, 이 일로 정몽주가 이성계를 죽일 계획을 세우자 시묘살이를 그만두고 개경으로 돌아옴. 이방원은 정몽주를 찾아가 〈단심가〉와 〈하여가〉를 주고받은 후 정몽주를 살해함. 이성계가 왕이 되어 조선을 건국하고, 이방원은 정안대군이 됨.

1395년(28세) 첩 김씨와의 사이에서 경녕군이 태어남.

1398년(31세) 제1차 왕자의 난. 이방원이 국정을 장악.

1400년(33세) 제2차 왕자의 난. 그해 이방원은 왕세자가 되고 곧이어 왕위에 오름.

생각보다 내용이 많지 않다.

여기서의 요점은 여주로 정한 첩 김씨가 이방원의 나이 28세 때 아들을 낳았다는 것이다. 그렇다면 적어도 그로부터 1년 전인 1394년에는 그의 첩이 되었다는 뜻. 다시 말해, 여주와 남주가 처음 만나게 될 시기가 1394년 이전으로 더욱 좁혀진다는 걸 의미한다.

여기서 잠깐, 이 지점에서 다시 되새겨야 하는 사실은 이 작품은 역사소설이 아니라 역사 로맨스라는 것. 그러니 역사적 사실은 이 정도만 아는 선에서 그치면 되고, 다음은 인물에게 집중할 차례다.

b. 인물, 남주

남자 주인공은 태종 이방원이다.

앞서 우리가 그에 대해 조사한 짧은 역사로 보자면, 그가 역사에서 돋보이기 시작한 시기는 과거에 급제한 이후 20대 초반부터다. 그 무렵 그는 아버지 이성계를 왕으로 만들기 위해 여러 일들을 벌인 듯하다. 1390년부터 1392년(23~25세) 사이인 2년간 그는 아버지와 맞서는 정몽주를 같은 편으로 끌어들이려다가 실패하고 그를 선죽교에서 살해한다. 이후 이성계가 즉위하고 이방원은 왕자가 된다.

그런데 왕자가 된 그는 아버지를 왕으로 만드는 데 자신의 공이 아주 컸다고 생각했던 것 같다. 제1차 왕자의 난과 제2차 왕자의 난은, 이성계의 다섯째 아들이던 그가 위의 형들과 이복동생들을 제치고 왕이 되고 싶은 욕망이 있었음을 말해준다. 그 기간은 제1차와 제

2차 왕자의 난이 있었던 1398년부터 1400년(31~33세) 사이. 그리고 1400년 마침내 왕세자에서 왕이 된 그는 1412년 경회루를 지을 때까지 조선을 다스린다.

여기서 그의 목표는 첫째, 아버지 이성계를 조선의 왕으로 세우기. 둘째, 형제들을 제치고 자신이 후계자가 되어 왕위에 오르기. 셋째, 왕이 되어 조선을 훌륭하게 다스리기(+경회루를 만들고 연못에 청동 용을 던져넣기)가 되는 것이다.

이 목표들이 중요한 이유는 그가 이러한 마음을 품었던 시기에 1997년에서 온 여주를 만나 로맨스를 꽃피우는 과정에서 어떨 때는 갈등 요소가 되고, 어떨 때는 여주에게서 이득을 취할 수도 있는 배경이 되기 때문이다.

c. 인물, 여주

이제 1997년에서 온 여자 주인공을 만나보자. 그녀의 성격은 작가가 원하는 대로 만들면 된다. 그 밖의 설정으로는 1997년 역사학을 전공하는 여대생이라는 점이다. 그리고 그녀는 경회루 청동 용을 통해서 고려 말로 시간 이동을 하게 되고, 남주인 태종 이방원과 만나게 된다. 나는 여주와 남주의 첫 만남 시기, 고려의 배경을 1389년(고려 창왕 1년)으로 설정했다. 태종 이방원이 1390년에 밀직사대언이 되어 역사에 본격적으로 등장하는 시기이므로, 이때를 교묘하게 피해 여주와의 만남을 우선적으로 이뤄지게 함으로써 1390년 이후부터는 그의 역사를 따라 여주가 나란히 함께 가기 위한 하나의 장치로 삼은 것이다.

d. 인물, 조연들

모든 소설 작품에는 주연 외에 조연도 있어야 하는 법. 조연 가운데는 대표적으로 로맨스소설에서 빠지지 않는 일명 '서브남'을 들 수 있다. 하지만 역사 로맨스에는 개연성을 부여하기 위해서라도 그 시대에 실제로 살았던 인물들에 대한 조사가 필요하다.

난 이 글에서 '서브남'으로 정몽주의 아들을 선택했다. 이유는 앞서 조사한 태종 이방원의 역사 자료에서 보다시피, 여주와 처음 만나는 시기의 그의 가장 큰 주적이자 그가 추구하는 목표(아버지 이성계를 왕으로 세우는 것)로 가는 데 제일 먼저 엮이는 사람이 '정몽주'이기 때문이다.

그러나 정몽주를 서브남으로 세우기에는 그와 태종 이방원의 나이 차이가 많이 나기 때문에 부적절하다. 정몽주는 1338년생이므로 1367년생인 태종 이방원과는 거의 서른 살 차이가 난다. 여주와도 마찬가지. 그러므로 정몽주의 아들(또는 조카나 사촌도 상관없다. 정몽주의 편에 서는 사람이라면 그와 가까운 젊은 관리나 무사로 설정해도 무방하다)로 설정한 것이다.

서브남도 정해졌다면 이 시대에 유명했던 인물들을 조사해서 나오는 대로 나열해보자. 자세할 필요도 정확할 필요도 없다. 단지 그

시대, 그해에 주인공들 곁에 살아 있었던 인물이면 된다. 정도전을 예로 들어본다면, 그가 1390년 즈음에 40대 후반이었고 조정에 있었고 개경에 머물렀으며 이성계를 지지하는 사람이었다, 라는 사실에서만 그치면 된다. 그가 주인공이 아닌 이상 그의 일대기를 자세하게 조사할 필요는 없다. 그래도 부족함을 느낀다면 앞서 태종 이방원의 역사를 조사했던 것처럼 1390년대부터 1412년까지 정도전이 한 가장 중요한 역사적 사실 몇 가지만 따로 필기해놓으면 오케이.

이렇게 자료 조사 시간을 단축할 수 있으며, 이 모든 자료들은 단순 인터넷 검색으로 몇 분 만에 얻을 수 있는 것들임을 다시 한 번 알려드린다.

자, 그럼 지금부터 이 자료만을 가지고 쓴 소설의 발단 부분을 일부 옮겨보겠다. 배경은 1997년의 서울과 1389년의 고려 말, 개경이다.

소설의 시작

① 본문

(중략)

오후 6시. 현희(여자 주인공)는 박물관 유리문을 밀고 들어오며 경비 아저씨를 향해 자신의 출입증을 들어 보이고는 씨익 웃었다. 경비 아저씨도 그런 현희를 보며 웃더니, 한쪽 방향을 향해 손가락으로 가리켰다.

"감사합니다!"

박물관은 공식적으로 5시에 닫았기 때문에, 넓은 박물관 1층에는 사람의 움직임이라고는 전혀 느껴지지 않았다. 현희는 그런 박물관 복도에서 유일하게 발소리를 내는 사람이었다. 그녀는 복도를 따라 맨 끝에 놓인 작은 문을 향해 빠르게 걸음을 옮겼다.

—관계자 외 출입금지

현희는 그 문을 열고 안으로 들어섰다. 곧바로 한두 사람이 겨우 지나갈 수 있을 정도의 좁은 복도가 현희의 눈앞에 펼쳐졌다. 복도의 곳곳에는 불이 켜져 있었지만, 사람의 모습은 찾아볼 수 없었다.

복도를 따라 걷던 현희는 '복원실 3'이라고 써진 문을 열고 안으로 들어갔다. 그 안에는 침대 크기만큼이나 넓은 탁자가 있었고, 얇은 한지가 탁자를 가득 덮고 있었다. 또한 그 위에는 이번 경회루 연못에서 발굴된 것으로 보이는 유물들이 일정한 간격으로 놓여 있었다.

"왔어?"

그런데 그곳을 홀로 지키고 있는 것은 선배 상찬이었다. 상찬은 문을 열고 들어서는 현희를 반갑게 맞이했다. 그는 박물관 측에서 제공한 듯 보이는 흰색 가운을 걸치고 있었다.

"벌써 다 끝났어요?"

"대충은. 고고학과 애들이 몇 개 복원해놓고 갔어. 교수님은 이따가 7시에 오신대. 그때까지 이 검, 복원한 곳까지 그려놓으라고 하시더라고.”

현희는 크게 한숨을 내쉬었다. 확실히 4학년이 아닌 이상, 수업에 쫓겨 진짜 작업을 시작했을 때는 참여하지도 못했다는 아쉬움이 커서였다. 상찬도 그것을 아는지, 현희를 다독이며 말했다.

“이미 늦은 거잖아. 어서 와서 그리기나 해.”

“사진으로 찍으면 되지, 왜 그린대요?”

“교수님이 시키신 거야. 그리고 직접 그려봐야, 사진으로 볼 때와 다르게 발견하는 게 더 많거든.”

“그래서 선배는 발견해봤어요?”

“아직은……. 하하.”

현희는 다시 한 번 크게 한숨을 내쉬며 상찬의 곁으로 다가갔다. 방금 그녀가 도착하기 전까지 상찬이 그리고 있던 청동 용의 일면도가 모습을 드러냈다. 남자가 그려서인지, 아니면 아직 그리는 것이 어색해서인지 상찬이 그린 청동 용의 단면도는 엉성하기 그지없었다. 그도 이런 그림을 현희에게 보여주는 것이 민망한지 계속해서 어색한 웃음만 지어 보였다.

현희는 상찬이 그린 그림 속의 청동 용과 실제 청동 용을 번갈아 쳐다보며 비교해보다가 무언가 발견한 듯 놀라 물었다.

“며칠 전 뉴스에서 볼 때는 온통 녹슬어 있던데요. 근데 이거…… 녹을 거의 다 벗겨냈나 봐요?”

“응. 고고학과 애들이 대단하긴 하더라. 한두 번 해본 솜씨가 아닌지,

약품을 뚝딱 바르더니, 계속 물속에서 비비고 지지고……. 결국 반 이상은 벗겨냈지. 참, 현희야, 용의 발톱 좀 봐봐."

상찬이 대에 묶인 돋보기를 청동 용의 발톱으로 가져다 대자, 현희가 고개를 숙여 돋보기를 통해 청동 용의 발톱을 살펴보았다. 발톱은 정확히 다섯 개였다.

"다섯 개네요?"

"맞아."

현희가 돋보기에서 한참 동안 눈을 떼지 못한 채 반복해서 개수를 세었다. 보면 볼수록 신기했다. 중국 송나라 이후, 천자의 발톱이 다섯 개로 규정됐기 때문에 조선시대의 용 발톱은 언제나 네 개였다.

"그럼 조선시대 것이 아닌 거예요?"

"연구를 더 해봐야겠지만…… 글쎄다. 너도 알다시피 경복궁은 몇 번 재건했잖아. 그때마다 경회루 연못에 무엇을 넣어두었는지 기록이 분명히 남아 있지. 특히 고종 때 기록은 더 정확하니까. 그런데 이 청동 용은 없단 말이야……. 연못 뻘 아래 녹슨 채 깊이 묻혀서, 여러 번의 복원 때 발견하지 못했던 거라면…… 경복궁 창건 당시에 넣었던 것이거나, 아니면 마지막으로 경복궁을 복원한 후에 넣었을 가능성이 높대. 예를 들어 고종이나 순종 시기에."

"그때는 엄연히 대한제국이라는 황제국가였으니, 이런 발톱이 다섯 개 달린 청동 용을 넣었을 수도 있겠네요."

"오늘 고고학과 교수님이 그렇게 추측하시더라. 근데 그것 때문에 오늘 대박 사건이 하나 있었잖냐."

"대박 사건이요?"

"응. 처음 발견했을 때, 나무로 만들어진 용의 받침대 부분의 나무 조각을 채취해서 바로 탄소연대 측정에 들어갔거든? 오늘 결과 나왔어. 한참 고고학과 교수님이 고종이나 순종 때 일제의 악귀를 막아내기 위해 넣었다는 둥, 하며 소설 쓸 때 말이야. 우리 교수님은 문양과 형식으로 보건대, 이건 절대로 조선 후기에 제작된 용이 아니라고 말씀하시면서 완전 싸움 날 분위기였거든. 너도 봤었어야 했는데. 알잖아, 고고학과 애들은 땅만 파는 애들이라 그런지 참 소설 잘 쓴다니까……."

"탄소연대 측정이 언제로 나왔는데요?"

"고려 말."

엄청난 비밀을 밝히듯이 상찬이 말해주자, 현희가 놀란 입을 다물지 못했다.

"어떻게요? 그게 가능해요?"

"글쎄. 경회루 연못이 생기기도 전에 이 용이 묻혀 있었을 수도 있겠지만…… 그건 가능성이 희박하지. 궁을 짓겠다고 땅 파다가 먼저 발견되었을 테니까. 어쨌든 이 청동 용은 고려시대에 제작된 게 분명해. 그런데 그게 조선 초기에 세워진 궁궐 연못에 들어갔다는 것도 의문이고, 무엇보다도…… 발톱이 다섯 개인 용이니까. 고려시대 용이라면, 이런 용을 제작하라고 한 사람은 오직 고려 왕이었을 거 아니야."

(중략)

고려 천년의 수도 개경.

창왕 1년의 개경은 나라의 명운이 끝나가는 것을 스스로 알기라도 하듯, 봄인데도 불구하고 며칠째 도성 안에 안개가 자욱이 깔려 있었다. 이런 날씨에 이른 아침부터 수문하시중 이성계의 다섯째 아들인 이방원(남자 주인공)은 부친인 이성계와 의형제 사이인 이지란과 함께 송악산으로 사냥에 나섰다.

송악산은 개경의 황성을 마치 보호하듯 감싸쥔, 산세가 높고 수려한 곳이었다. 이곳도 도성 안과 마찬가지로 안개가 숲을 가득 채우고 있었다. 그러나 날이 서서히 밝아오며 시각이 한낮을 향해 다가가자, 숲을 가득 채우던 안개도 서서히 걷히기 시작했다.

이땐 이미 지란과 방원은 여러 마리의 토끼를 잡은 뒤였다. 허나, 방원은 이로 만족하지 못했다. 그가 오늘 지란과 함께 사냥에 나선 것은 노루의 뿔을 얻기 위해서였다. 그것은 부친인 이성계의 원기회복을 위한 약재로 귀히 사용될 터였다. 그러나 날이 밝아오도록 노루는 눈 씻고 찾아보아도 단 한 마리도 볼 수가 없었다.

"조카님, 아무래도 오늘은 날이 아닌 듯싶으이."

지란이 환갑이 넘은 나이에도 호탕한 기백을 드러내며 위로하듯 방원에게 말했다. 그러나 방원의 표정은 밝지 못했다. 짙고 강렬한 눈썹 아래로 선 굵은 이목구비가 분명하게 드러나는 스물두 살의 방원은 이성계의 젊은 시절의 모습을 쏙 빼닮았다. 지란은 그런 그의 얼굴에서 불만을 읽어내고는 다시 한 번 입을 열었다.

"어디 오늘만 날인가? 내일도 또 산에 오르면 되지."

그때였다. 지란의 말을 가만히 듣고 있던 방원의 한쪽 눈썹이 예리하게 치켜 올라갔다. 숲 속 어딘가에서의 움직임을 느낀 것이다. 그는 곧바로 등에 멘 활통에서 화살을 꺼내 활에 장착했다. 그러고는 움직임이 보이는 곳을 향해 활시위를 겨눈 뒤 주저 없이 쏘았다.

—팽!

단 한 번의 화살은 정확히 숲을 가로지르며 도망치던 수노루의 목에 꽂혔다. 하지만 동물의 급소는 목이 아니었다. 이에 수노루는 화살을 맞고도 약간 얼굴을 털었을 뿐, 다시 힘 있게 달리기 시작했다. 방원은 그런 노루를 보며 화살을 다시 장착하고는 재빠르게 나무 사이를 헤치며 노루를 추격하기 시작했다.

—팽!

그가 달리면서 쏜 두 번째 화살은 달리던 노루의 몸통에 정확히 꽂혔다. 그러나 이번에도 급소는 아니었다. 결국 방원은 달리던 걸음을 멈춰 세우고는 거칠어진 숨을 가다듬었다. 그런 다음 다시 한 번 화살을 활에 장착하고는 정확히 노루의 급소를 응시하며 활시위를 팽팽하게 당기기 시작했다.

—팽!

세 번째 화살! 그것은 정확히 노루의 급소에 꽂혔다. 방원이 쏜 세 발의 화살을 모두 맞은 노루는 결국 그 자리에 풀썩 주저앉았다. 방원은 쓰러진 노루에게로 다가갔다. 노루는 마지막 숨을 힘겹게 내쉬어 가며 최후를 기다리고 있었다.

(중략)

지란은 자신의 검을 꺼내, 노루의 목을 베어내고는 뿔도 잘라내기 시작했다. 그런 지란을 가만히 쳐다보던 방원은 뿔을 잘라내는 지란을 돕기 위해 몸을 굽혔다. 바로 그때였다. 숲 속 사이로 청아한 음색(音色)이 울려 퍼지기 시작한 것이다. 막 노루의 뿔을 잘라낸 지란도 이 소리를 들었는지 고개를 들어올렸다.

"누가 악기를 연주하나 보지?"

애초부터 무인인 지란은 별 관심이 없는지 건성으로 말했다. 하지만 그 음색에 뭔가 이끌린 표정을 짓고 있는 방원을 보더니, 그의 어깨를 툭툭 치며 말했다.

"가보게. 가끔 이 송악산에 호랑이도 출연한다는데, 괜한 악사가 다치면 어쩌겠는가? 악사는 무인이 아니니 말일세. 그러니 해라도 지기 전에 가서 하산을 재촉해주게나."

방원이 잠시 생각하는 표정을 짓더니 고개를 끄덕였다. 지란은 그런

방원을 보며 남모를 한숨을 내쉬고는 뿔과 목을 제외한 노루의 몸통을 어깨에 들쳐메고는 천천히 하산하기 시작했다.

지란과 헤어진 채 음악 소리를 따라 걷던 방원은 곧 숲을 벗어났다. 숲의 끝, 산의 낭떠러지 위에 놓인 널찍하고 큰 바위 위에 한 사내가 개경을 내려다보며 비파를 연주하고 있었다. 애절하면서도 사람의 심금을 울리는 비파의 음색에 방원은 악사의 뒤에서 걸음을 멈추고 말았다.

만약 그 악사가 차려입은 복식이 사내의 복식이 아니었다면 영락없이 여인으로 생각될 정도로, 섬세하면서도 애절하게 들리는 음색. 최근 나라 안팎의 위태로운 정세, 여기에 왕조를 뒤바꿔 엎으려는 부친 이성계의 종용, 이런 가운데에서 오로지 관직에 나아가 이씨 가문의 영광을 위해 나라에 일신을 바치려던 이방원의 마음은 좌절되어야만 했다. 그런 그가 최근에 겪는 이 고뇌가 악사의 비파 연주 소리에 눈 녹듯이 사라지는 것 같았다.

연주가 끝났다.

오로지 비파 연주에만 몰입하고 있던 악사도, 연주가 끝나자 자신의 뒤에 서 있는 누군가의 존재를 느꼈는지 앉아 있던 자세에서 몸을 틀었다. 동시에 방원도 그 악사와 눈을 마주치고는 당황하고 말았다. 이 정도 음색을 낼 악사라면 어느 정도 연륜이 깊은 중년의 남자라고 여겼었다. 하지만 돌아서서 그를 쳐다보는 사내는 새하얀 얼굴에 단아하고 기품 있는 인상을 가진 아주 젊은 사내였다. 수염도 나지 않은 것으로 보아, 방원과 동년배이거나 오히려 더 어려 보였다.

"누구신지……?"

그 사내는 방원이 들고 있는 활과 허리에 찬 검을 보며 걱정스럽게 말문을 뗐다. 송악산을 누비는 사냥꾼이라고 하기에는 방원의 옷차림은 고급스러웠다. 물론 방원의 입장에서도 그 젊은 악사를 바라보는 시선에 의심이 실렸다. 악사는 기껏해야 하급 관리였다. 그럼에도 그 악사가 입고 있는 복식은 민간의 보통 사내들이 입는 평복이 아닌 고급스러운 재질이기 때문이었다. 한마디로 이름 있는 권문세족의 젊은 자제들이나 즐겨 입는 옷이었다.

"사냥에 나섰다가 귀공의 음색에 이끌려 오게 되었습니다."

묵직한 목소리로 방원이 정중하게 대답했다. 그러자 그 악사도 칭찬이 듣기 싫지는 않은지, 얼굴에 약간 붉은 기를 지닌 채 자리에서 일어서며 정중히 고개를 숙였다.

"과분한 칭찬이십니다."

"실례가 아니라면 악관이십니까?"

"아닙니다."

그는 정중하게 대답하면서도 방원의 물음에 작게 코웃음 쳤다. 그러나 곧바로 그 웃음이 방원의 기분을 상하게 했을까, 그 사내가 서둘러 말을 둘러댔다.

"죄송합니다. 제 아버님께서 제가 악관이라는 말을 들었다는 걸 아신다면, 경을 치실 것이라고 생각하니 웃음이 나온 것입니다. 오해는 하지 말아주십시오."

아들이 약관이 되기를 원치 않는다면, 그 이상의 관직을 가진 자가 아버지라는 의미였다. 방원은 점점 더 그 사내가 궁금해졌다.

"그렇다면 귀공의 부친께서는 어떤 분이신지요?"

"제 부친께서는 예문관 대제학이십니다."

예문관 대제학! 지금 예문관 대제학이라면 포은 정몽주를 말함이었다. 작년 방원의 부친인 이성계가 우왕을 강제로 폐위하고 창왕을 옹립한 일로, 친분 있던 두 사람은 완전히 갈라선 상태였다. 한마디로 막 원수 집안에 들어선 이들이었다. 즉 방원은 자신의 부친과 사이가 좋지 않은 정몽주의 아들과 마주하고 선 것이다.

"하하…… 그러셨군요."

이번에는 방원의 입에서 웃음이 나왔다. 그러자 그도 이유를 모르겠다는 듯 방원을 쳐다보았다. 이제 방원도 자신이 웃은 이유를 설명해야 했다.

"제 부친께서는 수문하시중 이, 성 자, 계 자를 쓰십니다."

순간 정몽주의 아들이라는 사내의 얼굴이 납빛으로 변했다. 그 역시도 이성계와 자신의 부친 간의 일을 잘 알고 있는 듯했다. 어찌 되었든 이방원이 그의 존재를 전혀 모르고 있었던 이유는 아직 그가 관직에 나가지 않은 약관의 나이이기 때문일 것이다.

"이 시중 어르신께는 자제분이 여럿 되신다고 들었습니다. 그렇다면 귀공께서는 그중 몇째 자제가 되시는지요?"

"다섯째 이방원이라 합니다. 나이는 올해 스물두 살이 되었습니다."

방원은 주저 없이 시원스럽게 대답했다. 그리고 곧 말을 이어 물었다.

"저 또한 포은 대감 댁에도 자제분이 여럿 된다 들었습니다만."

그러자 그도 자신의 소개를 했다.

"장남 정윤호(서브 남주)라 합니다. 나이는 올해 스물입니다."

"아아."

소개도 대충 끝났지만, 부친들의 어색한 사이 때문인지 그들에게도 어색함만 흘렀다. 그때 방원이 작정한 듯, 허리에 찬 검집을 손으로 가져가고는 윤호의 옆으로 가서 털썩 주저앉았다. 그러자 윤호가 당황한 듯 방원을 내려다보았다. 방원은 그런 윤호를 올려다보며 말했다.

"비파 연주 실력이 상당하시던데, 한 곡 더 들을 수 있을런지요?"

방원의 얼굴에는 친근한 미소가 가득했다. 윤호는 그 속에서 그의 호탕한 면모를 엿보았다. 자신에게는 없는 모습이었고, 부러워하는 부분이기도 했다. 아버님들의 껄끄러운 사이를 알든 모르든, 상관없이 그의 연주를 더 듣고 싶다고 청하는 방원. 윤호도 그런 그를 향해 미소를 보이며 자리에 앉았다. 하지만 바로 음을 타지는 않았다.

"제 아버님이 누구신지를 알고도 제 음을 청하시는 것입니까?"

"거참, 보기보다 답답하십니다. 제가 이곳에 오게 된 것은 음악에 끌려서이지 귀공의 아버님의 성함을 듣기 위해 온 것이 아니란 말입니다."

이 말에 윤호는 작게 소리 내어 웃더니 다시 한 번 물었다.

"연주를 한 번 더 하는 것은 어렵지 않습니다. 하지만 대신 조건이 있습니다."

"조건이라니요?"

예상치 못한 윤호의 발언에 방원이 약간 당황했다. 윤호는 그런 방원을 향해 말했다.

"귀공이니 하는 호칭으로 저를 부르지 마십시오. 저보다 형님이신데…… 귀공이라 칭하시니 영 듣기 불편해서 대하기가 어렵습니다."

"그럼 내가 어찌 부르기를 원하십니까?"

"아우라 해주십시오."

"아우라……. 그렇다면 난 귀공의 형님이 되는 것인가요?"

윤호는 이 말에 대답 대신 싱긋이 웃었다.

생각해보니 방원도 아우라 칭하게 되는 게 싫지는 않았다. 그에게도 사실 동복 아우가 하나 있었다. 그러나 몇 해 전 병을 얻어 세상을 떠나게 된 뒤로, 사실상 그는 아우라 부를 이들이 없었다. 물론 부친의 경처 강씨 소생의 두 아우가 있었지만, 그들은 동복 사이가 아닌지라 마주칠 일도 별로 없었으며 호칭을 사용해가며 따로 이야기를 주고받는 사이도 못 되었다.

윤호 역시 장남으로서 형님이라고 따로 칭할 이가 없었다. 게다가 방원같이 호탕하고도 털털한 성품을 가진 이들을 늘 부러워했었다. 두 아우들에게 그런 형이 되지 못해 아쉬워하면서도, 한편으로 방원 같은 성품을 가진 형님을 가지기를 얼마나 소망해왔던가?

이런 이들에게는 부친들 간의 정치싸움은 관심 밖이었다. 어쩌면 서로 그러한 주관을 갖고 있기에, 서로 판이하게 다른 성품을 가진 사람들임에도 불구하고 초면부터 이리 가까운 사이로 진전될 수 있는지도 몰랐다.

"좋소, 아우님. 시작해보시지요."

방원이 두 손을 깍지 낀 채 바위 위에 드러누웠다.

"예, 형님."

윤호가 곱고 부드러운 목소리로 대답하며 연주를 시작했다.

(중략)

비파를 연주하던 윤호의 손동작이 멈췄다. 그 역시 숲 속에서 희미하게나마 들려오는 방원의 외침을 들었기 때문이었다. 그는 개경을 내려다보는 것을 멈추고는 자리에서 일어나 숲 쪽으로 고개를 돌렸다. 그러나 이제 숲 속에서는 새의 지저귐만 들릴 뿐, 방금 전 그가 들었다고 생각한 사람의 외침은 더 이상 들려오지 않았다. 윤호는 이상한 생각이 들었지만, 마저 하던 연주를 끝낼 생각으로 손을 다시 비파의 줄에 갖다 대었다. 그때였다.

—쿠쿠쿵!

번개 소리가 들리며, 하늘 어디에선가 짙은 회색빛의 구름이 몰려오기 시작했다. 해는 그 구름 속으로 모습을 감췄고, 세상은 금방이라도 비가 내릴 듯이 어둑해졌다. 윤호는 결국 자리를 털고 일어섰다.

서둘러 하산하기로 결심한 것이다.

그가 비파를 챙겨들고 급히 하산하기 시작했을 때, 구름은 결국 세찬 비를 쏟아부었다. 빗줄기로 짐작하건대 소나기로 보였지만, 윤호가 입고 있던 옷은 금세 흠뻑 젖어버렸다. 그는 그런 상황 속에서도 비파를 품에 소중히 안고는 다른 한 손으로 자신의 눈앞에 떨어지는 비를 가로막으며 바삐 걸음을 재촉했다. 그런 그가 걸음을 멈춘 것은, 숲 속의 푸름과는 전혀 다른 색의 무언가가 그의 시선에 들어왔기 때문이었다.

쏟아지는 비를 온몸으로 맞으며 누군가가 나무 사이에 쓰러져 있었다. 윤호는 서둘러 그 사람 곁으로 다가갔다. 그는 정신을 잃고 쓰러져 있었는데, 옷차림으로 보아 고려인 같지는 않았다. 처음 윤호는 그가 입고 있는 행색으로 미루어 사내라고 생각했지만, 온몸에 꽉 맞춰 입고 있는 옷에 드러나는 여인의 선을 보고 나서야 그가 여인임을 깨달았다.

"이보시오! 정신 좀 차려보시오!"

윤호가 그녀의 상체를 받쳐들며 외쳤다. 그러나 죽은 듯 정신을 잃고 있는 여인에게서는 아무런 반응이 없었다. 윤호는 자신의 한 손을 그녀의 코끝에 가져다 대었다. 숨을 쉬고 있는지 확인하기 위해서였다. 그러나 쏟아지는 강렬한 빗줄기 때문에 숨을 쉬고 있는지 아닌지 구별하는 것이 어려웠다. 결국 그는 그녀의 얼굴로 자신의 얼굴을 가까이 숙였다.

비에 젖어서인지 여인의 향 내음이 강하게 그의 코끝을 자극했다. 단 한 번도 낯선 여인과 이리 가까이 얼굴을 댄 적이 없는 윤호의 얼굴이 금세 붉게 달아올랐다. 그는 비에 젖어 싸늘해지는 자신의 몸과는 정반대로 화끈거리는 얼굴을 한 손으로 감싸쥐며, 그녀에게서 고개를 들어올렸다.

다행히도 아직 숨은 붙어 있는 것 같았다. 그렇다면 더 이상 그녀를 이 빗속에 내버려둘 수는 없었다. 크게 다치지는 않았더라도 이대로 버려두었다가는 죽게 될 것이 분명하기 때문이었다.

(중략)

"해괴한 옷차림입니다. 분명 원나라 사람들이 입는 옷은 아닙니다. 원나라에서도 말을 타는 여인이라 하여, 이리 호복만 걸친 채 돌아다니지는 않는다 하였습니다."

정몽주의 부인 이씨의 말이었다. 정몽주 역시 이씨의 말에 고개를 끄덕이며 자신의 수염을 쓰다듬었다. 그런 가운데 윤호는 부모님과 마주 앉아, 이씨 부인 앞에 놓인 낯선 재질의 옷을 물끄러미 쳐다보았다. 이것은 그가 산에서 구해 온 여인이 갈아입기 전의 옷이었다. 하녀들이 나서서 그녀의 옷을 갈아입히고는 이 옷을 그대로 이씨 부인에게 가져왔다. 하녀들은 처음 보는 이 옷을 어찌 벗겨야 하는지도 몰라, 결국 날카로운 가재도구로 옷을 찢어서 겨우 벗겨낼 수 있었다고 고하였다.

"팔관회에 참석하러 온 북방의 여인이겠지요? 호복을 입었으니 말입니다, 대감."

"팔관회까지는 아직 멀었소. 또한 팔관회에 참석하기 위해 방문하는 이국의 이들은 모두 관청에 등록하여야만 자유롭게 돌아다닐 수 있소. 그러나 관청에 등록된 이들 중에서 실종된 이가 없다 하지 않소?"

"그렇다면 대체 그 여인은 하늘에서 떨어지기라도 했답니까?"

"깨어나면 알 수 있겠지."

"우리말을 모르면 또 어찌합니까?"

"글쎄…… 그러나 내 생각에는 북방에서 온 여인은 아닌 듯싶소."

"어찌하여 그리 생각하십니까?"

부모님의 대화를 가만히 듣고 있던 윤호도, 북방에서 온 여인이 아니라는 부친의 추측에 시선을 옷에서 거두며 고개를 들었다.

"북방의 여인들이 말을 타는 연유는 사냥을 하기 위해서요. 그렇게 사냥을 하다 보면 절로 손발이 거칠어지기 마련이지. 그런데 하녀의 말을 들었지 않소? 손이 고우니 험한 일을 하던 처자가 아니라는 말을 말이오. 그렇다면 세족의 여인일 가능성이 높지."

"그럼 어느 권문세족의 여인이 하녀도 없이 이런 옷차림으로 송악산에서 발견된답니까?"

"또 누가 알겠소? 납치당해 송악산까지 끌려갔었던 것인지도……."

"옷차림은요? 이 옷차림은 어찌 설명하시겠습니까?"

끝까지 물고 늘어지는 부인 이씨를 보며 결국 정몽주는 난처한 기색으로 헛기침을 하며 말을 끝냈다. 이제 이씨의 화살은 아들 윤호를 향했다.

"만약 네 아버님 말씀대로 권문세족가의 여인이라면 일이 골치 아프게 되었다. 너는 어찌 신분도 모르는 여인을 이리 데려왔느냐?"

"허허, 부인. 사람을 살린 일이오. 사람을 살리는 일에 경우가 어디 있단 말이오?"

"아무리 그래도 말입니다. 가뜩이나 이 시중이 대감의 꼬투리를 잡으려 그리 날뛰는데, 괜히 권문세족의 여식을 납치했다는 소문이라도 날까봐 걱정이 되어 그렇습니다."

"이 시중은 그리 한가한 사람이 아니오. 꼬투리를 잡아도 사람을 구한 일을 가지고 그가 그럴 것이라 어찌 그리 생각하는 것이오?"

"요즘 대감의 주변 상황이 이 시중으로 인해 안 좋게 돌아가고 있으니 염려되어 드리는 말씀입니다."

"그만하시오."

그때 바깥에서 하녀의 목소리가 들렸다.

"대감마님, 그 처자가 깨어났습니다."

(중략)

'그래, 꿈일 거야. 꿈…….'

꿈이라고 단정 지으며, 일단 겁에 질린 마음을 가라앉히는 순간이었다. 턱! 하고 무언가 묵직한 것이 현희가 앉아 있는 의자 옆으로 내려놓아지는 소리가 들렸다. 현희가 본능적으로 고개를 돌리자, 그곳에는 바로 호랑이의 큼지막한 머리가 놓여 있었다.

"꺄악!"

현희는 비명을 지르며 앉았던 자리에서 벌떡 일어섰다. 그때 호랑이 얼굴 뒤로 한 사내의 모습이 보였다. 현희는 놀란 숨을 가다듬으며, 호랑이 얼굴과 그 사내의 얼굴을 번갈아 쳐다보았다. 그 사내는 호랑이 가죽을 등에 짊어지고 있었다. 그중 호랑이의 머리 부분을 방금 현희가 앉아 있던 의자 옆에 내려놓았던 것이다.

"뭐, 뭐죠?!"

놀란 현희가 그를 향해 소리쳤을 때였다. 그가 피식거리며 짧은 웃음을 내뱉었다.

"사람인지 귀신인지 확인하고 싶었소."

"그게 무슨……!"

그제야 현희는 자신의 옷차림이 흰 소복으로 보일 수 있다는 걸 깨달았다. 길게 풀어헤쳐진 머리는 더욱 그러했다.

"그런데 호랑이를 보고 놀라는 것을 보니, 분명 사람이군."

"지금 사람 놀려요? 얼마나 놀랐는데……. 근데 이거 진짜 호랑이예요?"

"그렇소."

그가 당연하다는 듯이 무뚝뚝하게 대꾸했다. 그러더니 현희가 믿지 못하겠다는 듯 호랑이의 수염을 살짝 잡는 것을 보더니, 다시 한 번 호랑이의 얼굴을 현희 쪽으로 밀었다.

"꺄아!"

갑자기 자신에게로 다가온 호랑이 얼굴에 현희는 또 한 번 소리를 내지르며 뒤로 물러섰다. 그러자 사내는 그런 현희의 모습을 보며 시원스럽게 웃기 시작했다.

"장난도 정도껏 해요!"

그의 장난에 상당히 놀란 현희가 신경질적으로 말을 내뱉다가, 영문을 모르겠다는 그의 표정을 보면서 다시 한 번 길게 한숨을 내쉬었다.

"꿈이 확실한가 보다. 그렇지 않고서야 호랑이를 보다니, 태몽도 아니고……. 이게 뭐람."

그러자 그가 큭큭거리며 웃기 시작했다. 신경이 날카로워져 있는 현희는 그를 매섭게 노려보며 물었다.

"왜 웃어요?"

"태몽이라니, 혹시 달밤에 아이라도 기원하러 나선 길이었소?"

어쩌면 그에게는 이런 현희의 옷차림이 그렇게밖에 해석할 수 없었는지도 모른다.

"이봐요, 미안하지만 난 아직 결혼도 안 했거든요. 남편도 없는데 아이는 무슨……."

스스로에게 주문을 걸듯이 현희가 중얼거렸을 때였다. 그 사내가 등에 메고 있던 호랑이의 가죽을 정자 아래에 내려놓더니, 현희 가까이로 다가왔다.

"뭐죠?"

갑작스런 그의 행동에 현희가 이유를 모르겠다는 듯 물었을 때였다. 그가 갑자기 두 손으로 현희의 양손을 붙잡더니, 그녀를 정자의 기둥으로 밀어붙였다.

"지금…… 뭐하는!"

현희의 입에서 나오는 말이 끝나기도 전이었다. 그의 입술이 현희의 입술에 닿은 것이다. 갑작스러운 입맞춤에 당황한 현희가 몸을 비틀며, 그에게서 빠져나가기 위해 몸부림쳤다. 하지만 그러면 그럴수록, 그녀의 입술에 닿은 낯선 사내의 입술에서 뜨거운 온기만 더욱 거세어졌다.

잠시 후 사내는 현희의 입술에서 자신의 입술을 거두며, 잡고 있던 그녀의 손도 모두 풀어주었다.

"자꾸 허상이라기에 허상이 아니라는 걸 알려주려……."

그의 말이 다 끝나기도 전이었다.

—찰싹!

현희의 매서운 손이 사내의 뺨을 후려친 것이었다. 갑작스럽게 현희에게 뺨을 얻어맞은 사내는 놀란 두 눈에 힘을 주며 그녀를 응시했다. 그는 누군가에게 이렇게 손찌검을 당한 것이 처음인지 매우 당황해하면서도 곧바로 두 눈에 불을 켜고 현희를 노려보았다.

"감히……."

이 남자, 그는 바로 수문하시중 이성계의 다섯 번째 아들인 이방원이었다.

낮에 송악산에서 하산하다가 호랑이와 부딪친 그는 호랑이를 잡아 가죽을 떼어내다 소나기를 만났다. 그러다 보니 하산이 지체되었고 결국 밤이 되어서야 개경으로 들어설 수 있었다. 그런 그가 현희를 발견했을 때, 소복을 입은 귀신보다는 보름에 맞추어 하강한 항아로 여겼다. 그의 눈에 현희의 하얀 얼굴과 큰 눈은 달밤에 핀 꽃처럼 보였다. 그는 그런 그녀를 그대로 지나쳐갈 수가 없었다. 정말로 그녀가 항아인지 사람인지 말이라도 붙여보고 싶은 것이 사내인 그의 심정이었다. 결과만 놓고 보자면 부녀자 희롱죄를 물을 수도 있겠지만, 그는 태어나 단 한 번도 여인에게 이런 행동을 한 적이 없었다.

② 본문 풀이

위의 내용은 단순히 앞서 조사한 자료와 그 설정만으로 구성해 만든 소설의 발단 부분이다.

a. 여주의 배경

박물관은 공식적으로 5시에 닫았기 때문에, 넓은 박물관 1층에는 사람의 움직임이라고는 전혀 느껴지지 않았다. 현희는 그런 박물관 복도에서 유일하게 발소리를 내는 사람이었다. 그녀는 복도를 따라 맨 끝에 놓인 작은 문을 향해 빠르게 걸음을 옮겼다.

—관계자 외 출입금지

현희는 그 문을 열고 안으로 들어섰다. 곧바로 한두 사람이 겨우 지나갈 수 있을 정도의 좁은 복도가 현희의 눈앞에 펼쳐졌다. 복도의 곳곳에는 불이 켜져 있었지만, 사람의 모습은 찾아볼 수 없었다.

복도를 따라 걷던 현희는 '복원실 3'이라고 써진 문을 열고 안으로 들어갔다. 그 안에는 침대 크기만큼이나 넓은 탁자가 있었고, 얇은 한지가 탁자를 가득 덮고 있었다. 또한 그 위에는 이번 경회루 연못에서 발굴된 것으로 보이는 유물들이 일정한 간격으로 놓여 있었다.

여주인 '현희'는 박물관이 폐관된 오후 늦은 시간에도 그곳 출입이 가능한 사람이다. 또한 '관계자 외 출입금지'라는 푯말이 붙어 있는, 박물관 안에서 유물이 보관 중인 장소에도 출입이 가능하다는 것을 알 수 있다. 박물관에 관계자만 출입이 가능한 유물보관실이 따로 있다는 것은 대부분의 사람들이 알고 있는 사실이지만, 그 내부가 어떠한 구조로 어떻게 생겼는지는 오로지 내 상상에 의해 구상되었다.

b. 1997년과 1389년의 연관성 드러내기

"며칠 전 뉴스에서 볼 때는 온통 녹슬어 있던데요. 근데 이거…… 녹을 거의 다 벗겨냈나 봐요?"

"응. 고고학과 애들이 대단하긴 하더라. 한두 번 해본 솜씨가 아닌지, 약품을 뚝딱 바르더니, 계속 물속에서 비비고 지지고……. 결국 반 이상은 벗겨냈지. 참, 현희야, 용의 발톱 좀 봐봐."

상찬이 대에 묶인 돋보기를 청동 용의 발톱으로 가져다 대자, 현희가 고개를 숙여 돋보기를 통해 청동 용의 발톱을 살펴보았다. 발톱은 정확히 다섯 개였다.

"다섯 개네요?"

"맞아."

현희가 돋보기에서 한참 동안 눈을 떼지 못한 채 반복해서 개수를 세었다. 보면 볼수록 신기했다. 중국 송나라 이후, 천자의 발톱이 다섯 개로 규정됐기 때문에 조선시대의 용 발톱은 언제나 네 개였다.

"그럼 조선시대 것이 아닌 거예요?"

경회루는 조선 태종 때 처음 지어졌고 선조 때 불타서 사라졌다가, 고종 때 흥선대원군에 의해 복원되었다. 하지만 이 소설의 시작은 고려 말. 조선 초기에 지어진 경복궁 경회루를 고려 말과 연관시키는 개연성을 주기 위해서 '청동 용의 발톱은 다섯 개'라는 설정이 쓰였다. 이러한 설정으로 인해서 여주는 청동 용이 조선시대가 아닌 고려시대와 연관이 있는 것이 아닐까 하는 추측을 하게 된다.

c. 남주의 첫 등장

고려 천년의 수도 개경.

창왕 1년의 개경은 나라의 명운이 끝나가는 것을 스스로 알기라도 하듯, 봄인데도 불구하고 며칠째 도성 안에는 안개가 자욱이 깔려 있었다. 이런 날씨에 이른 아침부터 수문하시중 이성계의 다섯째 아들인 이방원은 부친인 이성계와 의형제 사이인 이지란과 함께 송악산으로 사냥에 나섰다.

송악산은 개경의 황성을 마치 보호하듯 감싸쥔, 산세가 높고 수려한 곳이었다. 이곳도 도성 안과 마찬가지로 안개가 숲을 가득 채우고 있었다. 그러나 날이 서서히 밝아오며 시각이 한낮을 향해 다가가자, 숲을 가득 채우던 안개도 서서히 걷히기 시작했다.

이땐 이미 지란과 방원은 여러 마리의 토끼를 잡은 뒤였다. 허나, 방원은 이로 만족하지 못했다. 그가 오늘 지란과 함께 사냥에 나선 것은 노루의 뿔을 얻기 위해서였다. 그것은 부친인 이성계의 원기회복을 위한 약재로 귀히 사용될 터였다. 그러나 날이 밝아오도록 노루는 눈 씻고 찾아보아도 단 한 마리도 볼 수가 없었다.

"조카님, 아무래도 오늘은 날이 아닌 듯싶으이."

지란이 환갑이 넘은 나이에도 호탕한 기백을 드러내며 위로하듯 방원에게 말했다. 그러나 방원의 표정은 밝지 못했다. 짙고 강렬한 눈썹 아래로 선 굵은 이목구비가 분명하게 드러나는 스물두 살의 방원은 이성계의 젊은 시절의 모습을 쏙 빼닮았다. 지란은 그런 그의 얼굴에서 불만을 읽어내고는 다시 한 번 입을 열었다.
"어디 오늘만 날인가? 내일도 또 산에 오르면 되지."

남주인 태종 이방원은 사냥 장면에서 처음 등장한다. 사냥 장면을 통해서 그의 호방한 성격과 무인기질, 그리고 노루의 뿔을 구하기 위해 애를 쓰는 효심을 엿볼 수 있다. 이것은 향후 역사적 배경과 맞물려 그가 아버지 이성계를 왕으로 만들기 위해 정몽주에 맞서 여러 노력을 하게 되는데, 그 전의 모습을 나타낸다. 또한 이성계와 의형제인 이지란은 그와 이방원의 사이가 가깝다는 것을 글 속에서 보여주고자 등장시킨 것이다.

d. 남주와 서브남의 첫 만남

연주가 끝났다.
오로지 비파 연주에만 몰입하고 있던 악사도, 연주가 끝나자 자신의 뒤에 서 있는 누군가의 존재를 느꼈는지 앉아 있던 자세에서 몸을 틀었다. 동시에 방원도 그 악사와 눈을 마주치고는 당황하고 말았다. 이 정도 음색을 낼 악사라면 어느 정도 연륜이 깊은 중년의 남자라고 여겼었다. 하지만 돌아서서 그를 쳐다보는 사내는 새하얀 얼굴에 단아하고 기품 있는 인상을 가진 아주 젊은 사내였다. 수염도 나지 않은 것으로 보아, 방원과 동년배이거나 오히려 더 어려 보였다.

"누구신지……?"

그 사내는 방원이 들고 있는 활과 허리에 찬 검을 보며 걱정스럽게 말문을 뗐다. 송악산을 누비는 사냥꾼이라고 하기에는 방원의 옷차림은 고급스러웠다. 물론 방원의 입장에서도 그 젊은 악사를 바라보는 시선에 의심이 실렸다. 악사는 기껏해야 하급 관리였다. 그럼에도 그 악사가 입고 있는 복식은 민간의 보통 사내들이 입는 평복이 아닌 고급스러운 재질이기 때문이었다. 한마디로 이름 있는 권문세족의 젊은 자제들이나 즐겨 입는 옷이었다.

"사냥에 나섰다가 귀공의 음색에 이끌려 오게 되었습니다."

묵직한 목소리로 방언이 정중하게 대답했다. 그러자 그 악사도 칭찬이 듣기 싫지는 않은지, 얼굴에 약간 붉은 기를 지닌 채 자리에서 일어서며 정중히 고개를 숙였다.

"과분한 칭찬이십니다."

"실례가 아니라면 악관이십니까?"

"아닙니다."

그는 정중하게 대답하면서도 방원의 물음에 작게 코웃음 쳤다. 그러나 곧바로 그 웃음이 방원의 기분을 상하게 했을까, 그 사내가 서둘러 말을 둘러댔다.

"죄송합니다. 제 아버님께서 제가 악관이라는 말을 들었다는 걸 아신다면, 경을 치실 것이라고 생각하니 웃음이 나온 것입니다. 오해는 하지 말아주십시오."

아들이 약관이 되기를 원치 않는다면, 그 이상의 관직을 가진 자가 아버지라는 의미였다. 방원은 점점 더 그 사내가 궁금해졌다.

"그렇다면 귀공의 부친께서는 어떤 분이신지요?"

"제 부친께서는 예문관 대제학이십니다."

예문관 대제학! 지금 예문관 대제학이라면 포은 정몽주를 말함이었다. 작년 방원의 부친인 이성계가 우왕을 강제로 폐위하고 창왕을 옹립한 일로, 친분 있던 두 사람은 완전히 갈라선 상태였다. 한마디로 막 원수 집안에 들어선 이들이었다. 즉 방원은 자신의 부친과 사이가 좋지 않은 정몽주의 아들과 마주하고 선 것이다.

"하하…… 그러셨군요."

이번에는 방원의 입에서 웃음이 나왔다. 그러자 그도 이유를 모르겠다는 듯 방원을 쳐다보았다. 이제 방원도 자신이 웃은 이유를 설명해야 했다.

"제 부친께서는 수문하시중 이, 성 자, 계 자를 쓰십니다."

순간 정몽주의 아들이라는 사내의 얼굴이 납빛으로 변했다. 그 역시도 이성계와 자신의 부친 간의 일을 잘 알고 있는 듯했다. 어찌 되었든 이방원이 그의 존재를 전혀 모르고 있었던 이유는 아직 그가 관직에 나가지 않은 약관의 나이이기 때문일 것이다.

"이 시중 어르신께는 자제분이 여럿 되신다고 들었습니다. 그렇다면 귀공께서는 그중 몇째 자제가 되시는지요?"

"다섯째 이방원이라 합니다. 나이는 올해 스물두 살이 되었습니다."

방원은 주저 없이 시원스럽게 대답했다. 그리고 곧 말을 이어 물었다.

"저 또한 포은 대감 댁에도 자제분이 여럿 된다 들었습니다만."

그러자 그도 자신의 소개를 했다.

"장남 정윤호라 합니다. 나이는 올해 스물입니다."

이 장면에서 이방원은 무인기질을 가진 것으로 표현되었으며, 서브남인 정윤호는 음악을 좋아하는 섬세한 모습으로 그려졌다. 전혀 안 어울릴 것 같은 두 사람이 음악으로 인해 어울리게 되고 가까워지는 장면이다. 또한 그들의 대화를 통해서 두 사람의 아버지(이성계, 정몽주)의 신분이 드러나게 되고, 서로 갈등이 있는 원수의 집안이라는 것도 깨닫게 된다.

몇 년 후 이방원이 정윤호의 아버지 정몽주를 죽인다는 것은 이미 모두가 알고 있는 역사적 사실. 그러나 지금 두 사람은 부친끼리 앙숙 관계라는 사실을 알면서도 가까워지려고 하고 있다. 이건 뒤에 등장할 여주로 인해서 이 두 사람의 사이가 벌어지게 된다는 것도 짐작할 수 있게 한다.

e. 서브남과 여주의 첫 만남

비파를 연주하던 윤호의 손동작이 멈췄다. 그 역시 숲 속에서 희미하게나마 들려오는 방원의 외침을 들었기 때문이었다. 그는 개경을 내려다보는 것을 멈추고는 자리에서 일어나 숲 쪽으로 고개를 돌렸다. 그러나 이제 숲 속에서는 새의 지저귐만 들릴 뿐, 방금 전 그가 들었다고 생각한 사람의 외침은 더 이상 들려오지 않았다. 윤호는 이상한 생각이 들었지만, 마저 하던 연주를 끝낼 생각으로 손을 다시 비파의 줄에 갖다 대었다. 그때였다.

—쿠쿠쿵!

번개 소리가 들리며, 하늘 어디에선가 짙은 회색빛의 구름이 몰려오기 시작했다. 해는 그 구름 속으로 모습을 감췄고, 세상은 금방이라도 비가 내릴 듯이 어둑해졌다. 윤호는 결국 자리를 털고 일어섰다. 서둘러 하산하기로 결심한 것이다.

그가 비파를 챙겨들고 급히 하산하기 시작했을 때, 구름은 결국 세찬 비를 쏟아부었다. 빗줄기로 짐작하건대 소나기로 보였지만, 윤호가 입고 있던 옷은 금세 흠뻑 젖어버렸다. 그는 그런 상황 속에서도 비파를 품에 소중히 안고는 다른 한 손으로 자신의 눈앞에 떨어지는 비를 가로막으며 바삐 걸음을 재촉했다. 그런 그가 걸음을 멈춘 것은, 숲 속의 푸름과는 전혀 다른 색의 무언가가 그의 시선에 들어왔기 때문이었다.

쏟아지는 비를 온몸으로 맞으며 누군가가 나무 사이에 쓰러져 있었다. 윤호는 서둘러 그 사람 곁으로 다가갔다. 그는 정신을 잃고 쓰러져 있었는데, 옷차림으로 보아 고려인 같지는 않았다. 처음 윤호는 그가 입고 있는 행색으로 미루어 사내라고 생각했지만, 온몸에 꽉 맞춰 입고 있는 옷에 드러나는 여인의 선을 보고 나서야 그가 여인임을 깨달았다.
"이보시오! 정신 좀 차려보시오!"
윤호가 그녀의 상체를 받쳐들며 외쳤다. 그러나 죽은 듯 정신을 잃고 있는 여인에게서는 아무런 반응이 없었다. 윤호는 자신의 한 손을 그녀의 코끝에 가져다 대었다. 숨을 쉬고 있는지 확인하기 위해서였다. 그러나 쏟아지는 강렬한 빗줄기 때문에 숨을 쉬고 있는지 아닌지 구별하는 것이 어려웠다. 결국 그는 그녀의 얼굴로 자신의 얼굴을 가까이 숙였다.
비에 젖어서인지 여인의 향 내음이 강하게 그의 코끝을 자극했다. 단 한 번도 낯선 여인과 이리 가까이 얼굴을 댄 적이 없는 윤호의 얼굴이 금세 붉게 달아올랐다. 그는 비에 젖어 싸늘해지는 자신의 몸과는 정반대로 화끈거리는 얼굴을 한 손으로 감싸쥐며, 그녀에게서 고개를 들어올렸다.
다행히도 아직 숨은 붙어 있는 것 같았다. 그렇다면 더 이상 그녀를 이 빗속에 내버려둘 수는 없었다. 크게 다치지는 않았더라도 이대로 버려두었다가는 죽게 될 것이 분명하기 때문이었다.

남주 이방원과 헤어져 하산하던 서브남 정윤호가 여주인 김현희와 송악산 빗속에서 만나게 되는 첫 장면이다. 여주가 처음 고려 말로 와서 만나게 된 사람이 남주가 아닌 서브남이라는 사실에서부터 소설의 마지막까지 나오게 될 엇갈린 세 사람의 운명을 미리 짐작해 볼 수 있는 초석이 된다.

f. 남주와 여주의 첫 만남

'그래, 꿈일 거야. 꿈…….'

꿈이라고 단정 지으며, 일단 겁에 질린 마음을 가라앉히는 순간이었다. 턱! 하고 무언가 묵직한 것이 현희가 앉아 있는 의자 옆으로 내려놓아지는 소리가 들렸다. 현희가 본능적으로 고개를 돌리자, 그곳에는 바로 호랑이의 큼지막한 머리가 놓여 있었다.

"꺄악!"

현희는 비명을 지르며 앉았던 자리에서 벌떡 일어섰다. 그때 호랑이 얼굴 뒤로 한 사내의 모습이 보였다. 현희는 놀란 숨을 가다듬으며, 호랑이 얼굴과 그 사내의 얼굴을 번갈아 쳐다보았다. 그 사내는 호랑이 가죽을 등에 짊어지고 있었다. 그중 호랑이의 머리 부분을 방금 현희가 앉아 있던 의자 옆에 내려놓았던 것이다.

"뭐, 뭐죠?!"

놀란 현희가 그를 향해 소리쳤을 때였다. 그가 피식거리며 짧은 웃음을 내뱉었다.

"사람인지 귀신인지 확인하고 싶었소."

"그게 무슨……!"

그제야 현희는 자신의 옷차림이 흰 소복으로 보일 수 있다는 걸 깨달았다. 길게 풀어헤쳐진 머리는 더욱 그러했다.

"그런데 호랑이를 보고 놀라는 것을 보니, 분명 사람이군."

"지금 사람 놀려요? 얼마나 놀랐는데……. 근데 이거 진짜 호랑이예요?"

"그렇소."

그가 당연하다는 듯이 무뚝뚝하게 대꾸했다. 그러더니 현희가 믿지 못하겠다는 듯 호랑이의 수염을 살짝 잡는 것을 보더니, 다시 한 번 호랑이의 얼굴을 현희 쪽으로 밀었다.

"꺄아!"

갑자기 자신에게로 다가온 호랑이의 얼굴에 현희는 또 한 번 소리를 내지르며 뒤로 물러섰다. 그러자 사내는 그런 현희의 모습을 보며 시원스럽게 웃기 시작했다.

"장난도 정도껏 해요!"

그의 장난에 상당히 놀란 현희가 신경질적으로 말을 내뱉다가, 영문을 모르겠다는 그의 표정을 보면서 다시 한 번 길게 한숨을 내쉬었다.

"꿈이 확실한가 보다. 그렇지 않고서야 호랑이를 보다니, 태몽도 아니고……. 이게 뭐람."

그러자 그가 큭큭거리며 웃기 시작했다. 신경이 날카로워져 있는 현희는 그를 매섭게 노려보며 물었다.

"왜 웃어요?"

"태몽이라니, 혹시 달밤에 아이라도 기원하러 나선 길이었소?"

어쩌면 그에게는 이런 현희의 옷차림이 그렇게밖에 해석할 수 없었는지도 모른다.

"이봐요, 미안하지만 난 아직 결혼도 안 했거든요. 남편도 없는데 아이는 무슨……."

스스로에게 주문을 걸듯이 현희가 중얼거렸을 때였다. 그 사내가 등에 메고 있던 호랑이의 가죽을 정자 아래에 내려놓더니, 현희 가까이로 다가왔다.

"뭐죠?"

갑작스런 그의 행동에 현희가 이유를 모르겠다는 듯 물었을 때였다. 그가 갑자기 두 손으로 현희의 양손을 붙잡더니, 그녀를 정자의 기둥으로 밀어붙였다.

"지금…… 뭐하는!"

현희의 입에서 나오는 말이 끝나기도 전이었다. 그의 입술이 현희의 입술에 닿은 것이다. 갑작스러운 입맞춤에 당황한 현희가 몸을 비틀며, 그에게서 빠져나가기 위해 몸부림쳤다. 하지만 그러면 그럴수록, 그녀의 입술에 닿은 낯선 사내의 입술에서 뜨거운 온기만 더욱 거세어졌다.

잠시 후 그 사내는 현희의 입술에서 자신의 입술을 거두며, 잡고 있던 그녀의 손도 모두 풀어주었다.

"자꾸 허상이라기에 허상이 아니라는 걸 알려주려……."

그의 말이 다 끝나기도 전이었다.

—찰싹!

현희의 매서운 손이 사내의 뺨을 후려친 것이었다. 갑작스럽게 현희에게 뺨을 얻어맞은 사내는 놀란 두 눈에 힘을 주며 그녀를 응시했다. 그는 누군가에게 이렇게 손찌검을 당한 것이 처음인지 매우 당황해하면서도 곧바로 두 눈에 불을 켜고 현희를 노려보았다.

"감히……."

이 남자, 그는 바로 수문하시중 이성계의 다섯 번째 아들인 이방원이었다.

낮에 송악산에서 하산하다가 호랑이와 부딪친 그는 호랑이를 잡아 가죽을 떼어내다 소나기를 만났다. 그러다 보니 하산이 지체되었고 결국 밤이 되어서야 개경으로 들어설 수 있었다. 그런 그가 현희를 발견했을 때, 소복을 입은 귀신보다는 보름에 맞추어 하강한 항아로 여겼다. 그의 눈에 현희의 하얀 얼굴과 큰 눈은 달밤에 핀 꽃처럼 보였다. 그는 그런 그녀를 그대로 지나쳐갈 수가 없었다. 정말로 그녀가 항아인지 사람인지 말이라도 붙여보고 싶은 것이 사내인 그의 심정이었다. 결과만 놓고 보자면 부녀자 희롱죄를 물을 수도 있겠지만, 그는 태어나 단 한 번도 여인에게 이런 행동을 한 적이 없었다.

서브남에 이어 여주가 남주와 만나는 첫 장면이다. 앞서 서브남과 여주의 경우에는 서브남 쪽에서만 강렬한 첫 만남으로 느꼈지만, 남주와 여주의 첫 만남에서는 서로에게 강렬한 기억으로 남는다. 이지란과 송악산에 사냥을 갔던 남주가 서브남인 정윤호와 만난 후, 하산해서 개경으로 돌아오는 과정에 여주를 처음 만난다는 설정이다.

역사 로맨스소설의 진행을 위한 4개의 '그것'

앞서 소설의 발단은 모두 인터넷으로 찾은 역사, 인물의 자료만으로 작성한 것이다. 여주의 등장, 남주의 등장, 남주와 서브남의 첫 만남, 서브남과 여주의 첫 만남, 마지막으로 남주와 여주의 첫 만남으로 기본적인 공식에 역사적 배경과 인물을 더해 작성되었다.

이제 본격적으로 역사 로맨스의 전개 및 절정 부분을 쓰기 위한 네 가지의 필수사항에 대해 말해보고자 한다.

① 역사 로맨스라서 필요한 어쩔 수 없는 '그것'

a. 설명이 있는 경우

"제 부친께서는 예문관 대제학이십니다."

예문관 대제학! 지금 예문관 대제학이라면 포은 정몽주를 말함이었다. 작년 방원의 부친인 이성계가 우왕을 강제로 폐위하고 창왕을 옹립한 일로, 친분 있던 두 사람은 완전히 갈라선 상태였다. 한마디로 막 원수 집안에 들어선 이들이었다. 즉 방원은 자신의 부친과 사이가 좋지 않은 정몽주의 아들과 마주하고 선 것이다.

"하하…… 그러셨군요."

이번에는 방원의 입에서 웃음이 나왔다. 그러자 그도 이유를 모르겠다는 듯 방원을 쳐다보았다. 이제 방원도 자신이 웃은 이유를 설명해야 했다.

"제 부친께서는 수문하시중 이, 성 자, 계 자를 쓰십니다."

순간 정몽주의 아들이라는 사내의 얼굴이 납빛으로 변했다. 그 역시도 이성계와 자신의 부친 간의 일을 잘 알고 있는 듯했다. 어찌 되었든 이방원이 그의 존재를 전혀 모르고 있었던 이유는 아직 그가 관직에 나가지 않은 약관의 나이이기 때문일 것이다.

"이 시중 어르신께는 자제분이 여럿 되신다고 들었습니다. 그렇다면 귀공께서는 그중 몇째 자제가 되시는지요?"

"다섯째 이방원이라 합니다. 나이는 올해 스물두 살이 되었습니다."

방원은 주저 없이 시원스럽게 대답했다. 그리고 곧 말을 이어 물었다.

"저 또한 포은 대감 댁에도 자제분이 여럿 된다 들었습니다만."

그러자 그도 자신의 소개를 했다.

"장남 정윤호라 합니다. 나이는 올해 스물입니다."

"아아."

소개도 대충 끝났지만, 부친들의 어색한 사이 때문인지 그들에게도 어색함만 흘렀다. 그때 방원이 작정한 듯, 허리에 찬 검집을 손으로 가져가고는 윤호의 옆으로 가서 털썩 주저앉았다. 그러자 윤호가 당황한 듯 방원을 내려다보았다. 방원은 그런 윤호를 올려다보며 말했다.

"비파 연주 실력이 상당하시던데, 한 곡 더 들을 수 있을런지요?"

b. 설명이 없는 경우

"제 부친께서는 예문관 대제학이십니다."

지금 예문관 대제학은 정몽주였다.

"하하…… 그러셨군요."

방원의 입에서 웃음이 나왔다. 그러자 그도 이유를 모르겠다는 듯 방원을 쳐다보았다. 이제 방원도 자신이 웃은 이유를 설명해야 했다.

"제 부친께서는 수문하시중 이, 성 자, 계 자를 쓰십니다."

순간 정몽주의 아들이라는 사내의 얼굴이 납빛으로 변했다.

"이 시중 어르신께는 자제분이 여럿 되신다고 들었습니다. 그렇다면 귀공께서는 그중 몇째 자제가 되시는지요?"

"다섯째 이방원이라 합니다. 나이는 올해 스물두 살이 되었습니다."

방원은 주저 없이 시원스럽게 대답했다. 그리고 곧 말을 이어 물었다.

"저 또한 포은 대감 댁에도 자제분이 여럿 된다 들었습니다만."

그러자 그도 자신의 소개를 했다.

"장남 정윤호라 합니다. 나이는 올해 스물입니다."

"아아."

그때 방원이 작정한 듯, 허리에 찬 검집을 손으로 가져가고는 윤호의 옆으로 가서 털썩 주저앉았다. 그러자 윤호가 당황한 듯 방원을 내려다보았다. 방원은 그런 윤호를 올려다보며 말했다.
"비파 연주 실력이 상당하시던데, 한 곡 더 들을 수 있을런지요?"

남주 이방원과 서브남 정윤호의 첫 만남 자리다. 그들은 여기서 인사를 나눈다. 만약 두 사람의 부친이 사이가 좋지 않다는 것과 사이가 좋지 않은 시기(역사적 갈등상황)라는 사실을 밝히지 않고 넘어간다면, 두 사람의 어색한 상황은 이때의 역사적 배경을 모르는 사람에게는 이해가 되지 않는다. 그러므로 이런 경우에는 설명이 필요하다.

② 시대적 분위기와 사고방식을 나타내는 '그것'

"해괴한 옷차림입니다. 분명 원나라 사람들이 입는 옷은 아닙니다. 원나라에서도 말을 타는 여인이라 하여, 이리 호복만 걸친 채 돌아다니지는 않는다 하였습니다."
정몽주의 부인 이씨의 말이었다. 정몽주 역시 이씨의 말에 고개를 끄덕이며 자신의 수염을 쓰다듬었다. 그런 가운데 윤호는 부모님과 마주 앉아, 이씨 부인 앞에 놓인 낯선 재질의 옷을 물끄러미 쳐다보았다. 이것은 그가 산에서 구해 온 여인이 갈아입기 전의 옷이었다. 하녀들이 나서서 그녀의 옷을 갈아입히고는 이 옷을 그대로 이씨 부인에게 가져왔다. 하녀들은 처음 보는 이 옷을 어찌 벗겨야 하는지도 몰라, 결국 날카로운 가재도구로 옷을 찢어서 겨우 벗겨낼 수 있었다고 고하였다.

"팔관회에 참석하러 온 북방의 여인이겠지요? 호복을 입었으니 말입니다, 대감."

"팔관회까지는 아직 멀었소. 또한 팔관회에 참석하기 위해 방문하는 이국의 이들은 모두 관청에 등록하여야만 자유롭게 돌아다닐 수 있소. 그러나 관청에 등록된 이들 중에서 실종된 이가 없다 하지 않소?"

"그렇다면 대체 그 여인은 하늘에서 떨어지기라도 했답니까?"

"깨어나면 알 수 있겠지."

"우리말을 모르면 또 어찌합니까?"

"글쎄…… 그러나 내 생각에는 북방에서 온 여인은 아닌 듯싶소."

"어찌하여 그리 생각하십니까?"

부모님의 대화를 가만히 듣고 있던 윤호도, 북방에서 온 여인이 아니라는 부친의 추측에 시선을 옷에서 거두며 고개를 들었다.

"북방의 여인들이 말을 타는 연유는 사냥을 하기 위해서요. 그렇게 사냥을 하다 보면 절로 손발이 거칠어지기 마련이지. 그런데 하녀의 말을 들었지 않소? 손이 고우니 험한 일을 하던 처자가 아니라는 말을 말이오. 그렇다면 세족의 여인일 가능성이 높지."

"그럼 어느 권문세족의 여인이 하녀도 없이 이런 옷차림으로 송악산에서 발견된답니까?"

"또 누가 알겠소? 납치당해 송악산까지 끌려갔었던 것인지도……."

"옷차림은요? 이 옷차림은 어찌 설명하시겠습니까?"

끝까지 물고 늘어지는 부인 이씨를 보며 결국 정몽주는 난처한 기색으로 헛기침을 하며 말을 끝냈다.

1997년에서 나타난 여주를 빗속에서 구한 정윤호는 그녀를 자신의 집으로 데려온다. 그러자 그의 부친인 정몽주와 아내 이씨는 미래에서 온 여주의 옷차림을 두고 의견이 분분하다. 그리고 의견을 나누는 그들의 사고방식은 오로지 '과거'의 사람이 생전 본 적도 들은 적도 없는 '미래'의 사람을 놔두고 추론할 수 있는 방식을 따르고 있다.

이런 장면의 경우 '그 시대에 살았던 사람의 관점'을 바탕으로 글을 작성해야 한다. 그렇기 때문에 보통 단순하게 '해괴하다', '희한한 차림이다' 정도로 표현할 수 있을 것이다. 그러나 '해괴하고 희한하다'라는 판단을 내리기 위해서는 이러한 말을 하게 된 경위를 뒷받침해주는 역사적 '정보'가 필요하다.

1997년에서 온 여주는 바지를 입고 있었다. 바지는 한자로 '호복'으로 표현되고, 호복은 치마를 주로 입는 고려, 조선 여성들에게는 낯선 옷이다. 한마디로 개경에서는 볼 수 없는 옷차림이라는 것. 그렇기 때문에 고려시대 사람들이 추측해볼 수 있는 것이라고는 여주가 개경 사람이 아니라는 것이고, 동시에 다른 나라 사람들이 개경을 드나드는 기간인 '팔관회'를 떠올린 것이다.

하지만 절대 그것만으로 '판단'은 금물이다. 여주의 입으로 자신이 어디에서 왔는지 밝히지 않은 상황이기 때문이다. 그러므로 미리 짐작해 정답을 내리고, 정답이 아닌 정답으로 쏠리는 현상을 최대한 피해야 한다. 따라서 이 대화는 의문에서 시작해 의문으로 끝나야 한다. 그러나 그 대화 속에서 독자들에게 전달하는 분명한 메시지가 있다. 이 시대(고려 말)에 살았던 사람들의 사고방식과 그들이 가진 지식에 관한 내용이다. 이 부분들은 소설의 역사적 개연성을 높여주는 데 도움이 된다.

③ 복선이 되어주는 '그것'

그때였다.

—쿠쿠쿵!

번개 소리가 들리며, 하늘 어디에선가 짙은 회색빛의 구름이 몰려오기 시작했다. 해는 그 구름 속으로 모습을 감췄고, 세상은 금방이라도 비가 내릴 듯이 어둑해졌다. 윤호는 결국 자리를 털고 일어섰다. 서둘러 하산하기로 결심한 것이다.

그가 비파를 챙겨들고 급히 하산하기 시작했을 때, 구름은 결국 세찬 비를 쏟아부었다. 빗줄기로 짐작하건대 소나기로 보였지만, 윤호가 입고 있던 옷은 금세 흠뻑 젖어버렸다. 그는 그런 상황 속에서도 비파를 품에 소중히 안고는 다른 한 손으로 자신의 눈앞에 떨어지는 비를 가로막으며 바삐 걸음을 재촉했다. 그런 그가 걸음을 멈춘 것은,

숲 속의 푸름과는 전혀 다른 색의 무언가가 그의 시선에 들어왔기 때문이었다.

쏟아지는 비를 온몸으로 맞으며 누군가가 나무 사이에 쓰러져 있었다. 윤호는 서둘러 그 사람 곁으로 다가갔다. 그는 정신을 잃고 쓰러져 있었는데, 옷차림으로 보아 고려인 같지는 않았다. 처음 윤호는 그가 입고 있는 행색으로 미루어 사내라고 생각했지만, 온몸에 꽉 맞춰 입고 있는 옷에 드러나는 여인의 선을 보고 나서야 그가 여인임을 깨달았다.

"이보시오! 정신 좀 차려보시오!"

소설의 복선은 결말을 예측하는 하나의 도구로 작용할 수 있다. 작가의 역량이 뛰어날수록 많은 복선이 소설 곳곳에 숨겨져 있어 읽는 독자로 하여금 즐거움을 느끼게 한다.

소설 초반, 태종 이방원은 이지란과 사냥에 나선다. 그리고 서브남 정윤호를 송악산에서 만난다. 그들이 헤어지고 난 뒤 비는 내리지 않았다. 그러나 정윤호가 정신을 잃은 여주를 처음 발견하는 장면에서는 갑자기 비가 쏟아진다. 그러나 같은 날 밤, 송악산에서 호랑이를 잡고 하산하던 남주 이방원이 여주를 처음 만났을 때 비는 더 이상 내리지 않는다.

서브남이 여주를 만날 때의 날씨와 남주가 여주를 만날 때의 날씨가 다르다. 이것은 '기후'를 이용해 복선을 준 부분이다. 서브남과 여주의 첫 만남은 강렬했지만, 사나운 폭풍우와 같다. 그들의 결말은 비극이다. 서브남이 여주를 남주보다 먼저 만났음에도 이루어질 수 없는 사이라는 것을 날씨로 미리 복선을 주어 표현한 것이다.

④ 시대를 거슬러도 분명한 '그것'

지란과 헤어진 채 음악 소리를 따라 걷던 방원은 곧 숲을 벗어났다. 숲의 끝, 산의 낭떠러지 위에 놓인 널찍하고 큰 바위 위에 한 사내가 개경을 내려다보며 비파를 연주하고 있었다. 애절하면서도 사람의 심금을 울리는 비파의 음색에 방원은 악사의 뒤에서 걸음을 멈추고 말았다.
만약 그 악사가 차려입은 복식이 사내의 복식이 아니었다면 영락없이 여인으로 생각될 정도로, 섬세하면서도 애절하게 들리는 음색. 최근 나라 안팎의 위태로운 정세, 여기에 왕조를 뒤바꿔 엎으려는 부친 이성계의 종용, 이런 가운데에서 오로지 관직에 나아가 이씨 가문의 영광을 위해 나라에 일신을 바치려던 이방원의 마음은 좌절되어야만 했다. 그런 그가 최근에 겪는 이 고뇌가 악사의 비파 연주 소리에 눈 녹듯이 사라지는 것 같았다.

역사 속 실존하는 인물을 가져다가 글을 쓴다는 것은, 글 속에 그들의 역사적 행보도 함께 기술해야 한다는 뜻이라고 생각한다. 따라서 역사 속에서 그들이 어떠한 목표를 가지고 살아왔는지를 절대 배제하면 안 된다. 스토리의 극적이고 드라마틱한 상황을 위해 가볍게 여기면 안 된다는 뜻이다.

우리가 아는 역사를 바탕으로 하면 태종 이방원은 이 소설의 등장 단계에서부터 이미 부친 이성계를 왕으로 세우기 위해 노력했고 이로 인해 정몽주와 대립했다. 그러나 위의 소설만 보고 태종 이방원에 대해 이야기를 하자면, 그는 고려의 충신이 되고 싶어하고 한편 왕이 되려는 아버지와 어느 정도 거리감이 있어 보인다. 자, 그럼 역사적인 왜곡이 없으려면 그의 이러한 심경은 빠른 시일 내에 변화를 맞이해야 한다. 바로 여기에 '로맨스'를 넣는 것이다. 그가 심경의 변화를 갖는 중요한 요소 중 하나가 '여주'가 된다면, 이 역사 로맨스를 이끌어가는 가장 중요한 스토리를 만들어내는 작용을 하게 될 것이다.

엔딩, 그 마지막에 대하여

역사 로맨스의 마지막은 늘 두 가지 중 한 가지를 택해야 한다. 역사의 결말을 따르거나, 역사의 결말을 따르지 않거나. 간단하게 말하자면 정사를 따를 것인가, 아니면 야사를 따를 것인가로 정리할 수 있겠다.

① 정사(역사적 기록)를 따른 결말

앞선 소설에서 정사를 따른 결말을 주자면, 로맨스다운 결말이 사실상 불가능하다. 남주와 여주가 서로 사랑하게 되고 행복한 결말을 맞이한다고 하더라도, 남주인 태종 이방원에게는 드세기로는 조선의 왕비들 중에서 가장 손꼽히는 왕비 민씨가 있으며, 후에 왕이 된 그는 수많은 후궁을 들이기 때문이다.

이 모든 정사를 그대로 따른다면 이 소설은 역사 로맨스가 아니라, 단순 역사소설로 끝나게 될 것이다. 하지만 우리는 로맨스소설의 정석이 무엇인지 잘 알고 있다. 남주와 여주의 아름다운 엔딩이 바로 로맨스소설의 포인트. 그러한 엔딩을 부여하면서 동시에 정사를 따르는 결말을 맞이할 수 있는 방법은 무엇일까?

초반 경복궁 경회루에서 발견된 '청동 용'에 대해 이야기했다. 처음 등장한 이 용이 마지막까지 제 역할을 다 할 수 있으려면 바로 이 부분에서 살리면 된다. 소설 초반, 이 청동 용이 경회루가 처음 만들어지던 태종 때 연못에 넣어진 것으로 설정했다. 그렇다면 이 소설은 경회루가 지어진 1412년이나 또는 그 이전에 완결이 나야 할 것이다. 그렇기 때문에 남주인 태종 이방원의 역사적 기록도 1412년 이전까지만 자료 조사를 했었다.

그렇게 보자면 1412년 이후의 역사는 중요하지 않다. 그 이후의 이야기는 소설에 나오지 않을 것이기 때문이다. 이 소설의 마지막은 1412년 이전까지의 내용을 바탕으로 남주와 여주와의 사랑을 담은 내용이면 된다. 그리고 소설에는 등장하지 않을 1412년 이후의 이야기는 독자들의 상상에 맡기는 것이다.

② 야사(허구)를 따른 결말

제일 쉬울 수 있는 결말이다.

소설의 초반은 역사적 배경을 깔고 남주인 태종 이방원이 제1차, 제2차 왕자의 난을 거쳐 왕세자가 되고 1400년에 즉위하기까지의 내용을 다루면 된다. 그때까지 그의 후궁은 여주로 설정한 '효빈 김씨'가 유일했다. 이제 1400년 이후부터 1412년 경회루가 지어질 때까지의 내용은 허구로 설정한다.

'왕위에 오른 태종은 단 한 명의 후궁도 두지 않았다'라는 허구의 설정을 만드는 것이다. 이렇게 설정할 경우 '왕위에 오른 남주인 태종 이방원과 여주인 효빈 김씨는 행복하게 살았을 것이다'라는 결론을 낼 수 있다. 하지만 동시에 역사적 사실을 정확히 알고 있는 독자들의 경우 개연성을 잃어버리고 이 결말에 큰 실망감을 느낄 가능성이 크다. 허구의 결말은 이러한 위험을 끌어안아야 한다는 부담감을 작가가 갖고 가야 한다는 단점이 있다.

3

역사 로맨스소설을 쓰고 싶은 독자에게

나는 여전히 '역사'와 '글'을 배우고 있다. 그럼에도 불구하고 사람이기 때문에 실수를 하고 놓치는 부분들이 나온다. 이것을 여기서 '역사 왜곡'이라고 표현하자. 내가 역사학자가 아닌, 단순 '역사'가 좋아서 그것을 표현하는 하나의 방식으로 '로맨스'를 택했기에, 이는 역사 로맨스를 쓸 때마다 피할 수 없는, 반드시 건너야 하는 유일한 다리와도 같다. 그리고 그 다리를 건널 때마다 나는 엄청난 부담감을 안고 건넌다.

나는 매주 웹소설 마감을 하고 있다. 이 때문에 연재 시작 전에 충분한 자료 조사와 고증 답사를 하고 준비한다. 그러나 그럼에도 불구하고 그것이 '역사 왜곡'이 되었을 경우, '역사'와 다르게 써졌을 경우, 이 부분에 전문가인 독자들로부터 제보를 받게 되는데, 이때가 가장 부끄럽고 민망한 순간이다. 하지만 연재가 아직 진행 중이라면 바로바로 수정이 어려운 부분이 있기 때문에 대부분 소설을 완결 짓고 난 이후에 수정에 들어가게 된다. 매우 안타까운 상황이지만.

반면 일부러 '역사 왜곡'을 하는 경우도 있다.

요즘은 단순히 '재미'를 위해 역사 로맨스라는 제목을 달고 당당하게 왜곡을 한 소설들을 종종 보게 된다. '오로지 두 남녀의 아름답고 애틋한 사랑을 위해서! 이것은 어쨌든 로맨스소설이니까! 어차피 역사 따위는 중요하지 않아! 재미와 더 많은 독자들을 끌어모으기 위해서라면 야사가 정사가 되든, 정사가 야사가 되든 상관없어!'

나 역시도 이런 사람 중의 하나일 것이다. 하지만 동시에 역사를 매우 좋아하는 사람이기도 하다. 그래서 이러한 현실이 가슴 아프고 씁쓸하게 다가올 때가 많다.

로맨스소설인데 역사 왜곡이 뭐 어떠냐고? 하지만 아직 역사를 다 배우지 못한 일부 독자들은 재미로 받아들인 역사를 진실로 믿어버릴 때가 있다. 그리고 그 왜곡된 역사를 위해 적극적인 변호 활동을 펼치기도 한다. 이런 모습을 볼 때마다, 그리고 그것이 내가 쓴 글 때문이라는 것을 알게 될 때마다 나는 두려움을 느낀다.

역사는 숭고한 것이다.

인류의 역사가 시작된 이래 수천 년간 이름 없는 우리의 수많은 조상들의 희생, 그리고 그들이 목숨을 걸고 추구한 가치가 만들어낸

산물이 지금의 우리 역사이기 때문이다. 그런데 나는 그러한 역사를 아무런 대가 없이 가져다가 아름다운 로맨스소설을 쓰기 위해 그 누구의 허락도 받지 않고 왜곡하고 변형시켜 글을 쓴다. 실존인물을 가져다가 주요 등장인물로 사용하게 될 때는 더욱 두렵다. 역사 속 실존인물들은 후세에 쓰일 로맨스소설을 위해 평생 자신의 가치와 신념을 지키며 살아왔던 분들이 아니기 때문이다.

그래서 나는 내가 쓴 글이 아름다운 로맨스소설이 되어 많은 사람들이 보게 되었을 때, 이로 인해 일부러 왜곡 및 변형시킨 역사가 진짜 역사라고 믿는 독자가 나타날까봐, 그리고 나타날 때마다 두려움을 느끼는 것이다.

그래서 나는 역사 로맨스를 쓰고 싶은 독자에게 이 말을 꼭 하고 싶다. 여러분이 아름다운 로맨스를 쓰기 위해 어떤 다양한 노력을 하든지 간에 역사라는 그 가치가 지닌 숭고한 무게를 늘 마음에 지니기를 진심으로 바란다고.

용감한 자매

이화여자대학교 교육학과를 졸업하고, 2013년 장편소설 《줄리아나 1997》(네오픽션)을 출간했다. 2014년부터 2015년까지 네이버 '오늘의 웹소설'에서 〈나를 사랑한 아이돌〉과 〈나를 사랑한 대륙남〉을, 네이버 베스트리그에서 〈나를 사랑한 주인님〉을 연재했다. 지금도 재미있고 흥미로운 웹소설을 쓰기 위해 노력 중이다.

chapter 3

사랑이야기에 트렌드한 스푼, 트렌디 로맨스 소설

1

웹소설 작가가 된 계기

나와 함께 이 책을 집필하는 작가들에게 먼저 미안하다는 말을 전하고 싶다. 대부분 10년 안팎의 커리어를 자랑하는 베테랑 작가들로 알고 있는데 그에 비해 용감한 자매는 경력이 짧다.

그럼에도 불구하고 원고 청탁이 왔을 때 승낙한 이유는 이 책을 보는 대부분의 독자가 작가 지망생이거나 신인작가일 것이기 때문이다. 대학 신입생들에게는 사회적으로 성공한 CEO가 해주는 성공 이야기보다 이제 막 대학을 졸업한 선배가 해주는 말이 더 도움이 되기도 하니까.

어쨌든 내 글은 베테랑 작가의 금과옥조라기보다는 신인작가의 생생한 체험담 정도로 읽어주길 바란다.

웹소설 작가가 되기 위해 열심히 챌린지리그에 글을 올리고 부지런히 공모전의 문을 두드리는 작가 지망생들이 들으면 허망한 얘기겠지만, 나는 웹소설 작가가 되기 전까지 단 한 번도 웹소설을 읽은 적이 없다. 웹소설 자체가 뭔지도 잘 몰랐다. 그냥 전자책인가?

전자책도 별로 보지 않았다. 《그레이의 50가지 그림자》 정도만 읽었었나? 소설이란 모름지기 서점에서 종이로 된 책을 사서 한 페이지 한 페이지 넘기며 읽는 것이 제 맛이라 생각했으니까.

나는 작가 데뷔 자체가 늦었다. 본업이 작가도 아니었고 늘 작가로의 열망만 있었지, 이런저런 다른 일에 치이며 살다 보니 정작 내가 가장 하고 싶었던 글쓰기 자체는 내 인생의 늦은 날에야 시작하게 된 것이다.

심지어 소설가가 목표도 아니었다. 실은 드라마 작가를 준비 중이었다. 시간이 나면 드라마에 관련된 책을 읽고 대본을 읽다 보니 웹소설까지 관심을 둘 여유가 없었던 것이다.

늦었지만 전업작가를 목표로 하고 이리저리 드라마 시장을 기웃거릴 때 누군가가 먼저 소설을 써보는 게 어떻겠느냐는 조언을 해주었다. 드라마 대본을 쓰더라도 미리 스토리를 소설로 출간하면 저작권 확보에도 좋고 원작 판권을 팔 수도 있다는 것이었다.

아하! 그럼 소설을 먼저 써야겠군. 본인의 소설을 원작으로 대본까지 직접 쓸 수 있는 능력 있는 멀티플레이 작가가 되리란 꿈을 실현시켜보자!

그렇게 용감하고 무모하게 도전해서 데뷔한 소설이 《줄리아나 1997》(네오픽션, 2013)이다.

막상 내가 쓴 글이 세상에 나오니 그때 느꼈던 그 환희란! 목마른 짐승이 물을 찾듯 그때부터는 드라마고 소설이고 가릴 것이 없었다. 닥치는 대로 글을 썼다. 누가 시나리오 작업을 도와달라면 도와주고 19금 소설을 써달라면 써주고, 매일매일 새로운 이야기로 머리를 쥐어짜며 글을 쓰기 시작했다. 내 안에 가득 차 있던 글에 대한 목마름과 열망이 폭발한 것이다.

한참 새로운 스토리 구상에 재미를 붙였던 시기에 소설로 출간하거나 드라마로 써보려고 준비했던 기획서를 우연히 네이버 웹소설 담당자에게 보낸 적이 있다. 그런데 덜컥 주제가 신선하다는 평가와 함께 웹소설 연재 제의를 받았다.

바로 그 작품이 네이버의 '오늘의 웹소설' 데뷔작 〈나를 사랑한 아이돌〉이다. 웹소설이 일반 소설과 어떤 차이가 있는지, 어떻게 써야 하는지, 웹소설에 대한 감도 독자들에 대한 에티켓도 전혀 모르고 정신없이 썼던 〈나를 사랑한 아이돌〉.

지금 다시 보면 어떻게 그만큼의 인기를 누릴 수 있었나 싶다. 스토리나 퀄리티가 안 좋다는 게 아니라 웹소설의 기본이나 특징이라곤 눈곱만큼도 모르고 쓴 작품이라는 얘기다. 내용은 재밌을지 몰라도 웹소설을 보는 독자들의 익숙한 흐름에서는 많이 벗어나 있다. 한 60화에 가서나 정신을 차렸던가? 그 당시 나에게 웹소설은 이런 것이라고 조언해준 사람이라곤 본인도 웹소설을 쓴 지 얼마 안 된 동료뿐이었으니.

그런데 운 좋게 〈나를 사랑한 아이돌〉이 좋은 평가를 받았고 뒤이어 실험적으로 챌린지/베스트리그에 올린 작품 〈나를 사랑한 주인님〉이 오히려 정식 연재를 뛰어넘은 인기를 얻었다. 베스트리그 사상 판매 2위를 기록하는 대박을 친 것이다. 그 힘을 받아 두 번째 웹소설인 〈나를 사랑한 대륙남〉까지 연재하며, 어느새 나는 2년 동안 쉬지 않고 웹소설을 쓰고 있다.

아, 그런데 이거 쓰면 쓸수록 개미지옥이다. 한 회 한 회 쓸 때마다 바로바로 올라오는 반응과 리뷰, 그리고 순위 변화에 당최 긴장을 풀 수가 없다. 작가는 보통 슬로 라이프를 즐기며 여유가 있어야 된다고 생각한 나에게(그래야 뭔가 소설가스럽잖아!) 이건 뭐 쉬지도 못하고 몰아쳐야 하니.

늦게 시작한 도둑질이 밤새는 줄 모른다고 했던가. 글쓰기에 목말라 있던 나, 이런 빠르고 잔인한 채찍질이 싫지 않다. 아니, 너무 좋다. 이번 작품 미리보기 털고 나면 좀 쉬어야겠다고 다짐하면서도 내 눈과 머리엔 이미 차기작에 대한 아이디어가 반짝이고 있다.

조금 지나면 지칠 수도 있다. 체력이 달릴 수도 있다. 좀 쉬고 싶다고 울 수도 있다. 하지만 지금 당장은 머릿속 가득한 이야기들을 죽을힘을 다해 털어내고 싶다.

2

로맨스 장르를 선택한 이유

일부러 로맨스 장르를 선택한 건 아니다. 앞서 말했듯이 내가 기획한 여러 가지 작품들 중 〈나를 사랑한 아이돌〉이라는 로맨틱 코미디 작품이 첫 웹소설로 선택되면서 자연스럽게 로맨스 장르로 들어서게 된 것이다. 아마 웹소설을 쓰게 해줄 테니 쓰고 싶은 장르를 고르라고 했다면 개인적으로 좋아하는 미스터리를 골랐을 수도 있다.

그런데 막상 이 세계에 들어와보니 로맨스가 대세이긴 하다. 그것도 압도적으로. 작품 수도 다른 장르에 비해 로맨스가 훨씬 많다. 네이버의 '오늘의 웹소설'을 예로 들면 전체 50편이 넘는 작품 중 절반이 넘는 30편의 작품이 로맨스다. 그렇다면 왜 웹소설의 세계에선 로맨스가 대세일까? 카카오페이지, 북팔, 조아라, 로망띠끄 등 다양한 플랫폼들이 있지만 아무래도 우리나라에서 가장 큰 시장인 네이버를 예로 들어 설명하겠다(2015년 10월 기준).

여성 독자가 많다

웹소설을 이용하는 남녀 독자들의 비율을 알아보기 위해 로맨스, SF&판타지, 무협, 미스터리, 라이트노벨, 퓨전으로 나누어 이 작품들을 미리보기 서비스로 이용하는, 그러니까 웹소설을 무료 연재뿐 아니라 돈을 주고 구매하는 독자 유형을 살펴보았다.

- 로맨스(29개 작품) : 작품마다 근소한 차이는 있지만 모든 작품의 90퍼센트 이상이 여성 독자들이다.
- SF&판타지(12개 작품) : 〈아르세니아의 마법사〉나 〈마신 전설〉처럼 남성 비율이 높은 작품도 있다. 하지만 그 비율이 로맨스처럼 1:9로 몰려 있지 않다. 남녀 비율이 7:3은 된다. 심지어 〈괴물의 순결한 심장〉과 〈백작과의 기묘한 산책〉 은 오히려 여성 독자가 90퍼센트나 된다.
- 무협(8개 작품) : 물론 로맨스에 비하면 남자들이 많다. 하지만 역시 그 비율이 로맨스처럼 편파적이진 않다. 〈수라왕〉 같은 남성성이 강한 작품도 여성 독자가 24퍼센트는 되고 〈패왕연가〉는 여성이 40퍼센트나 된다.
- 미스터리(2개 작품) : 〈요운당〉, 〈설공찬환혼전〉 모두 여성 독자가 90퍼센트다.
- 라이트노벨(4개 작품) : 4개의 작품 중 〈형의 그녀〉 (여성 40퍼센트), 〈납치, 감금에서 시작되는 우리들의 사바트〉 (여성 20퍼센트)만 남성이 많고, 나머지 2개 작품

은 여성이 90퍼센트를 차지한다.

● 퓨전(4개 작품) : 〈레이븐 — 여왕의 수호 목걸이〉 외의 세 작품 모두 여성 독자가 70퍼센트 이상이다.

위의 분석에서 알 수 있듯 로맨스는 물론이고 다른 장르까지도 미리보기 서비스를 이용하는 독자는 여성들이 훨씬 많다. 물론 미리보기 서비스를 많이 이용한다고 해서 웹소설 독자 중 여성이 차지하는 비율이 남성보다 훨씬 높다고 단정 지을 순 없다. 하지만 확률적으로 많이 보는 사람이 많이 사지 않을까? 자본주의 나라에선 돈을 쓰는 소비자가 갑이다. 당연히 지갑을 열어 적극적으로 웹소설을 봐주는 여성들이 원하는 대로 시장이 따라갈 수밖에.

이렇게 여성들이 웹소설을 많이 찾는 한 로맨스 장르는 앞으로도 오랫동안 대세일 것이다.

찾는 독자가 많으니 인기 순위가 상위권이다

당연한 말이겠지만 찾는 독자가 많고 조회수가 높다 보니 다른 장르에 비해 로맨스가 전체 인기 순위의 상위권을 차지하고 있다.

순위가 높으면 좋은 이유는 모바일이든 PC든 노출 빈도수가 더 높아진다는 것이다. 맨 첫 페이지 맨 위에 링크돼 있으니 쉽게 눈에 띌 수 있고, 그 말은 한 번이라도 더 독자들의 클릭을 받는다는 것이다. 심지어 남녀별, 연령별 인기 있는 작품을 따로 순위를 매겨 노출

시켜주니 웹소설을 모르는 사람들이 들어갔을 때 우선적으로 그 작품에 손이 갈 수밖에.

결국 인기 있는 작품은 더 인기가 많아지고 인기가 없는 작품은 더 인기가 없어진다. 빈익빈 부익부!

돈! 돈! 돈!

웹소설 작가가 돈을 버는 시스템은 이렇다.

일단 웹소설을 연재하기로 하면 플랫폼 측과 작가료 협상이 있을 것이다. 이건 작가들끼리 공유하지 않는 한, 어느 작가가 얼마 받는지는 공식적으론 비밀이다.

작가료와 별도로 유료 판매 수입이 있다. 플랫폼 측과 사전 협의하에 몇 대 몇으로 배분한다. 이 유료 판매 수입이야말로 작품별로 천차만별이다. 네이버 N스토어 페이지에서 판매액 순서대로 작품 정렬이 가능한데 이 순위가 지금까지 누적 판매 순위다.

실제로 역대 오늘의 웹소설 판매 순위를 보면(2015년 10월 기준) 1위는 무협 〈수라왕〉이지만 20위권 안에 드는 작품 중 10편이 로맨스 소설이다(2위 〈원하는 건 너 하나〉, 3위 〈구르미 그린 달빛〉, 4위 〈고결한 그대〉 등등).

생각해보라. 무협소설은 일단 분량이 많다. 기본 회차가 300회를 넘나든다. 그런데 80회차 안팎의 분량인 로맨스소설이 비슷한 판매를 올리니 로맨스 장르에 작가들이 몰리겠는가, 안 몰리겠는가?

3

로맨스소설의 현주소

처음엔 다른 장르 웹소설로 들어왔다가 차기작부터는 로맨스로 갈아타는 작가를 무척 많이 봤다. 그래, 내가 로맨스로 장르는 잘 선택했군. 미스터리를 했으면 어쩔 뻔했어? 그런데 이 세계, 조금 있다 보니 장난이 아니다. 무조건 대세인 로맨스를 선택한다고 다 잘되는 게 아니었다. 결론부터 얘기할까? 로맨스를 선택해서 들어오려면 어금니 꽉 물고 들어와라!

많은 작가들이 모인다는 건 그만큼 경쟁이 치열하다는 것이다. 레드오션! 말 그대로 붉은(RED) 피를 흘려야 할 정도로 경쟁이 빡세다. 그럼 지금부터 로맨스 장르의 현주소에 대해 몇 가지 이야기하겠다.

정식 연재를 통과하기가 쉽지 않다

로맨스소설 작가들이 점점 늘다 보니 첫 번째 관문인 플랫폼 담당자들을 통과하기가 만만치 않다. 작품이 많을수록 비슷비슷한 스토리도 많아져 소재 잡기도 어렵고 독자들의 눈도 많다 보니 조금의 어설픈 설정도 강한 질타를 받는다. 당연히 담당자들이 점점 더 까다로워질 수밖에.

기성작가가 원고를 투고하는 경우, 보통 기획서와 함께 5회차 정도의 분량을 보내면 담당 에디터가 수정사항을 보내서 회신을 해준다. 이때 자칫하면 반감이 생길 수도 있으나 내 경우에는 지나고 보니 에디터의 지적이 옳을 때가 많았다. 그러니 전향적인 자세로 글을 업그레이드해서 일단 정식 연재 통과에 모든 노력을 경주할 것!

내 순위 또 떨어졌어?

천신만고 끝에 통과했다고 치자. 그런데 그게 끝이 아니다. 쓰는 내내 순위 때문에 맘고생이 여간 심한 게 아니다.

매달 새로 들어오는 작품 중에서 로맨스가 제일 많은 상황. 어떤 달은 로맨스만 5편이 들어온 적도 있다. 그러니 어떻게 순위에 민감하지 않을 수 있을까? 경쟁자가 많아도 너무 많다. 자고 일어나면 내 순위가 그대로 있나 확인하는 게 습관이 되어버렸다.

물론 순위가 다는 아니다. 실제로 순위가 안 좋아도 좋은 평가를 받는 작품들이 있고, 웹소설 순위와 판매 순위가 다른 경우도 많다.

하지만 매일매일 내려가는 내 작품의 순위를 보면서, 회차마다 줄어드는 리뷰와 댓글들을 보면서 "나는 절대 순위에 연연하지 않아"라고 말할 수 있는 쿨한 작가가 있을까?

내 생각엔 절대 없다. 작가들은 보통 자존감이 강하고 자존심이 센 성향의 사람들이다. 때문에 누가 뭐라 하지 않아도 순위가 낮으면 스스로 자존심에 상처를 받는다. "내 글이 그렇게 별론가?" 자문하면서.

그래서 순위가 안 좋은 작품들은 원래 목표했던 회차보다 10회에서 20회 정도 조기 마감하는 경우가 많다. 드라마도 그렇듯이. 인기 있는 작품은 연장 들어가고, 없으면 조기 종영하고.

실제로 인기 있는 작품은 80회에서 90회 사이에 종영하는데 하위권 작품들은 70회를 넘기지 않는다. 반응이 별로면 작가 입장에서도 쓰는 재미도 없어지고 기운도 빠지니까.

단, 순위는 그냥 그런데 판매가 좋은 경우가 있다. 그럴 땐 음, 뭐랄까. 달콤 쌉싸래한 기분이랄까?

다른 장르에 비해 평가도 냉정하다

망하면 더 민망해지는 게 로맨스라고 생각한다. 솔직히 로맨스가 아닌 다른 장르의 소설들은 독자들 반응이 좀 안 좋거나 판매가 없어도 할 말이 있다.

"인기 장르가 아니니까."

"미스터리 작품이 이 정도 했으면 잘한 거지!"

그런데 로맨스 장르를 선택했으면서도 순위가 안 좋으면 딱히 변명거리가 없다. "제 작품이 부족했어요"라는 말밖에는.

너무 냉정하게 얘기했나?

하지만 로맨스 작가들이 읽는다면 많은 부분 고개를 끄덕이며 수긍할 것이다. 로맨스 장르의 현실이 이렇게 엄혹하다. 이런 현실에도 불구하고 용감한 자매는 앞으로 한 10편 정도는 더 로맨스로 승부를 볼 생각이다. 힘든 만큼 잘됐을 때 보람은 말도 못하니까.

1위 했을 때 기분은 어떨까? 넘치는 사랑으로 불꽃 싸다구를 맞는 느낌일까?

어쨌든 이왕 늦게 시작한 작가로의 길, 남들보다 좀 더 목표를 크게 가지고 도전해볼 생각이다. 네이버 웹소설 기준 로맨스 전체 순위 3위? 〈나를 사랑한 대륙남〉이 5위까지 해봤으니 3위 정도의 목표는 괜찮지 않을까 싶다.

목표를 이루고 나면 그다음에 다른 장르를 도전해보려고 한다. 판타지, 그다음엔 미스터리, 그다음은 라이트노벨? 무협은 절대 안 될 듯하지만 말이다.

4

트렌디 로맨스소설, 이렇게 써라

잘 모르고 시작했지만 알면 알수록 일반 소설보다 치밀한 전략과 전술이 필요한 분야가 웹소설이다. 연재를 시작하기 전에 고도의 전략과 전술을 짜고 들어가야 실패할 확률이 적다.

용감한 자매는 작가의 나이로 치면 중견이고 장르소설 경험으로 치면 신인작가 수준이다. 그 말은 10대, 20대 작가들처럼 획기적이고 기발한 발상을 번뜩이기엔 머리가 굳었고, 10년 넘게 장르소설계에서 로맨스를 연재한 경험이 풍부한 작가들에 비하면 노하우가 부족하단 뜻이다.

이 점을 잘 알고 있는 나로서는 쏟아지는 로맨스소설들 사이에서 살아남기 위해 대세와 유행, 그러니까 트렌드를 발 빠르게 감지해 소재부터 튀는 소설을 써보기로 했다. 이름하여 '트렌디 로맨스'.

그렇다면 트렌디 로맨스는 어떻게 쓰면 될까? 무조건 유행만 따르면 트렌디 로맨스가 될까?

답은 NO. 유행은 졸졸 흐르는 시냇물과 같다. 이 흐르는 시냇물 중 실(實)한 줄기를 잡아 강물처럼 키워내야 성공할 수 있다.

그럼 이제부터 본격적으로 로맨스소설, 특히 '트렌디 로맨스소설 쓰기'에 대한 구체적인 얘기를 해보겠다. 앞으로 쓸 글의 내용은 내가 〈나를 사랑한 아이돌〉, 〈나를 사랑한 주인님〉, 〈나를 사랑한 대륙남〉 이렇게 세 편의 웹소설을 쓰며 생생하게 경험했던 과정들이다. 이 과정들을 통해 알게 된 소중한 교훈을 독자 여러분에게 공개하는 이유는, 여러분이 취할 건 취하고 버릴 건 버리고 해서 각자 나름의 소설 세계를 빨리 구축했으면 하는 마음에서다. 자, 그럼 이제부터 이들 작품을 기획하며 꾸었던 꿈들을 부끄럽지만 함께 공개하겠다.

〈나를 사랑한 아이돌〉 (네이버 '오늘의 웹소설', 2014. 6. ~ 2015. 2.)

첫 작품 〈나를 사랑한 아이돌〉은 국민훈남 아이돌과 모태솔로 누나의 좌충우돌 사랑 이야기를 그린 로맨틱 코미디다.

① 팬픽에서 아이디어를 얻다

실제 아이돌이 주인공인 팬픽(팬Fan과 픽션Fiction의 합성어)은 관련 블로그나 카페가 넘쳐나면서 인터넷 안에선 소설의 한 장르로 자리 잡았다. 그러나 작품의 수준이 떨어지는 데다 팬픽을 쓰는 작가가 실제 팬이기에 감정 조절이 되지 않는 치명적인 문제가 있었다. 결정적으로 그 아이돌을 안 좋아하는 독자들에게는 외면을 받는다. 그래서 대부분의 웹소설 연재 플랫폼에서도 팬픽은 정식 연재 장르에서 빠져 있다.

나는 생각했다. 팬픽이 갖는 단점을 제거하고 아주 잘 만들어진 팬픽 느낌의 로맨스소설을 쓰면 어떨까? 대부분의 로맨스소설의 남자 주인공을 차지하는 재벌 2세, 의사, 변호사 같은 전문직이 아닌 아이돌을 남자 주인공으로 만들고, 많은 독자들의 관심사인 연예계 이야기도 담는다면 충분히 성공 가능성이 있지 않을까?

그렇게 탄생한 인물이 〈나를 사랑한 아이돌〉의 남자 주인공 렉스의 멤버 우현이다.

② 연상연하 트렌드의 끝판왕

아이돌과 흔녀(흔한 여자). 이 두 단어는 색으로 치면 보색처럼 가장 멀리 떨어져 있는 것처럼 보인다. 아이돌은 말 그대로 신화 같은 우상일 뿐 언제 어디서나 볼 수 있는 흔녀와 어울리는 존재가 아니니까. 그런데 만인의 우상 아이돌이 그야말로 흔하디흔한 아랫집 여자와 연애를 한다면? 그것도 연상의?

우리 대부분의 여자들은 흔녀다. 나를 포함한 흔녀들에게 대리만족을 시켜주고 싶었다. 생각해보라. 전 국민의 우상인 아이돌과의 연애라니, 얼마나 짜릿한가. 이렇게 사심 가득한 마음으로 탄생한 여주가 아랫집 누나 세경이다.

일화를 하나 더 말하자면, 실제 내가 사는 아파트에 엑소 숙소가 있다. 가끔 주차장이나 엘리베이터에서 마주치곤 했는데…… 흠…… 상상을 소설로 실현시킬 수 있는 작가의 특권을 한껏 이용한 셈이랄까?

③ 주인공 이름까지도 신경 쓰자!

주인공들의 이름도 중요하다. 나는 독자들이 〈나를 사랑한 아이돌〉을 읽으며 조금 더 주인공들을 머릿속에 잘 떠올릴 수 있도록 실제 연예인 이름을 참고하기로 했다. 그래서 〈나를 사랑한 아이돌〉의 주인공 이름들은 실제 인기 연예인들의 이름과 비슷하다. 우현은 인피니트 멤버 중 한 명의 이름이고, 여주 이름은 당시 대세스타 신세경이다.

특정 연예인과 똑같은 이름을 쓰거나 비슷한 이름을 쓰면 그들의 팬들이 불쾌하게 생각할 수도 있고 팬이 아닌 사람은 외면할 수도 있겠지만, 나는 신인작가로서 어떻게 해서든 독자들 사이에 작품의 이름을 많이 올리고 이슈를 만드는 게 목표였다. 그런 면에선 주인공 이름들을 연예인 이름으로 쓴 건 성공적이었다. 초반 〈나를 사랑한 아이돌〉을 보러온 독자들의 리뷰를 보면 인피니트 팬들이 많았다.

하지만 이 전략의 단점도 있었다. 독자 연령층이 너무 낮아졌고 소설의 내용보다는 '우리 오빠를 모델로 하신 거 맞아요?'란 리뷰가 너무 많았다.

결론은? 앞으론 우연히 겹치면 모를까, 일부러 연예인 이름은 절대 쓰지 않을 것이다. 여러분도 참고하시길.

④ 한류를 노린 기획

나는 말하고 싶다. 소설을 기획할 때 꼭 이 소설이 소설로만 끝나지 않기를 바라며 기획하라고. 콘텐츠의 좋은 점은 평생 동안 잠재력이 있다는 것이다. 언제 터질지 모르는 잠재력.

요즘 웹소설이 활성화되면서 TV 드라마, 웹 드라마, 라디오 드라마까지 웹소설을 원작으로 한 작품들이 늘고 있다.

윤이수 작가의 〈구르미 그린 달빛〉, 노승아 작가의 〈법대로 사랑하라〉, 플아다 작가의 〈당신을 주문합니다〉 등이 이미 드라마가 되었거나 될 예정이다. 나는 늘 내 작품이 한류 상품이 되길 꿈꾸고 기획한다.

〈나를 사랑한 아이돌〉의 또 다른 주인공은 음악이다. 그래서 국내뿐 아니라 중국 시장에서도 강점이 있다고 생각했다. 만약 이 작품을 드라마로 만든다면 실제로 중국에서 인기가 많은 아이돌 멤버가 주연을 맡고 OST 음원도 대박이 나고……. 뭐 이런 기획을 했다.

부끄럽게도 이런 꿈까지 여러분에게 공개하는 이유는 여러분도 작품 하나하나를 쓸 때 큰 꿈을 그리면서 써보라는 것이다. 그러면 글 쓰는 게 더 재밌어지고 신인작가로서 글을 쓸 때 부딪치는 능력의 한계를 꿈이라는 해머로 쳐낼 수 있다. 내가 이렇게 공들인 작품, 언제 터질지 모르니 한 자 한 자 정성을 담아내자! 이러면서.

아, 나는 아직도 〈나를 사랑한 아이돌〉이 언젠가 한류 성공담의 하나로 기록될 날을 꿈꾼다.

<나를 사랑한 주인님> (네이버 베스트리그, 2014. 11. ~ 2015. 9.)

'나를 사랑한' 시리즈 3부작 중에서 가장 자랑스러운 작품이 바로 〈나를 사랑한 주인님〉이다.

이유는 '오늘의 웹소설'의 정식 연재가 아니라, 챌린지리그에서 시작해 베스트리그에서 '오늘의 웹소설' 못지않은 성과를 낸 작품이기 때문이다.

'오늘의 웹소설' 작가로 데뷔하긴 쉽지 않다. 실력도 있어야 하지만 운도 많이 따라야 한다. 정식 연재 작가의 꿈은 요원하지만 누구나 자기 작품을 챌린지리그에 올릴 순 있다. 그리고 베스트리그로 승격이 되는 건 '오늘의 웹소설' 작가가 되는 것보다 열 배는 더 쉽다.

지금부터 〈나를 사랑한 주인님〉의 베스트리그 성공기를 공개하겠다.

① 기획에서 이야기를 만들다

코믹한 상황을 많이 넣었던 〈나를 사랑한 아이돌〉과 분위기가 다른, 진지하고 끈적끈적한 로맨스가 쓰고 싶어졌다. 야한 장면도 팍팍

나오는.

베드신을 위한 베드신은 야하지 않다. 작정하고 하는 키스는 설레지 않는 것처럼. 억지로 만든 상황보다는 자연스럽게 발생하는 스킨십 상황이 필요했다. 그래서 고심했다. 직업적으로 둘이 자꾸 몸을 부딪쳐야 하는 경우는 없을까?

딱 떠오르는 게 배우들끼리의 사랑이었다. 연기라는 이름으로 키스도 허그도 베드신도 할 수 있으니까. 하지만 이미 연기자들끼리의 사랑을 그린 〈그 남자의 정원〉이 정식 연재로 인기를 얻고 있었다. 그래서 생각한 것이 스타일리스트라는 직업이었다. 그러다가 이미 전작에서 소비했던 연예인 캐릭터와 겹치는 게 싫어서 퍼스널 쇼퍼(personal shopper)를 떠올렸다.

퍼스널 쇼퍼는 VIP 고객들의 의상을 관리하고 쇼핑을 도와주는 흔치 않은 직업이다. 그러니까 〈나를 사랑한 주인님〉은 퍼스널 쇼퍼인 여주 서연과 그녀의 고객 남주 성우의 사랑 이야기를 그린 작품이다.

두 사람만이 가질 수 있는 상황들이 독특하게 느껴졌다. 여주가 부하 직원이지만 특이하게 퍼스널 쇼퍼이자 스타일리스트이기 때문에 남주의 옷을 벗길 수도 입힐 수도 있다. 신발을 신겨줄 수도 있고. 그런 상황이라면 억지로 두 사람의 스킨십 장면을 만들려고 노력할 필요 없이 자연스럽게 서로가 몸을 접촉할 수밖에 없는 일들이 벌어진다.

혹자는 네이버 웹소설 중에서 가장 야한 작품이라고 말하기도 하는 〈나를 사랑한 주인님〉은 이렇게 스킨십을 먼저 염두에 두고 기획된 소설이다.

② 베스트리그에서 승부를 보자

웹소설을 쓰다 보면 소설마다 차이가 있겠지만 실제 연재가 끝나는 시기보다 3~4개월 정도 일찍 원고를 털게 된다. 미리보기 서비스 때문인데, 미리보기 회차는 연재되고 있는 회차보다 적으면 몇 회차, 많으면 30회차까지 앞서간다. 한 달에 8회차가 연재되므로 30회차의 간격이 있다면 정식 연재가 끝나기 석 달쯤 전에 원고는 마무리된다는 뜻이다.

한 플랫폼에서 같은 작가가 중복 연재를 하는 일은 웬만해선 허락되지 않기 때문에 차기작을 미리 준비해놓았다 하더라도 현재 연재하는 작품이 끝날 때까지 기다려야 한다. 이 몇 달의 시간 동안 작가들은 연재하는 작품의 종이책 출간을 준비하거나 차기작을 구상하기도 하고 재충전의 시간을 갖기도 한다.

나에게도 〈나를 사랑한 아이돌〉 미리보기 서비스를 완료하고 나니 연재 끝날 때까지 3개월 정도의 시간이 주어졌다. 이제 무엇을 쓸까 궁리하던 차에 〈나를 사랑한 주인님〉을 쓰게 됐고, 그러자니 이 소설을 어디에 올릴지가 고민되었다.

이 소설을 차기작으로 생각하기도 했었다. 그러나 야한 소설로 포지셔닝을 해놓고 작품을 쓰기 시작한 터라 심의가 엄격한 정식 연재의 관문을 뚫을 수 있을 것 같지 않았다. 그러다 보니 고민이 시작되었다.

필력이 허락한다면 다수의 작품을 한꺼번에 연재할 수 있는 방법이 없을까?

나는 이때부터 웹소설의 시스템에 대해 연구하기 시작했다. 일단 다른 작가의 작품에 관심 갖기. 그들은 플랫폼을 어떻게 활용하고 있을까?

〈나를 사랑한 아이돌〉을 탈고할 때까진 너무 정신이 없어서 다른 작가의 작품을 볼 여유가 없었다. 작품을 끝내고 시간적 · 정신적 여유가 생기자마자 닥치는 대로 다른 작품들을 읽기 시작했다. 그리고 네이버의 챌린지리그—베스트리그—오늘의 웹소설로 이어지는 시스템에 대해서도 연구를 시작했다.

바보같이, 이때 처음 알았다. 웹소설 플랫폼에 정식 연재를 할 수 있는 방법이 두 가지가 있다는 걸.

첫째, 〈나를 사랑한 아이돌〉처럼 바로 플랫폼 담당자와 계약을 하며 연재하는 방법. 하지만 이 방법은 쉽지 않다. 아무나에게 주어지는 기회가 아니라 플랫폼 쪽에서 요구하는 조건에 맞아야 한다.

둘째, 챌린지리그 같은 아마추어를 위한 공간에 글을 올리고 좋은 반응을 얻어 담당자의 눈에 띄는 것. 자격 요건 없이 누구나 올릴 수 있으므로 공모전 말고도 신인작가 등용문이라 할 수 있다.

그래서 생각했다.

그래! 투 트랙으로 가는 거야.

일단 작품 하나를 챌린지리그에 올려서 베스트리그를 거쳐 '오늘의 웹소설'로 올라가기를 기대해보고, 다른 한 작품을 더 기획해서 정식 연재 투고 루트로 심사를 받으면 둘 중 더 가능성 있는 작품이 선택받을 거고 정식 연재에서 성공할 가능성도 높아지겠지?

그래서 이미 쓰고 있던, 수위가 높아서 투고 루트로는 통과가 힘들어 보였던 〈나를 사랑한 주인님〉을 챌린지리그에 올리기 시작했다.

지금은 분위기가 많이 바뀌었지만(왜 바뀌었는지 잠시 뒤에 설명하겠다) 당시만 해도 이미 '오늘의 웹소설' 정식 작가로 데뷔한 작가들은 챌린지리그에 글을 올리지 않았다. 작품이 있으면 바로 정식 연재로 투고하거나 네이버의 e북 판매 플랫폼인 N스토어에 등록하면 되는데 굳이 무료로 챌린지리그에 글을 올릴 필요가 없으니까.

하지만 나는 체면이나 명분을 따지지 않기로 했다. 당시 내 목표는 쏟아져나오는 작품을 소화시키는 것이었다. 챌린지리그도 마다할 이유가 없었다. 또한 챌린지리그의 풋풋한 분위기도 좋았다. 정식 연재가 대형 공연장의 공연이라면, 챌린지리그는 소극장 공연과 정서가 맞닿아 있다. 독자들과 한층 더 가까운 분위기 말이다.

그렇게 〈나를 사랑한 주인님〉은 2014년 11월 11일부터 챌린지리그에 연재가 시작되었고, 2014년 12월 26일 베스트리그로 승격되었다.

③ 표지는 어떻게 할까?

베스트리그로 승격이 되면 네이버 측에서 두 가지를 지원해준다. 표지와 N스토어 등록.

챌린지리그는 표지가 없다. 하지만 베스트리그부터는 표지를 써야 한다. 작품의 표지가 얼마나 중요한지는 따로 말하지 않겠다. 사람의 외모도 속마음만큼이나 중요한 것처럼 표지가 사람을 끄는 것도 당연한 일이니까.

네이버에서 지원해주는 표지도 몇 가지 있다. 컬러링으로 치면 공짜로 지원되는 몇 가지 기본 컬러링인 셈이다. 뭐 나쁘진 않다. 사실 누가 그려주지 않는 한 따로 표지를 제작하면 돈이 들기 때문에 이 작품으로 돈을 벌 수 있을지 없을지 모르는 상황에서 돈을 쓰는 게 부담스럽다면 네이버가 제공하는 표지를 써도 괜찮다.

하지만 이 작품으로 승부를 걸어보고 싶다면 과감하게 투자해라. 네이버에서 제공하는 표지들이 그리 많지 않아서 다른 작품하고 같은 표지를 달게 되는 경우가 많은데, 주목성이 굉장히 중요한 웹소설 특성상 다른 작품과 표지를 공유하면서 성공하기란 어려운 일이다.

용감한 자매의 〈나를 사랑한 주인님〉은 따로 표지를 제작했는데 〈녹아들다〉의 삽화가인 러스트유리 님이 맡아주었다. 감사하게도 작품 콘셉트에 딱 맞게 그려주었고, 화사한 핑크색 배경의 표지는 지금

봐도 흐뭇하다.

④ 팔까, 말까

네이버에선 작가들의 수익을 지원하는 차원에서 베스트리그에 있는 작품을 N스토어에서 판매할 수 있도록 등록해준다. 이 지점에서 고민이 시작된다. 유료 판매를 할 것이냐 말 것이냐.

왜냐하면 일단 유료 판매를 하면 수많은 공모전에 이 작품을 응모하는 길이 막힌다. 대부분의 공모전의 지원 자격을 보면 유료로 판매된 적이 없어야 한다는 점이 명시되어 있기 때문이다.

그리고 또 하나. '오늘의 웹소설'로 승격되는 데 있어서도 유료 판매 사실은 걸림돌이 된다. 베스트리그에서 '오늘의 웹소설' 작품들 못지않은 인기를 얻은 안테 작가의 〈악마라고 불러다오〉, 그리고 내 작품인 〈나를 사랑한 주인님〉 등이 정식 연재로 승격되지 못한 이유들 중에는 소재와 수위의 문제가 제일 크긴 하겠지만 유료 판매가 너무 많아서이기도 했다. 돈을 주고 소설을 읽은 독자들이 수만 명이라고 한다면, 나중에 무료로 정식 연재가 될 때 저항이 있을 수도 있으니까.

대신 전송권에 있어서는 자유롭다. 정식 웹소설 작품은 3년 동안 네이버에 전송권이 귀속된다. 예를 들자면, 〈나를 사랑한 아이돌〉이나 〈나를 사랑한 대륙남〉은 당분간 다른 플랫폼에 재연재하거나 네이버가 아닌 다른 곳에서는 전자책으로 팔 수 없다. 그러나 베스트리그 연재 작품은 다르다. 〈나를 사랑한 주인님〉은 이미 예스24, 리디북스, 교보문고 등등 타 서점에서 적지 않은 판매를 기록하고 있다.

아무튼 이런 점들을 신중하게 생각해서 베스트리그에서 판매를 할지 말지를 결정해야 한다. 내 경우에는 솔직히 '유료 판매'에 의한 수익엔 별로 관심이 없었다. 이유는 이런 선입견 때문이었다.

"베스트리그 작품을 팔아봤자 얼마나 팔겠어?"

그때 내 선입견을 바꿔놓은 작품이 〈악마라고 불러다오〉(일명 '악불')다. 이 작품은 2015년 10월 기준 베스트리그 사상 최고의 수익을 올렸다. 〈나를 사랑한 주인님〉이 베스트리그에 승격되었을 때는 〈악불〉의 인기가 절정일 때였다. 그 작품을 보면서 일종의 도전의식이 생겼다. 나도 한번 베스트리그에서 승부를 걸어보자.

다행히 내 도전은 성공했다. 〈나를 사랑한 주인님〉은 아직도 베스트리그 사상 두 번째로 많은 판매를 기록한 작품으로 남아 있다.

이 두 작품의 성공 때문인지는 모르겠지만 최근 1년 사이에 정식 연재 작가들의 베스트리그 진출이 눈에 띄게 늘었다. 어떤 작가들은 정식 연재 작가들이 챌린지리그나 베스트리그에 글을 올리는 이유가 차기작을 홍보할 수 있는 기회를 마련하려고, 라고 하는데 내 경우엔 그렇지 않았다. 차기작이 결정도 안 된 상황에서 차기작의 마케팅 전략까지 생각할 정도로 영리하지 못했다. 오로지 '도전!'이었다.

하지만 결과적으로 보면 베스트리그에 연재한 〈나를 사랑한 주인님〉의 성공 여부가 용감한 자매의 두 번째 '오늘의 웹소설' 〈나를 사랑한 대륙남〉의 흥행으로까지 이어진 건 명백한 사실이다.

이쯤에서 '나를 사랑한' 3부작 중에서 최고의 순위와 판매를 기록한 최근작 '나를 사랑한 대륙남'에 대한 이야기로 넘어가겠다.

〈나를 사랑한 대륙남〉 (네이버 '오늘의 웹소설', 2015. 3. ~ 2015. 12.)

① 치밀하게 기획된 트렌디 로맨스

앞서 말한 대로, 〈나를 사랑한 주인님〉을 베스트리그에 연재하면서 동시에 정식 연재 차기작을 투고해야 하는 상황에서 이 작품의 기획이 시작되었다.

일단 남주를 설정할 때 지금껏 한 번도 등장시킨 적 없는 배경을 설정하고 싶었다. 앞선 두 작품에 등장했던 아이돌, 재벌 2세는 물론이고 로맨스소설에 흔하게 나오는 전문직 핸섬가이도 싫었다.

종이책 로맨스소설과 달리 웹소설 로맨스 장르의 특성상 남자 주인공은 가난해서는 안 된다. 직업이 훌륭하든 물려받은 재산이 많든, 돈이 많아야 한다. 아마도 그건 웹소설을 읽는 독자들의 목적이 '대리 만족', '대리 연애'에 있기 때문이라고 생각한다. 종이책과 달리 가벼운 마음으로 자투리 시간에 핸드폰으로 쓱쓱 넘겨보는 작품에서조차 팍팍한 현실이 등장한다면 굳이 소설을 볼 이유가 어디 있겠나. 적어도 웹소설을 읽는 동안만큼은 현실에서 만나기 어려운 돈 많고 똑똑하고 나한테만 미쳐 있는 초절정 섹시남 주인공을 만나고 싶은 심리를 누가 욕할 수 있겠나. '가진 건 마음뿐인 남자'는 현실에서만 연애하는 걸로.

이렇다 보니 어쩔 수 없이 남주는 비슷한 배경의 인물들이 재탕된다. 그런데 용감한 자매는 그러기 싫었다. 정말 지금껏 쏟아져나온 수백, 수천 명의 비슷비슷한 남주와 차원이 다른 인물을 만들고 싶었다.

그래서 용감한 자매는 그 당시 트렌드를 샅샅이 훑기 시작했다. 지금으로부터 1년 전이다. 그러던 나의 눈에 걸린 트렌드가 '요리하는 잘생긴 남자'였다.

TV나 잡지를 보면 훈남 셰프들을 쉽게 볼 수 있었고 맛집 소개에도 '누구누구 셰프가 하는'이란 말이 꼭 들어갔다. 하지만 지금처럼 폭발적이진 않았다. TV 예능 프로그램들을 온통 셰프들이 점령하도록 만든 프로그램이 JTBC의 〈냉장고를 부탁해〉인데, 그때만 해도 그 프로그램이 그렇게 유명하진 않았으니까. 만약 지금처럼 이렇게까지 셰프가 뜬 상황이었다면 셰프를 남자 주인공으로 선택하지 않았을 것이다. 트렌디 소설은 유행을 좇아가야 하지만 정점에 오른 유행을 따라가다가는 오히려 식상하게 보일 수 있으니까. 이미 뜬 트렌드가 아니라 앞으로 뜰 트렌드를 찾는 것이 트렌디 소설 기획의 핵심이라는 점을 꼭 명심하길 바란다.

내가 보기에 그 무렵 셰프 열풍이 막 시작되려는 참 같았다. 그래서 건장한 근육질의 팔뚝에 꽉 끼는 하얀 요리사복을 입은 섹시남을 떠올려보았다. 그리고 셰프를 소재로 한 로맨스소설이 있는지 찾아보니 몇 편이 있긴 했다. 앞에서도 말했듯 완전히 기발한 캐릭터를 욕심냈던 나는 단순한 셰프 캐릭터에 만족하지 못했다.

그래서 남주가 혼혈이면 어떨까 생각했다. 중국인 아버지와 한국인 어머니 사이에서 태어난 혼혈. 이 설정에는 세 가지의 장점이 있었다. 첫째, 중국 진출에 유리하다. 앞에서도 말했듯이, 용감한 자매의 멈추지 않는 한류의 꿈이랄까. 둘째, 소설에 등장하는 요리가 다채로워진다. 한식과 중식의 결합? 셋째, 중국인 혼혈인 셰프가 남주인 소설은 여태껏 없었다.

자연스럽게 여주는 한식에 대한 자부심이 대단한 한식 요리사로 설정했다.

마지막으로 남주의 캐릭터에 또 다른 트렌드를 살짝 얹었다. 그 당시 유행하던 사진과 동영상이 바로 '대륙의 흔한 ○○○'였다. 중국의 황당한 사이즈를 강조한, 예를 들면 어마어마하게 큰 물건이라든가, 황당한 식재료, 수억짜리 차를 핑크색으로 칠하고 다니는 부자들 등등의 모습을 찍은 사진이나 동영상이 유행하는 모습을 보고는 혼혈 남자 셰프의 캐릭터에 '대륙남'의 이미지를 얹었다. 요리를 하기 위해 목장을 통째로 사버리는 식의 호탕한 중국 재벌 이미지 말이다.

이렇게 탄생한 작품이 한중 특급 로맨스 〈나를 사랑한 대륙남〉이다.

일단 남녀 주인공 설정이 결정되자 물결처럼 스토리가 밀려들어왔다. 이렇게 대륙 스케일로 소설을 포장하고 다듬어서 기획서를 썼다. 아래는 네이버에 제출한 기획서 중 한 부분이다.

너를 요리하고 싶어!

한국 드라마에 미친 중국의 요리 재벌 시우첸은 우리나라 배우 전주연과 결혼하겠다는 목표를 갖고 한국으로 온다. 더불어 그는 한식과 중식의 퓨전 레스토랑 비즈니스를 론칭하겠다는 계획도 갖고 있다.

젊은 한식 요리사를 물색하다가 시우첸 그룹의 눈에 띈 사람이 바로 소희다. 그녀는 젊은 나이임에도 양식에 전혀 눈을 돌리지 않고 한식만을 고집해 조금씩 유명해지고 있는 셰프였으니까.

마침 그녀는 사귀던 남자에게도 잔혹하게 차이고 주방장으로 있던 식당에서도 나와야 할 가련한 처지. 시우첸을 만난 소희는 제안을 받고 수락한다.

그리고 5화 분량의 원고를 만들어 네이버로 원고 투고!

결과는 '오늘의 웹소설' 연재 확정. 단 한 줄의 수정 요구도 없이 통과됐다. 얼떨떨하기도 하고 덜컥 겁이 나기도 했다.

② 초반의 무서운 성공

이렇게 〈나를 사랑한 대륙남〉은 2015년 3월 3일에 연재를 시작했다. 이 작품은 단숨에 10위권 안으로 진입했고 판매량도 치솟았다. 연재를 시작하고 얼마 안 되어 〈나를 사랑한 아이돌〉 때와는 비교도 안 되는 수입이 들어왔다. 물론 매달 몇 천만 원씩 수익을 올리는 작가들도 있지만(이 책에 함께 참여한 작가들만 해도 대부분 나보다 더 큰 성공을 경험한 분들이지만) 앞에서 말한 대로 경력이 몇 년 되지 않은 신인작가인 나는 그저 감사할 따름이었다.

그렇다면 초반부터 〈나를 사랑한 대륙남〉이 독자들의 시선을 끌며 인기몰이를 할 수 있었던 비결은 무엇이었을까? 작품을 쓰기 전에 최대한 참신한 설정을 위해 고민했던 덕분이라고 생각한다. 그리고 5회차까지, 작품의 초반에 스토리를 압축해 넣었던 점도 유효했다고 본다.

연재 담당자들에게 심사를 받을 때 보통 5회차 원고를 제출한다. 속전속결로 성공이냐 실패냐가 결정되는 웹소설의 특성상 5회차까지의 내용이 정말 중요하다. 초반에 관심을 못 받으면 중간에 치고 올라가기가 정말 힘든 게 웹소설이기 때문이다. 요즘엔 작품의 성공이 1회에 판가름 난다는 말도 있다.

그리고 훌륭한 일러스트 얘기를 빼놓을 수 없다. 개인적인 생각인지 모르겠지만, 웹소설에서 일러스트가 주는 영향이 적어도 30퍼센트는 된다고 생각한다. 때문에 일러스트 작가 선정과 일러스트 작가와의 호흡이 얼마나 중요한지에 대해 자세히 말해주고 싶지만 일러스트 작가들에 대해 이런저런 얘기를 하는 것을 그들이 원하지 않을 수도 있고 내가 느끼는 게 전부가 아닐 수도 있으니 전체 일러스트에 대한 얘기보다는 〈나를 사랑한 대륙남〉과 이 작품의 일러스트에만 국한해서 얘기하겠다.

보통 연재가 결정되면 일러스트 작가를 결정해야 하는데 글 작가와 친한 사람과 할 수도 있고(플랫폼 측에서 허락한다면), 플랫폼 담당자들이 추천해주는 작가로 결정할 수도 있다. 후자가 더 일반적이다.

일러스트 작가들을 잘 모르는 용감한 자매는 담당 매니저의 추천으로 쿠낙 님(당시 〈로맨틱 그대〉 연재)과 호흡을 맞추게 되었다. 사실 표지가 오고 주요 인물들의 썸네일들이 도착했을 때만 해도 그림이 좋은지 안 좋은지 잘 몰랐다. 별로라서가 아니라 내가 유독 취약한 분야가 그림이다. 볼 줄을 모르니 좋은지 안 좋은지도 모르는 것이다.

그런데 1회 일러스트가 짠! 하고 공개되는 순간 입이 떡 벌어졌다. 이 그림은 아무리 그림을 볼 줄 모르는 내가 봐도 놀라지 않을 수 없었다. 세상에! 이렇게 섹시할 수가! 내가 딱 원하는 시우첸과 소희의 모습이었다.

매 회차마다 원고에 일러스트 가이드를 첨부해 보낸다. 그림에 대해선 문외한이기에 다른 작가들에 비하면 성의 없어 보일 정도로 짧게 써서 보내는데도 쿠낙 님이 매회마다 선보이는 일러스트는 항상 내 기대 이상이었다. 1회에 선보였던 여주의 아슬아슬 누드 장면은 정말이지 한참 동안 독자들 사이에서 회자됐었다.

〈나를 사랑한 대륙남〉이 중간에 어려움을 겪을 때도(뒤에 가서 언급하겠지만) 매 회차 빵빵한 일러스트가 떨어져나가는 팬들을 지켜주었다. 그게 얼마나 의지가 되고 또 미안했는지 이 자리를 빌려 말하고 싶다.

"쿠낙 님, 사랑합니다."

결론은? 일러스트는 주인공 캐릭터만큼 중요하다!

③ 초년의 성공은 위험하다

초반에 겁이 날 정도로 좋은 반응을 얻던 이 작품은 20회를 넘기며 난관에 봉착했다. 독자들의 뼈아픈 질타가 이어진 것이다. 심지어 연재 중단을 요구하는 독자들도 있었다. 다행히 잘 극복했고 무난하게 마무리되긴 했지만, 중간에 내가 감수해야 했던 악플과 악평들은 지금 생각해도 눈물이 쏙 나올 정도로 쓰라렸다. 사실 연재가 완전히 끝날 때까진 계속해서 긴장해야 한다.

그렇다면 〈나를 사랑한 대륙남〉은 왜 중반부에 그토록 고전했을까? 바로 '세 번째의 함정' 때문이다.

사람들은 첫 번째 일이 잘되면 운이 좋았다 생각하고 두 번째도 잘되면 자신감이 생긴다. 그런데 세 번째도 잘되면 '나는 원래 잘해'라는 생각이 들며 어깨에 힘이 들어간다.

내가 그랬다. 잔뜩 긴장하며 시작한 첫 번째 작품 〈나를 사랑한 아이돌〉이 생각보다 괜찮았고, 두 번째 〈나를 사랑한 주인님〉이 기대 이상으로 잘되었고, 세 번째 작품 〈나를 사랑한 대륙남〉이 초반부터 반응이 터지자 어깨에 힘이 들어가며 교만해졌었나 보다.

그래서 로맨스소설의 기본 형식을 지키고 로맨스소설을 좋아하는 독자들의 입장에서 쓰는 것이 아니라, 내가 원하고 내가 좋아하는 코드로 밀고 나가게 됐던 것이다. 배우려는 자세도 없이.

그렇다고 대충 썼다는 얘기는 아니다. 솔직히 하루 종일 작품 생각밖에 안 했다. 인터넷을 보면서도 TV를 보면서도 운전을 하면서도, 심지어 목욕탕에 가서까지도 내 머릿속엔 시우첸과 소희밖에 없었다. 그런데도 어떤 실수를 했기에 중간에 그렇게 독자들에게 비난을 받았을까? 이제부터 조목조목 자아비판을 해보겠다.

a. 우유부단하게 그려진 남주의 성격

내가 설정한 시우첸의 성격은 고집스러울 정도로 자기주장이 강한 남자였다. 그러니까 드라마 속에서 본 한국 탤런트와 결혼하겠다며 밑도 끝도 없이 한국까지 건너왔지.

문제는 빼도 박도 못하게 만들어놓은 초반 설정이었다. 트렌디 로맨스에 맞게 뭔가 좀 더 자극적인 상황을 만들려고 남주 시우첸이 한국 여배우와 결혼하기 위해 한국에 왔다는 설정을 했다. 그러다가 여배우가 아닌 비즈니스 파트너인 셰프 여주인공과 사랑이 이루어지는 설정.

인기 있는 소설들을 보면 남주는 싫든 좋든 초반부터 아예 한 여자하고만 엮인다. 당연히 여주. 물론 방해자가 한 명씩 있긴 한데 항상 그 방해자는 혼자 일방적이고 남주는 그 방해자를 쳐다보지도 않는다. 그런데 우리 남주 시우첸은 다른 여자랑 '결혼'을 하러 와서는 떡하니 기자회견까지 연다. 그녀를 사랑한다고.

헐! 이걸 어떻게 떼어내지?

독자들은 당장 그 여자랑 시우첸을 떼어내고 여주와 붙이라고 아우성을 했지만 쓰는 사람 입장에선 그럴 수가 없었다. 최소한의 개연성이 필요했기에 뭔가 이야기가 좀 더 진행된 다음에 관계를 맺으려고 했다. 데이트 신청도 아니고 프러포즈를 했는데 밑도 끝도 없이 프러포즈 취소하고 다른 여자 좋다고 가버리면 그 사람이 나쁜 사람 아닌가?

초반 설정을 너무 과하게 잡았던 것이 남주를 우유부단한 남자처럼 만들어놓은 것이다. 그러니 수습하기 어렵고.

그렇게 내가 공들이고 공들였던 남자 주인공은 서브남(규현)보다도 못한 남자가 되면서 독자들의 미움을 사야만 했다.

b. 친절하지 못한 설명

〈나를 사랑한 대륙남〉은 20화를 조금 넘기면서 흔들리기 시작했다. 그 전 회차까지는 독자들이 조금 불만이 있더라도 초반에 가졌던 기대를 유지하면서 좋게 봐주었다. 그런데 남주가 다른 여자하고 데이트하고 여주에게 상처 주는 모습이 그려지자 독자들이 예민해지기 시작했다. 그리고 애정으로 봐주던 소설에 엄격한 잣대를 들이대며 조금이라도 이해가 안 되는 설정이 있으면 참지 않고 질타를 보냈다. 독자들의 인내심이 바닥난 것이다.

예를 들면, 시우첸이 감기 걸린 소희를 위해 중국의 민간요법인 끓인 콜라에 레몬을 넣어주는 내용이 있다. 이건 실제로 내가 중국

카페에 가서 마신 것이다. 그런데 이게 실제 있는 차라는 걸 설명하지 않고 다짜고짜 시우첸이 소희에게 레몬 넣은 끓인 콜라를 가져다 주었다고만 얘기하니 이런 게 실제로 있는지 모르는 독자들은 억지 설정이라며 지적했다. 그 회차의 댓글들을 보면 큰 줄기가 되는 스토리의 얘기보다는 끓인 콜라 얘기뿐이었다.

또 하나, 여주 소희가 부엌에서 분무기에 든 발화물질을 모르고 뜨거운 웍에 분사해 불이 나는 장면이 있는데, 사실 이것 또한 실제로 어떤 셰프가 저질렀다는 실수에서 착안한 아이디어였다. 우리나라엔 보편화가 덜 됐지만 분무기 형식으로 담긴 식용기름이 외국에선 꽤나 많이 쓰인다. 그 통에 기름이 아닌 석유 성분이 들어 있는 화학세제를 넣어둔다면 충분히 그럴 일이 생길 만하다. 그런데 이것 역시 자세한 설명 없이 세제를 기름인 줄 알고 발사해 불이 났다고만 표현했으니 독자들이 이해를 못하며 화를 낼 수밖에.

내가 부족했다. 친절하지 못했다. 너무 스토리만 생각하고 나아가다 보니 디테일한 개연성을 놓쳐버린 것이다. 그러니까 독자들이 화를 낸 것이고. 아마도 분위기가 좋을 때였다면 이런 흠 정도야 묻힐 수도 있었으리라. 그러나 이때는 초반의 무리한 설정의 부작용으로 독자들의 관용이 얼마 남지 않은 상황이었다.

c. 과한 안타고니스트

어떤 이야기든 악역은 필요하다. 주인공의 사랑과 미래를 가로막는 방해자가 있어야 스토리가 만들어지니까. 매일 밥 먹고 데이트하고 룰루랄라 사랑하는 얘기만 쓴다면 도대체 무슨 재미가 있겠는가?

나는 웹소설 작가 데뷔 전 드라마나 영화 시나리오를 많이 써봤기에 인물들을 구상할 때 드라마적인 설정을 많이 한다. 드라마나 영화의 악역들은 캐릭터가 세다. 때로는 악역이 주인공일 정도로(드라마 〈왔다! 장보리〉의 연민정이나 영화 〈베테랑〉의 유아인을 생각해보라).

그래서 나는 로맨스소설의 악역들도 캐릭터를 세게 잡는 게 당연한 줄 알았다. 아니, 세면 셀수록 재밌을 줄 알았다. 나중에 악역이 무너질 때 느끼게 되는 사이다 맛이 더욱 짜릿할 테니까.

그런데 독자들이 내 소설의 악역들 때문에 엄청 스트레스를 받아했다. 너무 세다고. 세더라도 자주 등장하지 않으면 되는데, 요리 대회나 레스토랑 사업 확장 같은 내용이 주된 것이다 보니 악역 캐릭터인 경쟁자들이 매회 등장할 수밖에 없었다. 중반부에는 그 사람들의 강한 캐릭터 때문에 로맨스가 묻혀버렸다. 그러니까 독자들이 힐링하려고 소설을 보다가 더욱 스트레스를 받는 악순환이 생겼다.

로맨스소설에 대한 기본적 이해도 없이 쓰다 보니 지금 내가 쓰고 있는 소설의 존재 이유를 망각한 것이다. 독자들이 지적하지 않았다면 '살인사건'도 넣을 뻔했다. 상황이 이렇다 보니 아무리 극 전체에 달달한 로맨스를 넣어도 한 장면 등장한 센 캐릭터 때문에 댓글은 다 그 악역에 대한 얘기뿐이었다.

다시 말하지만 로맨스소설은 마음의 위안을 얻기 위해 보는 소설이다. '로맨스'라 쓰고 '미스터리'로 읽히는 소설을 여러분은 쓰지 않길 바란다.

d. 알고 보니 나만의 유머코드

연재 초반 한국말을 잘 못하는 남자 주인공의 말실수에 대한 묘사에 독자들이 재밌다는 칭찬을 많이 해주었다. 정말로 기분이 좋았다. 글을 올릴 때마다 팡팡 올라오는 칭찬과 반응에 말 그대로 광대는 승천하고 눈은 반달이 되었다. 경험 많은 작가라면 이런 칭찬을 받아도 평정심을 유지할 것이다. 하지만 나는 신인으로서 감정이 심하게 상승했다. 그쯤에서 적정선을 지켰어야 하는데 앞서 말했듯이 세 번째의 오류! 어깨가 올라가고 턱이 들리면서 과한 욕심이 생겼다. 두고 봐! 더 빵빵 터지게 해주리라!

그러면서 글의 초점이 점점 코믹 코드에 찍히게 되었다. 나도 모르게 과한 설정을 하다 보니 독자들로 하여금 눈살을 찌푸리게 만들었다.

예를 들면, 유나라는 조연 캐릭터가 친구를 골탕 먹이려고 '화장실이 어디에요?'를 중국말로 '워따똥싸?'라고 한다며 거짓말하는 내용이 나온다. 난 쓰면서도 키득거리며 재밌어했다. 분명 독자들이 빵빵 터질 거라 상상하며.

결과는 어마어마한 질타였다. 분명 나는 분량 이상을 채워 연재를 올렸는데 '그깟 말장난으로 한 회차를 때우냐'며 항의를 받았다. 나는 그런 말장난이 너무 재밌었는데.

로맨스는 로맨스에 충실하자. 과한 코믹 설정은 금지. 꼭 웃겨야겠다면 독자들과 코드를 잘 맞춰야 한다.

e. 위기는 어떻게 극복했나?

연재 도중 위기에 봉착했을 때는 최대한 빨리 원인을 분석해야 한다. 그리고 지체 없이 다음 화부터 대책을 반영해야 한다. 독자들과 힘겨루기를 해봐야 절대 이길 수 없다.

한참 욕을 먹던 당시에는 솔직히 억울하기도 했다. '왜 나만 가지고 이러지?', '일부러 음해하는 세력이 있나?' 별생각이 다 들었다. 그런데 시간이 지나고 돌아보니 독자들의 댓글 중 틀린 말이 없었다. 전부 똑 부러진 지적들이었다.

그 이후 한 회차 한 회차 원고를 보내며 매일매일을 반성하는 마음으로 더 많이 고민하고 더 많이 다듬고 더 많이 들여다보았다. 그랬더니 독자들이 다시 찾아주었다. 위로도 해주며.

〈나를 사랑한 대륙남〉의 중반 위기를 극복하는 데 꼬박 두 달이 걸렸다. 후반부에는 다시 독자들이 마음을 풀었고 인기와 판매 또한 회복해서 스토리처럼 해피엔딩으로 연재를 마무리했다.

결과적으로 이 모든 것들이 나에겐 너무나 소중한 경험이 되었다. 아니, 오히려 자신감도 생겼다. 고난을 이겨내는 과정에서만 생기는 진짜 자신감 말이다.

여러분도 글을 쓰며 겪게 될 힘든 일들이 많을 것이다. 그때 내가 들려준 얘기가 도움이 되었으면 좋겠다. 만약 내가 웹소설 작가가 되기 전에 이런 글을 읽었다면 좀 더 실수를 줄일 수 있었을 것 같다.

고백컨대, 연재 중반부에 위기가 와서 차라리 다행이라고 생각한다. 작품 후반부에 위기가 찾아와서 독자들의 공격을 받는 경우, 수습할 시간도 없이 작품이 끝나고 그 후유증이 차기작에까지 이어지기 때문이다. 그런 가슴 아픈 실례가 몇 번 있었다. 전작에서 채 꺼지지 않은 독자들의 분노가 차기작의 초반부터 초를 쳐버리고 결국 연재가 망가지는 참혹한 경우. 작가로서 절대 경험하고 싶지 않은 일이다.

5

웹소설 작가 지망생들에게

여기까지가 용감한 자매의 작품으로 돌아본 '웹소설 쓰기'에 대한 이야기다. 종이책과 전자책으로 다른 작품들도 많이 나와 있지만, 이 책의 콘셉트에 맞게 네이버 웹소설에 연재했던 세 편의 로맨스소설에 국한시켜서 썼다.

웹소설을 잘 쓰는 방법, 성공한 작가가 되는 방법, 돈 잘 버는 작가가 되는 방법…… 물론 어느 길이나 다 요령이 있고 지름길이 있게 마련이다. 작가들마다 강조하는 지점이 조금씩 다를 수도 있다. 하지만 아마도 모든 선배 작가들이 공통적으로 강조하는 점은 '원고의 힘'일 것이다. 작가는 결국 원고로 말해야 한다. 좋은 원고가 첫 번째, 요령은 그다음이다.

다시 한 번 말하고 싶다. 내가 쓴 글은 베테랑 작가의 금과옥조라기보다는 신인작가의 생생한 체험담 정도로 읽어주길 바란다.

매년 연말이면 '웹소설 작가들의 밤' 파티가 열린다. 항상 고독하게 작업하는 웹소설 작가들이 그날만큼은 서로 인사를 나누며 건필을 기원한다. 술잔을 기울이며 이야기꽃을 피우기도 하고.

혹시 내년 파티 때 누군가 나를 찾아와서 이렇게 말하는 게 아닐까. 그렇다면 참 기쁠 텐데.

"안녕하세요? 이번에 새로 정식 연재 작가가 된 아무개입니다. 《도전! 웹소설 쓰기》 속 작가님의 경험담이 제게 정말 큰 도움이 되었어요."

웹소설 작가가 되고 싶은 여러분! 도전하세요.

저도 했으니까, 여러분도 할 수 있어요.

이재익

소설가, 시나리오작가, 방송국 PD와 팟캐스트 진행자를 넘나드는 멀티 플레이어. 서울대학교를 졸업하고 1997년 월간 《문학사상》으로 등단해 20여 권의 소설과 에세이를 펴냈고, 영화 〈목포는 항구다〉, 〈원더풀 라디오〉 등의 시나리오를 썼다. 현재 네이버에서 웹소설을, 《한겨레》에서 칼럼을 연재 중이다. 2001년 SBS 라디오 PD로 입사해 〈두시 탈출 컬투쇼〉 등 많은 프로그램을 연출했으며, 인기 팟캐스트 〈씨네타운 나인틴〉의 진행도 맡고 있다.

chapter 4

떠오르는 블루칩, 미스터리소설

나는 왜 웹소설을 쓰는가

웹소설이 생기기 전에, 심지어 인터넷이라는 것이 우리나라에 깔리기도 전부터 나는 프로 작가로서 글을 써왔다.

스물세 살이던 1997년, 문예지 《문학사상》으로 등단한 이후 30여 권의 책이 나왔다. 웹소설 작가들 중에서 등단이라는 고색창연한 타이틀을 달고 있는 작가는 내가 유일한 것 같은데, 수십 편의 책이 나오는 동안 틈틈이 영화 시나리오도 여러 편 써서 개봉했으니 정말 어린 나이에 시작해 쉴 새 없이 글을 써온 셈이다. 그런 내가 2014년 초 《빙애》라는 장편소설을 끝으로 더 이상 소설책을 출간하지 않고 있다.

사람들은 묻곤 한다.

"새 책은 언제 나오나요?"

"요즘 시나리오는 안 쓰세요?"

그럴 때마다 나는 대답한다.

"요즘은 웹소설 써요."

그렇다. 나는 웹소설에 빠져 있다. 종이책도 영화 시나리오도 모두 미뤄둔 채 웹소설을 쓰고 있다.

사실 쓴다는 표현보다는 웹소설 시장을 연구한다는 표현이 더 맞을 듯싶다. 내가 작가로서 연재하는 작품도 있지만, 공동 집필의 시스템도 시험해보고, 다른 작가들의 소설을 탐독하고, 베스트셀러들을 분석하기도 하고, 심지어 정식 연재가 아닌 베스트리그와 챌린지리그도 관심 있게 보고 있다.

그렇다면 나는 왜 이토록 웹소설에 빠져 있는가?

돈 때문은 아니다. 나는 소설가들 중에 영화 판권을 제일 많이, 비싸게 파는 작가였기에 매년 대기업 사원의 연봉만큼은 글을 써서 벌었다. 게다가 직업도 따로 있기에 돈을 더 벌려고 웹소설 시장에 뛰어들 이유는 없었다. 오히려 금전적으로는 손해를 각오하고 시작한 일이었다.

연재의 매력 때문도 아니다. 웹소설을 쓰기 전에도 인터파크, 예스24 등에서 소설을 연재했었다. 지금에야 고백하건대 썩 재미있는 경험은 아니었다. 지금도 연재보다는 한 번에 글을 쓰는 편이 작품의 완성도 면에서 훨씬 유리하다고 생각한다. 작업하기에도 더 편하고.

인터넷 환경을 좋아해서? 그럴 리가. 나는 유튜브도 웹툰도 안 본다. 일부러 안 보는 게 아니라 안 맞아서. 영화는 극장에서 보고 만화가 보고 싶을 때는 가끔 논현동의 만화방을 찾아 출판 만화를 본다. 페이스북도 트위터도 안 한다. 웹소설을 쓴 뒤로 겨우 블로그를 유지하는 정도. 인간관계에 있어서는 마주 보고 이야기를 나누고 술잔을 기울이는 편을 좋아하는 나는, 영락없는 아날로그 아저씨다.

그렇다면 왜 내가 웹소설에 빠졌을까? 답은 간단하다. 독자들과의 거리 때문이다.

방송국 PD로서도, 내가 최우선으로 꼽는 크리에이터로서도 가장 중요한 가치는 소통이다. 즉 시청자와 소통이 프로그램을 만드는 사람으로서의 내 최우선 가치다.

소설가로서도 그렇다. 1998년에 첫 장편소설을 출간한 이후 내가 쓰는 소설은 언제나 동시대 사람들과 함께 호흡할 수 있는 이야기를 담았다. 예술을 위한 예술, 소설을 위한 소설은 나의 관심사가 아니었다.

심지어 문장에 있어서도 나는 가독성을 항상 생각했다. 재미있다, 잘 읽힌다는 독자들의 코멘트는 나에게 최고의 찬사였다. 문학적 성취나 평론가들의 호평은 내 알 바 아니었다.

문제는, 종이책으로 소설을 쓰던 때에는 독자들의 반응을 확인하기가 쉽지 않았다는 것이다. 메일로 보내주는 후기는 너무 찬사 일색이었고, 그나마 객관적인 반응이 책을 읽은 독자들이 카페나 블로그에 올리는 서평이었다. 그래서 네이버로 내 이름을 검색하고 최신순으로 정보를 정렬해 새로 올라온 서평을 확인하는 것이 매일 밤 잠들기 전의 습관이었다.

그런데 웹소설 시스템은 소통에 최적화되어 있다. 업데이트가 될 때마다 독자들의 노골적인 반응이 수백 개씩 달리고 바로 평점이 매겨진다. 적극적인 사람들은 메일과 쪽지로 감상을 쏴주기도 한다. 반응에 따라 스토리를 바꿀 수도 있고, 캐릭터를 죽이기도 하고, 새 캐릭터를 넣기도 한다. 결말도 열려 있다.

내 작품에서만이 아니다. 다른 작가의 소설을 읽고 나 역시 독자의 한 사람으로서 반응을 남기기도 하고 다른 독자들의 반응을 보기도 한다.

또 하나 중요한 지점은 독자들이 쓰는 댓글을 보면 마치 한 편의 기발한 현대시 같은 글들이 많다는 것이다. 내가 쓴 소설 본문보다 밑에 달린 댓글들이 더 재미있는 경우도 있다. 종이책을 쓸 때에는 한 번도 경험할 수 없었던 소통의 방식. 이건 뭐랄까, 소설로 하나 되는 세상 같다고 할까?

나에게 웹소설은 천국과도 같은 공간이다. 당분간 나는 이 천국을 떠날 생각이 없다.

웹소설을 쓰게 된 계기

앞에서도 말했듯이 체질적으로 별로 인터넷 환경에 익숙하지 않던 나에게 출판사에서 제안이 들어왔다.

"네이버에서 웹소설 서비스를 하는데 선생님의 신작 《복수의 탄생》을 연재해보는 건 어떨까요?"

솔직히 별로 흥미는 없었지만 지금도 그때도 나는 에디터의 의견은 일단 따르고 보는 편이다. 그렇게 해서 네이버 웹소설 초기작 중 하나인 〈복수의 탄생〉의 연재가 시작되었다. 그때만 해도 나는 그냥 내 식대로 원고를 써서 출판사로 보내면 출판사에서 알아서 내 원고를 웹소설 연재 양식에 맞게 분량을 조절해 업데이트하는 방식이었다.

말하자면 나는 웹소설을 쓴 것이 아니라 예전의 종이책 소설을 썼을 뿐이고, 그 내용이 웹소설 플랫폼에 실린 것뿐이었다. 그래서 지금 〈복수의 탄생〉을 읽어보면 연재의 장점을 전혀 살리지 못하고 있다. 매 회차마다 그 안에서의 기승전결의 리듬이 있어야 하는데 그런 리듬이 전혀 없다. 그저 기계적으로 연재 분량에 맞춰 원고가 툭툭 끊겨 있을 뿐이다.

우둔하게도 〈복수의 탄생〉이 완결되고 연말 '네이버 웹소설 작가의 밤' 파티에 참석한 뒤에야 나는 비로소 웹소설 시장에 흥미를 갖게 되었다.

20년 가까이 소설가로 살면서 나는 어떤 출판사에서도 이토록 많은 작가를 한꺼번에 모아 '대접'해주는 자리를 본 적이 없었다. 강남의 특급 호텔 그랜드볼룸을 빌려 행사를 치렀는데 소설가들뿐만 아니라 일러스트 작가들도 모두 모인 자리였다.

그런데 신기한 일이 벌어졌다. 얼굴도 모르는 후배 작가들이 내 자리로 와서 인사를 건네고 사인을 받고 사진을 찍어갔다. 작가님을 뵈어서 영광이라느니 하는 소리를 하면서 말이다.

얼떨떨한 경험이었다. 문단에서는 이단아 비슷하게 겉돌던 나였는데 그날 밤 파티에서는 '만나보고 싶었던 작가님' 취급이었다. 결국 파티가 끝난 뒤에 후배 작가들 몇몇을 데리고 술을 한잔 샀다. 멤버는 천지혜 작가, 클랜시 작가, 훈자 작가, 수 작가, 민재경 작가 등등이었던 걸로 기억한다.

눈이 흩날리던 겨울밤, 논현동 이자카야의 술잔 위로 쏟아지던 후배 작가들의 열정 어린 목소리에 나는 감동을 받았다.

아, 웹소설을 쓰는 친구들은 이토록 순수한 열정이 넘치는구나.

그들의 열정은 내 가슴속에 수십 년째 끓고 있는 열정과 같았다.

'이야기를 만들고픈 열정.'

기성 소설가나 시나리오작가들과의 만남에서 느낀 회의, 절망, 조소와는 차원이 다른 생생함과 뜨거움이었다.

바로 그날 밤 후배 작가들과 만남의 자리 이후 나는 대체 웹소설이 뭔지, 웹소설 시장이 어떤 곳인지 관심을 갖고 보기 시작했다. 그리고 앞에서 말한 대로 어마어마한 소통의 장임을 깨닫고는 바로 차기작을 준비했다. 그 작품이 〈마성의 카운슬러〉다.

3

차기작에서 배운 점

스무 편이 넘는 장편소설을 펴내면서 특별히 장르에 대한 편중은 없었다. 스릴러, 사회파 소설, 로맨스, 역사소설까지 가리지 않고 썼다. 웹소설에서 처음으로 연재한 작품은 〈복수의 탄생〉이었으나 관심을 갖고 웹소설을 '연구'하다 보니 독자층이 가장 두터운 장르가 로맨스라는 사실을 알았다. 두 번 생각할 것도 없이 차기작은 로맨스로 결정했다.

여러 소재들을 검토했다. 처음에는 종이책과 별로 다르지 않은, 전형적인 로맨스 장르의 스토리들이 후보로 올랐다. 그러다가 떠오른 아이디어가 웹소설의 쌍방향성을 최대한 이용하자는 것이었다. 독자와의 소통 그 자체를 웹소설의 본문에 녹이는 방법이 뭐가 있을까.

그러던 중 예전에 같은 프로그램에서 PD와 작가로 일했던 유은이 작가와 밥을 먹다가 웹소설 이야기가 나왔다. 그녀가 연애 카운슬러가 주인공인 로맨스소설을 써보고 싶다는 얘기를 우연히 꺼냈고 나는 바로 이거다 싶은 생각이 들어 아이디어를 결합시켰다.

연애 초보인 방송국 PD 여자 주인공과 연애의 달인 카운슬러 남자 주인공이 연애 카운슬링 프로그램을 만들면서 사랑을 키워나간다는 이야기. 소설을 연재함과 동시에 독자들의 연애 고민을 받아서 내가 직접 상담해주고 그 내용을 소설 속에 녹여서 스토리의 일부가 되도록 하자는 전략이었다.

〈마성의 카운슬러〉는 2015년의 시작과 함께 연재 레이스를 이어갔고 2015년이 저물 무렵 연재를 마쳤다. 꼬박 10개월.

결론부터 말하자면 대성공이었다. 웹소설에서의 순위도 좋았고 판매도 좋았다. 인기의 척도라고 할 수 있는 별점과 관심작품, '좋아요' 숫자도 골고루 좋았다.

무엇보다, 정말 태어나서 이렇게 많은 이메일을 받은 건 처음이었다. 블로그를 만들어서 독자들의 연애 상담을 받았는데 하루에도 수십 통씩 연애 고민 사연이 도착했다. 도저히 다 소화할 수 없어서 매번 연재 회차마다 하나씩 사연을 뽑아 상담 내용을 블로그에 올렸다. 물론 보낸 사람의 실명이나 구체적인 신상 정보는 모두 가린 채.

결국 이때 카운슬링했던 연애 상담 내용을 책으로 묶은 종이책이 출간되기도 했다. 책 제목도 '마성의 카운슬러 이재익 PD의 직설 연애 상담'.

흔히 다섯 손가락 깨물어서 안 아픈 손가락이 없다고들 하지만 나는 그렇지 않다. 솔직히 작가로서 말하자면 전작인 〈복수의 탄생〉에 비하면 〈마성의 카운슬러〉는 소설로서의 완결성이 현저히 떨어진다. 그런데도 불구하고 왜 비교할 수도 없이 큰 성과를 거두었을까? 단순히 웹소설 독자 중에 로맨스소설 팬이 많아서일까?

플랫폼 최적화가 관건이다. 위에서 말했듯이 〈복수의 탄생〉은 종이책으로 출판하기 위해 쓴 소설을 웹소설에 그대로 옮겨놓은 데 반해 〈마성의 카운슬러〉는 출발부터가 웹소설이라는 플랫폼에 최적화되어 있었다.

아주 좋은 교훈을 배웠고 그 교훈은 세 번째 연재작의 자양분이 되어주었다.

4

미스터리는 안 되는 장르인가?

세 번째 작품은 미스터리로 결정했다. 쓰기도 전에 이미 네이버 측과 합의한 상황이었다. 인기나 수입 측면에서 보자면 로맨스가 백 번 유리했지만, 고참 작가로서의 사명감이 과감한 결정을 하도록 마음을 움직였다.

네이버 웹소설에는 크게 다섯 가지 장르가 있다. 로맨스, 무협, SF&판타지, 미스터리, 라이트노벨. 이 다섯 가지 장르에 넣기 애매한 독특한 성향의 소설들을 '퓨전'이라는 카테고리로 연재하기도 한다.

로맨스와 무협 카테고리는 고정팬들이 탄탄하다. 그만큼 인기를 얻기도 쉽고 판매에도 유리하다. 두 장르만큼은 아니지만 SF&판타지와 라이트노벨도 단단한 고정팬들이 있다. 특히 SF&판타지 장르는 무협 장르와 비슷한 속성이 있어서 순위에 비해 판매가 무척 많이 나온다. 독자들의 남녀 비율 중에 남자들이 많다 보니 유료 결제가 많은 것이 아닌가 싶다.

어쨌든 문제는 미스터리 장르다. 2015년 10월 현재 50편이 넘게 연재되고 있는 네이버 웹소설에서 미스터리 장르는 단 2편이다. 로맨스는 30편. 역대 판매 랭킹에서도 미스터리 소설은 TOP100 안에 딱 한 작품이 있다.

그러나 웹소설이 아닌 다른 플랫폼에서 미스터리&스릴러 장르는 무척이나 거대한 시장을 갖고 있다. 스토리 산업에서 가장 큰 영화계만 놓고 봐도, 매년 개봉하는 영화들 중에서 멜로 영화보다는 미스터리&스릴러 영화가 훨씬 많다. 역대 흥행 순위 최고의 영화들을 보자. 국내, 국외 불문하고 TOP10에 로맨스 장르는 단 한 편도 없다. 세계적으로도 마찬가지다. 〈타이타닉〉 정도를 빼면 역대 흥행 TOP 20위에도 멜로 영화는 못 낀다.

장르소설 또한 그러하다. 장르소설의 전설이라고 불리는 작가들을 보자. 스티븐 킹, 톰 클랜시, 애거사 크리스티, 코난 도일, 미야베 미유키…… 모두 미스터리 장르로 분류할 만한 작가들이다. 물론 로맨스소설 작가들 중에서도 대가들이 많지만 지명도나 판매에 있어서 미스터리 장르에 비하지는 못한다.

그런데 왜 웹소설에서만큼은 미스터리 장르가 맥을 추지 못할까? 미스터리 장르는 남자들이 더 좋아하는데 웹소설 독자들이 여자가 많다는 논리는 힘을 잃는다. 현재 기준으로 역대 매출 TOP10 웹소설을 보면 여자 독자들이 대다수인 로맨스 장르보다 남자 독자들이 대다수인 무협 장르 작품이 더 많다.

연재에 안 어울리는 장르인가? 노노. 플랫폼의 특성상 미스터리 장르는 오히려 더 유리할 수도 있다. 매회 긴장감을 고조시키다가 엔딩을 쫄깃하게 끝내는 것이 웹소설 연재 기법의 핵심인데 긴장의 측면에서 미스터리 장르는 타의 추종을 불허하니까.

작가들의 수준이 떨어지나? 그럴 리가. 네이버 웹소설만 봐도 실력 있는 미스터리&스릴러 작가들이 여럿 활동 중이다. 한국 호러 소설의 양대 산맥이라고 할 수 있는 김종일, 이종호 작가, 네이버 웹소설에서 〈미안하지만 소름〉 시리즈를 연재했던 신성 클랜시 작가, 〈영혼사무소-귀의 영역〉을 연재한 미모의 디망쉬 작가, 나도 요즘 즐겨 보는 〈요운당〉의 언덕아래 작가 등등 당장 생각나는 이름들도 여럿이다.

그런데 왜 미스터리 장르는 아직도 부진을 면치 못하는 걸까? 대체 뭐가 문제일까?

미국의 빌 클린턴 전 대통령이 선거 캠페인으로 내세워서 유명해진 말이 있다.

"바보야, 문제는 경제야(It's the economy, stupid)."

지금 웹소설 시장에서 미스터리 장르의 부진을 보면서 내가 하고 싶은 말이다. 바로 내 자신에게.

"바보야, 문제는 작품이야."

결국은 독자들이 좋아할 만한 작품을 써야 한다. 웹소설이라는 플랫폼의 특성을 극대화하고, 로맨스와 무협으로 갈려 있는 남녀 독자들을 골고루 흡수할 만한 작품을 써야 미스터리 장르의 부활이 가능하다.

〈마성의 카운슬러〉가 순항하는 동안에도 나는 늘 사명감에 짓눌려 있었다. 젖과 꿀이 흐르는 로맨스판에서 꽃놀이를 즐길 게 아니라 황무지와도 같은 미스터리 장르를 개척해야 하지 않겠느냐는 목소리가 자꾸 귀에 울렸다.

그래서 뭘 쓸지 생각도 해보지 않은 상황에서 네이버 웹소설 담당자에게 말했다. 차기작은 미스터리 소설을 쓰겠노라고. 그렇게 해서 탄생한 작품이 현재 연재 중인 〈키스의 여왕〉이다.

목표도 공언한 바 있다. 로맨스 장르의 소설에 필적하는 순위와 판매고를 올려보겠다고. 그래서 미스터리 장르에도 많은 작가들이 몰리게끔 하겠다는 것이 나의 각오다.

미스터리소설 작법

미스터리 웹소설의 분류

〈키스의 여왕〉을 시작하기 전에 그동안 연재되었던 미스터리 작품들을 분석해보았다. 크게 세 가지 정도로 분류가 가능하다.

(1) 일반적인 장편소설처럼 한 가지 스토리를 끝까지 끌고 나가는 형식

ex) 〈키스의 여왕〉, 〈마녀, 소녀〉

(2) 정해진 주인공(들)이 여러 스토리를 이어나가는 탐정물 형식

ex) 〈영혼사무소-귀의 영역〉, 〈요운당〉

(3) 주인공과 스토리 모두 전혀 다른 단편 모음집 형식

ex) 〈미안하지만 소름〉

어느 형식이 더 낫다고 말할 수는 없다. 각자의 장단점이 분명히 있으니까. 다만, 미스터리 작가가 되고 싶은 지망생들은 각각의 경우에 대표적인 작품은 반드시 읽어볼 것을 권한다. 여러 형식이 갖는 장단점들을 비교하면서.

반대로, 먼저 형식을 정해놓고 소재와 스토리를 고민하는 방법도 있다. 내가 세 번째 작품을 미스터리 장르로 하겠다고 공언해놓고 뭘 쓸지 고민할 때도 그랬다. 먼저 형식을 고민했다. 처음에는 3번 형식을 진지하게 고민하다가 그다음은 2번 형식을 고민하다가, 결국 두 형식 모두 포기했다. 이유는 간단했다. 미스터리 장르에만 있는 형식으로 승부해서는 좋은 미스터리 작품은 가능하겠지만 기존의 미스터리 팬이 아닌 독자들까지 끌어들이기에는 저항감이 있을지도 모른다는 생각에서였다. 그래서 가장 보편적인 1번 형식으로 결정하고 그에 맞는 소재와 스토리를 구상하기 시작했다.

초보작가에게 추천하는 습작 요령

초보작가라면 위의 3번처럼 단편소설부터 써볼 것을 강력 권고한다. 종이책 소설에서도 마찬가지인데, 처음부터 장편소설로 습작을 시작하면 쓰다가 지쳐 나가떨어지는 것이 보통이다. A4 용지 10~20페이지 안팎의 단편소설은 서툴더라도 완성은 어렵지 않다.

게다가 단편소설은 구성과 문장을 수련하는 데 훨씬 더 유리하다. 길이가 짧은 만큼 처음부터 끝까지 여러 번 읽으면서 퇴고하기가 쉽기 때문이다. 단편을 하나 써놓고 계속해서 완성도를 업그레이드하는 작업을 되풀이하다 보면 미스터리 소설의 구조에 대해 이해가 깊어지는 것은 물론이고 글도 매끄러워진다.

캐릭터를 잡을 때도 웹소설의 경우에는 종이책보다 더 선명하게 캐릭터를 구축하는 것이 좋다. 흔히 입체적인 캐릭터가 좋다고는 하지만, 신인작가가 웹소설에서 캐릭터의 입체성을 드러내기란 쉽지 않다. 그럴 때는 다소 극단적으로 캐릭터를 설정해주면 좋다. 지금 한창 네이버에서 연재 중인 〈키스의 여왕〉을 예로 들어보자.

이 소설의 남자 주인공은 오래전에 자신을 버린 여자를 위해 자신의 인생을 건다. 사실 이런 주인공의 원형은 스콧 피츠제럴드의 소설《위대한 개츠비》의 개츠비를 벗어날 수 없다. 그러나 개츠비의 캐릭터가 매우 복잡다단하고 심지어 모호하기까지 한 데 비해 〈키스의 여왕〉의 남자 주인공인 도준은 성격적으로 대비되는 지점들이 선명하다. 대책 없는 순정파인 동시에 여주인공이 아닌 다른 사람들에게는 냉혈한인 변호사다. 오직 여주인공에게만 뜨거운 가슴과 법적 논리에 최적화된 머리를 지닌 인물이다. 개츠비 같은 변덕도 없다. 어쩔 수 없이 다분히 만화적인 캐릭터가 될 수밖에 없지만 웹소설에서는 이런 캐릭터가 매우 효과적이다.

굳이 미스터리 장르뿐 아니라 다른 장르에서도 캐릭터의 과장된 선명성은 쉽게 찾아볼 수 있다. 안하무인이지만 여주인공에게만은 꼼짝 못하는 〈고결한 그대〉의 남자 주인공이나 유능한 PD지만 연애에 있어서는 젬병인 〈마성의 카운슬러〉의 여주인공도 그 좋은 예라고 하겠다.

그 반대의 예도 찾아볼 수 있는데 〈나를 사랑한 대륙남〉의 남자 주인공 시우첸이 그렇다. 대륙의 재벌답게 자기 내키는 대로 호탕하게 사는 인물인 동시에 여자 주인공을 차지하고 싶어 치사하고 쪼잔해지기도 한다. 여기까지는 좋았는데, 시우첸은 우유부단한 면모도 동시에 갖고 있었다. 여주인공을 만나기 전에 약혼녀로 점찍었던 여자를 처리하는 데 있어서 그의 성격적인 복잡다단함이 드러났다. 이 소설은 초반에는 무서운 기세로 인기를 얻었고 엄청난 판매고도 기록했었는데 남자 주인공의 성격이 복잡하게 흐르는 순간 독자들의 항의가 빗발치고 반응도 현격하게 부정적으로 변했다. 중반 이후, 남자 주인공의 성격이 단호하게 바뀌면서 초반의 인기를 회복해서 다행이었지만 아무튼 곤욕을 치렀던 것은 사실이다.

〈나를 사랑한 대륙남〉의 케이스에서 볼 수 있듯이 웹소설의 남자 주인공은 성격이 복잡해서는 안 된다. 우유부단하면 끝장이다. 베르테르나 개츠비 같은 인물은 안타깝게도 웹소설에서는 남자 주인공 자격을 잃고 만다. 특히나 초보작가들은 꼭 명심하시길.

사건을 택할 때도 마찬가지다. 웹소설에서 벌어지는 사건들은 전개가 드라마틱해야 한다. 하루키처럼 철학적이고 사색적인 사건이나 신경숙처럼 내면의 깊이를 탐험하는 스토리들은 미안하지만 사양이다. 미스터리 장르는 더욱 그렇다. 사건이 은근하게 시작되어서는 곤란하다. 처음부터 독자들의 눈을 사로잡는 인상적인 사건으로 이야기를 시작해야 한다. 자세한 설명은 뒤에 첫 화의 중요성을 논하는 부분에서 계속하도록 하겠다.

소재는 어떻게 찾고, 고르나?

글을 쓴 지 20년 동안 변하지 않는 습관이 있다. 머리를 스치고 지나가는 소재들은 모조리 메모한다는 것. 예전에는 다이어리를 따로 갖고 다녔지만 스마트폰이 나온 뒤로는 스마트폰 메모장에 메모한다. 그렇게 메모해놓은 소재들이 많이 쌓였다 싶으면 컴퓨터에 옮긴다. 합칠 수 있는 소재들은 합치고, 떠오르는 제목이 있으면 제목을 달고, 이어지는 생각의 단상들이 있으면 간단한 시놉시스 형태로 끄적여놓는다.

당신이 천재라면 이런 작업을 거칠 필요가 없다. 하지만 나처럼 그저 그런 지능과 영감의 소유자라면 소재를 메모하고 정리하는 작업은 필수다. 특히 작가 일을 직업으로 삼겠다면 더더욱. 부지런히 작품을 이어나가기 위해서는 소재 고갈은 무슨 일이 있어도 피해야 하니까.

나는 어제도 소재를 메모했고(1년 전에 죽은 연인의 전화번호로 카톡 친구가 업데이트되는 사건에서 이어지는 스토리), 퍼뜩 떠오른 제목과 테마를 적어놓았다(다부다처—일부일처제를 거부하며 살고 있는 평범한(?) 시민들의 일상을 담은 소설).

작품을 쓰기 전에, 이렇게 정리해놓은 소재들을 검토해봐야 한다. 계속 고민하다 보면 그중에서 제일 쓰고 싶은 소재가 떠오를 것이다. 그놈을 잡으면 된다. 단, 네이버 웹소설의 경우에는 소재의 제약이 따른다. 폭력과 선정성에 대한 기준이 매우 엄격하다. 일반적인 19금 수준을 생각하면 큰코다친다. 15세 정도라고 생각하면 적절할 것이다. 스킨십을 예로 들자면 키스까지는 괜찮지만 애무하는 장면을 자세히 묘사한다든가 정사 장면이 등장해서는 안 된다.

흠…… 예를 뭘로 들어볼까. 내 첫 연재작 〈복수의 탄생〉이 네이버 웹소설 사상 가장 야하고 폭력적인 작품이었던 걸로 알고 있다.

작품 전체의 호흡 가늠하기

다른 장르에 비해 미스터리 장르는 호흡이 굉장히 중요하다. 미스터리 장르에서는 긴장감이 생명인데 긴장감이란 작품의 길이에 밀접하게 연관되어 있기 때문이다. 위에서 말한 것처럼, 탐정물 형식의 연작소설이나 단편집 형식이 오직 미스터리 장르에서 환영받는 이유도 바로 호흡 때문이다.

소재를 찾았으면 이 소재를 어느 정도 길이로 써야 할지를 가늠해야 한다. 임팩트 있게 끝내야 할 소재를 늘여 쓰다 보면 긴장감이 떨어지고, 충분한 분량이 필요한 이야기를 너무 짧게 줄여 쓰다 보면 읽는 맛이 없는 줄거리 요약본처럼 된다. 작품의 호흡을 가늠하는 방법은 도저히 글로 설명해줄 수 없다. 소재마다 케바케(케이스 바이 케이스)니까.

내 작품을 예로 들자면, 〈복수의 탄생〉은 처음부터 길게 쓸 생각이 전혀 없었다. 이 작품의 스토리를 간단하게 말하면 다음과 같다.

승승장구하던 아나운서 석호는 몰래 불륜을 즐긴다. 그런데 어느 날 그의 불륜 사실을 폭로하겠다면서 처음 보는 사내가 협박을 해온다. 석호는 사내에게 돈을 줘서 무마하려고 하지만 사내가 원하는 것은 돈이 아니다. 그는 석호에게 명령한다.

"네 주변에 여자가 세 명 있지? 너의 아내, 너의 여자친구 그리고 얼마 전에 뜨거운 하룻밤을 보낸 너의 옛 여친까지. 그중 한 명을 죽여. 기간은 일주일."

석호는 경찰에 신고를 할 수조차 없다. 협박을 해오는 놈은 놀랍게도 석호가 정사를 벌이는 사진과 동영상을 잔뜩 갖고 있다. 석호가 명령을 이행하지 않을 시에는 인터넷에 불륜 사진과 동영상을 무차별적으로 뿌려버리겠다고 한다. 이미 전국구 스타인 석호에게 사회적인 몰락은 생물학적인 죽음보다 더 무서운 파국이다.

모든 걸 다 가졌지만 딱 한 가지 약점이 있는 석호와, 아무것도 가진 게 없지만 딱 한 가지 비밀을 알고 있는 남자의 대결이 펼쳐진다.

내용을 보면 감이 오는가? 이 소설은 딱 장편소설 한 권 분량이라고 생각했다. 단편으로 쓰기엔 호흡이 바쁘고 원고지 천 장이 넘어가면 늘어질 게 뻔했다.

전체적인 호흡은 나쁘지 않았다. 그러나 웹소설에 관심도 전혀 없고 잘 알지도 못할 때에 청탁에 의해 연재를 하는 바람에 회차별 호흡은 엉망이 되고 말았다.

회차별 호흡 가늠하기

앞에서 누누이 강조했듯이 웹소설 플랫폼에서 성공의 관건 중 하나는 한 회차 안에서 얼마만큼 극적인 긴장감을 고조시키느냐에 있다. 그리고 매 회차마다 긴장의 최고치에서 끝이 나야 한다. 특히 긴장감이 알파요 오메가인 미스터리 장르는 더더욱 그러하다.

〈키스의 여왕〉 첫화를 예로 들어보자. 첫 화의 내용은 이러하다.

> 손유리는 우리나라를 넘어 전 세계적인 무비 스타다. 그녀의 닉네임은 '키스의 여왕'. 지상에서 가장 아름다운, 가장 입 맞추고픈 입술의 소유자이기 때문이다.
>
> 그런 그녀와 우연히 인연이 닿은 한 남자가 있다. 미국 실리콘밸리의 살아 있는 벤처 신화, 데이브 천. 수조 원의 개인자산을 보유한 젊은 갑부인 그는 한국계 미국인이다.
>
> 사랑에 빠진 데이브 천과 손유리는 결혼식을 올리고, 그 결혼식은 세계를 떠들썩하게 만든다. 그리고 둘은 오직 둘만의 허니문을 떠난다.
>
> 그런데 초호화 요트를 타고 바다로 나가서 둘만의 첫날밤을 즐긴 다

음 날 아침, 데이브 천이 보이지 않는다. 말 그대로 바다 한복판에서 사라져버린 것이다. 아무 흔적도 없이.

손유리는 미친 듯이 데이브 천의 이름을 외치며 울부짖는다. 폭풍우 치는 바다 위에서…….

궁금하지 않은가? 대체 데이브 천은 어디로 갔을까? 누가 그를 데려갔을까? 그는 살았을까, 죽었을까? 유리의 운명은 어떻게 될까?

앞에서도 말했듯이 웹소설, 특히 미스터리 장르의 소설은 사건이 인상적일수록 좋다. 그중에서도 1화에 등장하는 첫 번째 사건은 한눈에 확 들어와야 한다.

매 회차에 정성을 기울여야 하겠지만 웹소설에 있어서 1화의 중요성은 나머지 회차를 다 합친 것만큼 크다 하겠다. 1화가 재미있으면 독자들은 관심작품 리스트에 그 작품을 추가한다. 자연스럽게 고정 독자가 되는 것이다. 유료 구매에 익숙한 독자들은 1화가 재미있으면 바로 유료 판매로 다음 회차들을 미리 읽어보기도 한다.

그러나 단언컨대 1화를 읽어보고 재미가 없다고 느낀 독자가 다시 그 소설을 읽어볼 확률은 1퍼센트도 안 될 것이다. 2화는 없다. 1화에서 승부가 끝난다는 각오로 써라.

네이버 웹소설의 경우만 해도 무려 50개가 넘는 웹소설이 동시에 연재되고 있는 거대한 플랫폼인데 이런 플랫폼이 여러 개 있다. 북팔, 조아라, 문피아 같은 기존의 연재 사이트도 건재하고 교보문고나리디북스 같은 대형 서점에서도 웹소설을 연재한다. 뿐만 아니라 '에브리북'처럼 출판사에서 만든 플랫폼까지 합치면 현재 연재되고 있는 웹소설은 100편이 훨씬 넘을 것이다. 독자들 입장에서는 굳이 내 입맛에 안 맞는 작품을 억지로 읽을 이유가 없다.

독자들의 입맛에 맞는지 안 맞는지가 1화에 판가름 난다. 다시 말하지만 기회는 딱 한 번이다. 1화가 별로라면 2화는 없다. 1화는 정말 영리하게 써야 한다. 2화를 안 읽고는 배길 수 없게. 기대감과 호기심을 최대한 증폭시켜서.

신인작가들이나 작가 지망생들에게는 전설적인 작품들의 1화를 읽어볼 것을 추천한다. 웹소설의 분량이 워낙 많기에 소설의 전편을 다 읽기엔 너무 시간이 많이 걸린다. 네이버 웹소설의 경우, 이미 완결된 작품들도 초반 5~10화 정도는 무료로 풀려 있다. 인기가 좋았던 작품들의 1화를 여러 편 꼼꼼히 읽어보라.

첫 화를 잘 써서 독자들을 2화까지 초대한다 해도 독자들 입장에서는 작품이 재미없어지면 아주 쉽게 연재를 중단할 수 있다. 그러므로 작가 입장에서는 매 회차를 읽고 나면 다음 회차를 기다리도록 만들어야 한다. 그러기 위해서는 매 회차 안에서 완결성 있는 기승전결의 구조가 꼭 필요하다.

아주 정확하게 구분 짓자면, 한 회차는 전 회차에서 뚝 끊긴 긴장의 정점에서 시작해서 다시 새로운 이야기의 흐름을 시작한 뒤 정점으로 밀어올려 독자들의 궁금증과 기대감이 최고조로 고조된 지점에서 냉혹하게 끝내야 한다. 여기서 '냉혹하게'라는 표현에 주목할 것.

독자들은 이 기법을 일컬어 '절단신공'이라고 부른다. 절단신공은 작품의 유료 판매에도 큰 영향을 미치므로 웹소설 작가가 되려면 반드시 연마해야 할 무공이라 하겠다.

절단신공

절단신공을 발휘한 예를 보자. 〈키스의 여왕〉 3회 차 끝부분이다.

> 지희의 차를 보내고 집에 돌아온 유리는 들어오자마자 소파에 뻗어버렸다. 그녀는 아직 몸도 정신도 정상이 아니었다. 이런 식으로 툭 하면 허물어졌다. 시도 때도 없이 눈물이 흘렀고 무릎이 꺾였다.
>
> 차라리 잠이나 좀 자려고 누워 있는데 현관문 벨소리가 들렸다. 형사들이 왔구나. 전화를 하고 온다고 했는데……. 유리는 다리에 힘을 줘야 소파에서 몸을 일으킬 수 있었다.
>
> 그녀가 현관문을 열자 상상도 하지 못한 사람이 서 있었다.
>
> "고집부리는 성격은 여전하군."
>
> 차갑게 내뱉는 남자, 도준이었다.

이 소설의 남자 주인공인 도준이 처음 등장하는 장면이다. 바로 이 지점에서 3회가 끝난다.

보통 종이책이라면 절대로 챕터를 이런 식으로 끝내지 않는다. 새로운 인물, 특히 중요한 인물이라면 그의 등장은 챕터의 시작이다. 그런데 웹소설에서는 반대다.

절단신공에 아직 서툰 독자들이라면 대화 중에 회차를 끝내는 것도 한 가지 방법이다. 다음에 이어질 스토리를 궁금하게 만들기보다는 다음에 이어질 대화를 궁금하게 만들기가 더 쉬우니까. 일종의 반칙이라고 할 수도 있겠는데, 예를 들면 이런 식이다. 〈키스의 여왕〉 13화 끝부분을 보자.

차에 올라타고 나서야 유리가 물었다.

"혹시…… 화났어요?"

"그걸 말이라고 해?"

"계약서 때문인가요?"

"내가 뭐라고 했지? 당신과 나 사이에는 모든 것이 공유되어야 한다고 했잖아. 왜 얘길 해주지 않았어?"

"생각도 못했어요……."

"혼인신고도 안 되어 있었다는 얘기도 했어야지!"

"그게 뭐가 중요하지?"

잠시 애매모호한 침묵이 흐르는가 싶더니 도준의 얼굴에 미소가 돌아왔다.

"반대야."

"네?"

"나, 화나지 않았다고."

"그게 무슨……."

"여기 오기 전까지만 해도 우리가 이길 가능성은 1퍼센트 미만이었어. 그런데 지금은 10퍼센트로 껑충 뛰었어."

유리는 얼떨떨했다. 도준의 얼굴을 보니 정말 기쁨이 넘실거리는 표정이었다.

"설명을 좀 해주세요."

남녀 주인공 사이의 대화 중간에 회차가 뚝 끊긴다. 무례하게 느껴질 수도 있지만 친절한 엔딩보다는 훨씬 더 나은 엔딩이다.

절단신공을 극대화하기 위해서는 작가의 말을 이용하는 방법도 있다. 위에 인용한 〈키스의 여왕〉 13회차 작가의 말은 이렇다.

"설명은 다음 화에."

이제 웹소설의 회차 엔딩이 어떤 의미를 갖는지 감이 잡히는지? 명심하시라. 엔딩에 있어서만큼은 친절해지지 마라. 특히 미스터리 장르에 있어서는 더더욱.

어떤 방법으로 원고를 보낼 것인가?

자, 위에서 얘기한 대로 충실하게 작품을 완성했다 치자. 이 작품을 어떻게 웹소설 플랫폼에 올려서 웹소설 작가가 되느냐 하는 문제가 남았다. 종이책의 경우에는 신춘문예나 문예지를 통해 등단을 한 후 작품을 발표하는 방법이 있고, 출판사에 원고를 바로 투고해서 책을 내는 방법이 있다.

웹소설의 경우에도 몇 가지 방법이 있다. 일단 가장 큰 플랫폼인 네이버 웹소설을 예로 들어 보겠다.

챌린지리그/베스트리그 승격을 통해 정식 연재 작가가 되는 방법

정확한 설명을 네이버 웹소설 홈페이지에서 인용하자면 이렇다.

먼저 '챌린지리그'를 통해 작품등록을 해주시면, 작품의 완성도와 독자 반응을 바탕으로 매달 내부 심사를 거쳐 '베스트리그' 승격작을 선정합니다. '베스트리그'로 승격된 작품은 정식 연재 승격 심사대상이 되며, 내부 심사를 거쳐 '오늘의 웹소설' 작가로의 정식 데뷔가 가능해집니다.

사실 최고의 방법이다. 챌린지리그부터 고생(?)을 함께한 충성도 높은 독자들을 끌고 올라가기 때문에 정식 연재에서 성공할 확률도 매우 높다. 전설적인 작품들인 〈원하는 건 너 하나〉(로맨스소설 유료 판매 1위), 웹드라마로도 제작된 메가 히트작 〈고결한 그대〉(로맨스소설 유료 판매 3위) 등등 많은 성공 사례들이 있다.

문제는 챌린지리그에서 경쟁하는 작품들이 수없이 많다는 점이다. 정확히는 모르겠지만 10만 개쯤 된다고 들은 것 같다. 하루에도 수백 편씩 새 작품이 올라온다. 그 속에서 두각을 나타내면 몇 가지 기준에 의해 베스트리그로 승격된다.

언뜻 생각하면 이 과정이 무척이나 어려워 보이지만 또 그렇지도 않다. 몇 화 만에 연재를 그만두는 작품이 무척 많고, 또 의외로 많은 작품을 베스트리그로 올려주기 때문이다. 매달 수십 작품씩을 승격시켜준다. 보면 알겠지만 챌린지리그에 연재하는 작품들의 수준이 썩 높지 않다. 작품의 경쟁력이 있고 장기간 연재 레이스를 펼칠 근성이 있다면 바닥부터 시작하는 방법도 좋다.

공모전 당선

네이버에서는 매년 공모전을 실시한다. 어떤 해에는 장르별로 공모전을 따로 하기도 하고 어떤 해에는 여러 장르의 공모전을 한 번에 하기도 한다. 올해(2015년)의 경우에는 로맨스와 무협 장르의 공모전을 함께 치렀다.

공모전 당선은 신인작가에게 있어서는 초고속 엘리베이터를 타고 바로 제일 꼭대기 층까지 올라가는 것과 비슷하다. 역대 공모전 당선작들은 모두 좋은 반응을 얻었고, 작가에게는 네이버 공모전 수상자라는 타이틀이 계속 따라다닌다. 신인작가라면 도전하지 않을 이유가 없다.

게다가 네이버 공모전은 작품을 따로 제출하는 것이 아니라 챌린지리그 내에서 공모전을 진행하기 때문에 공모전 날짜에 잘 맞춰서 챌린지리그에서 연재를 진행하다가 공모전에 참여하면 된다.

직접 원고 투고

이 경우는 기성작가에 한해서만 가능한 방법이다. 정확한 내용을 네이버 홈페이지에서 인용하자면 이렇다.

> '오늘의 웹소설'에 정식 연재를 희망하시는 경우, 아래 세 가지 정보를 'nbooksmaster@naver.com'으로 보내주시면 서비스 담당 편집진의 회의를 거쳐 연재 여부를 알려드립니다.

(1) 작품 라인업 중첩도를 확인하기 위한 제안 작품의 전체 시놉시스 정보

(2) 작품의 차별화 포인트, 경쟁력 등을 검토하기 위한 최소 5화 이상의 완성된 원고

(3) 정식 연재가 가능하신지 확인할 수 있는 작가님의 경력 설명

아무나 이런 식으로 원고를 투고한다고 읽어봐주는 것은 아니다. 홈페이지에 정확하게 자격을 명시해놓고 있다.

• 최소 3질 이상의 장편소설을 종이책 출간 또는 eBook 발행한 경험이 있는 작가님의 작품(1질의 권수는 3~4권 정도이며, 장르에 따라 권수의 차이가 있음을 인정함).

• 온라인 소설 연재 사이트에서 완결작 정식 연재를 두 작품 이상 1년 정도 진행한 경험이 있는 작가님의 작품.

여기서 미스터리 작가 지망생을 위한 중요한 힌트 하나. 다른 장르에 비해 미스터리 작품은 정식 연재로 가는 길이 쉽다. 경쟁도 훨씬 덜할뿐더러 각종 플랫폼 사이트에서 가장 취약한 장르가 미스터리이기 때문이다. 뒤집어 말하면 좋은 작품을 제일 애타게 찾고 있는 장르라는 말씀. 작품의 경쟁력만 있다면 앞에서 설명한 세 가지 방법 중 어떤 경로를 거치든 간에 타 장르에 비해 미스터리 장르가 정식 연재 가능성이 높다고 나는 자신한다.

사실 영화판도 그렇다. 신인감독이 데뷔작으로 공포영화를 선택

하는 사례가 무척 많다. 공포&미스터리 장르는 기발한 아이디어가 관록을 이기기 쉬운 장르이기 때문이다. 제작비를 적게 들이고 찍을 수 있는 장르이기도 하고.

이 글을 읽고 있는 당신! 기발한 이야기가 있다면 이미 당신은 미스터리 작가가 될 수 있는 씨앗은 품은 셈이다.

7

기획서/시놉시스 쓰기

언뜻 생각하면 기획서나 시놉시스는 직접 원고를 투고하는 기성 작가들에게만 필요하다고 생각할지 모르겠다. 챌린지리그부터 작품을 올릴 때는 기획서나 시놉시스가 필요 없으니. 그러나 혼자 작품을 쓸 때에도 기획서와 시놉시스를 정리해놓고 본문을 작업하라고 조언하고 싶다.

기획서와 시놉시스는 일종의 지도와 나침반이라고 생각하면 된다. 창작이라는 모험을 떠나면서 지도와 나침반 정도는 챙겨야 하지 않겠는가. 아무것도 없이 무턱대고 글을 쓰다 보면 이야기가 산으로 가는 일이 종종 벌어진다. 무턱대고 길을 떠난 여행자가 목적지에 도착하기 쉽지 않듯이.

물론 처음에 정해놓은 기획서와 시놉시스에 얽매일 필요는 없다. 막상 글을 쓰다 보면 더 좋은 스토리가 떠오르기도 하고 처음에 잡아놓았던 설정의 허점이 드러나기도 하니까. 그럴 때는 글을 쓰는 도중에 기획서와 시놉시스를 수정해가면 된다.

기획서/시놉시스의 형식은 정해진 게 없다. 천차만별이다. 잘 읽히고 재미있으면 최고다. 그리고 기획서/시놉시스란 독자들이 볼 일이 없는, 작가와 에디터만의 소통 수단이니까 유일한 독자인 에디터의 관심을 끄는 데 모든 노력을 기울여야 한다.

작가 지망생들이나 신인작가들을 만나보면 기획서 쓰기가 너무 어렵다고 호소하는 경우를 많이 봤다. 그래서 내가 실제로 썼던 기획서/시놉시스를 한 글자도 안 고치고 그대로 공개하겠다.

줄거리의 경우엔 첫 화 줄거리 정도만 몇 줄 쓴 정도인데, 그건 수십 편의 장편소설을 썼던 내 경력을 플랫폼에서 믿고 넘어가기 때문이다. 신인작가들은 절대 그렇게 하면 안 된다. 전체적인 줄거리를 제대로 보여줘야 한다. 그 부분을 감안하면서 보시길. 특히 내가 이야기를 어떤 식으로 포장하는지에 초점을 맞춰서.

"네이버 웹소설 미스터리 장르의 부활을 선언한다."

심쿵 끝판왕! 숨 막히는 폭풍 로맨스!

키스의 여왕

● 기획 의도

"미스터리 장르의 부활로 네이버 웹소설의 시장을 확장한다."

장르문학의 가장 큰 줄기 중 하나인 미스터리&스릴러 장르가 네이버 웹소설에서는 맥을 못 추고 있다. 미스터리 장르를 살리기 위한 신의 한 수는? 제목부터 기존의 로맨스소설 독자들을 유인하는 수준 높은 로맨틱 미스터리 작품이 필요하다.

● 매력 포인트

1. 첫 화를 읽고 나면 멈출 수 없다. 처음부터 반전을 거듭하는 스토리.
2. 로맨스소설이라고 해도 무방하다. 촘촘히 박힌 멜로라인.
3. 어느 캐릭터 하나 버릴 수 없다. 매력 터지는 캐릭터들의 향연.

● 캐릭터

손유리(25) '키스의 여왕'이라는 닉네임을 가진 국민 여배우.
청초하고 연약해 보이는 외모와 달리 불굴의 의지를 가진 여자.

이도준(30) 미스터리에 싸여 있는 변호사.
얼음같이 냉정해 보이지만 속으로는 열정이 활활 타오르는 남자.

데이브 천(32) 한국인 아빠와 미국인 엄마 사이의 혼혈.

	게임 천재로 시작해 실리콘밸리의 상징이 된 IT업계 거물.
문검사(45)	성공을 위해서는 무슨 짓이든 할 수 있는 야망가.
길형사(45)	수사기계라는 별명을 갖고 있을 정도로 냉철하지만 인간미 넘친다.
시원(30)	미국 변호사를 포기하고 한국에서 사법고시를 봐서 변호사가 된 인물.
지회장(51)	지석현. 암흑가의 큰손. 유리의 팬. 꿋꿋하게 그녀를 지켜준다.

● 간단한 줄거리

아시아에서 가장 탐스러운 입술을 가진 여배우 유리의 별명은 키스의 여왕.

그녀는 IT업계의 레전드 데이브 천을 만나 두 달 만에 성대한 결혼식을 올린다.

그들은 평범한 신혼여행을 거부하고 지상 최고의 허니문 여행을 떠나는데……

상상도 하지 못한 운명의 폭풍이 유리를 기다리고 있다.

〈마성의 카운슬러〉 이재익 작가가 자신 있게 선보이는 초대작 로맨틱 스릴러.

어떤 지점을 강조하는지가 보이는가? 언뜻 보면 이 작품이 미스터리 장르인지 로맨스 장르인지 헷갈릴 정도다. 장르를 초월한 독자들을 모아서 미스터리 시장의 판을 키워보겠다는 내 의도를 강조했기 때문이다.

〈키스의 여왕〉 기획서는 지나치게 짧은 감이 있다. 이미 두 편을 연재한 뒤라서 더 간략하게 썼던 것 같다. 앞에서도 말했듯이 기획서/시놉시스의 제일 큰 존재이유는 플랫폼을 설득하기 위해서이니.

한 편의 실전 기획서를 더 공개한다. 미스터리 장르는 아니지만 꽤 그럴듯하게 만든 기획서다. 로맨스라는 새로운 장르에 작품을 연재하기 위해 네이버 측을 설득할 필요가 있었던 터라 스토리까지 아주 열심히 썼다. 작년에 연재했던 〈마성의 카운슬러〉 기획서를 보자.

〈원더풀 라디오〉 이재익 작가의 본격 로맨스소설

최고의 연애카운슬러
해결 불가능한 사랑에 빠지다!

마성의 카운슬러

● 기획의도

"중이 제 머리 못 깎는다고? 그렇다면 연애박사는 연애를 잘할까?"

흔히 "로맨스소설은 다 거기서 거기야"라고들 말한다. 실제로 대부분의 로맨스소설들은 공식처럼 천편일률적인 캐릭터와 스토리에 집착한다. 새로운 시도보다는 익숙한 구도가 되풀이되는 작품 경향은 자칫 로맨스소설이라는 장르 전체 발전에 걸림돌이 될 수도 있다.

'마카'(마성의 카운슬러)는 기존 웹소설 독자들의 기대를 충족시키는 동시에 신선한 장치를 장착했다. 소설 속 남자 주인공이 연애 카운슬러라는 점을 십분 활용해 연재와 함께 운영될 블로그에서 작가가 직접 연애 카운슬링을 해주는 것!

블로그에 연애 고민 사연을 올린 독자들 중 매주 두 명을 뽑아 작가가 상담 댓글을 달아주는 보너스 선물을 제공하는 것이다. 더불어 블로그에 방문한 독자들끼리도 서로 댓글을 달면서 자연스럽게 소통하는 공간으로 거듭날 수 있다.

독자들의 연애 고민이 소설 주인공을 통해 해결될 수도 있으니, 이야말로 쌍방소통이 이루어지는 차세대 웹소설인 셈!

● 캐릭터

이권양(29)	현재 대한민국 최고의 인기를 자랑하는 연애 카운슬러. 대한민국 여성들의 희망! 구세주라는 별명을 갖고 있다. 보통 연애 카운슬러들의 실제 외모를 보고 나면 실망감만 잔뜩 들기 마련인데, 이권양은 다르다! 남녀노소의 눈을 사로잡는 훤칠한 외모의 소유자. 게다가 세상에서 제일 쉬운 게 연애라고 말하는 인물. 시크하기가 이를 데 없다. 하도 여자를 많이 만나서 여자에 대한 흥미를 잃어버렸다.
이주희(28)	입봉을 앞둔 방송국 PD. 방송일은 승승장구이나 연애는 백전백패. 한 번만이라도 제대로 된 연애를 해보는 게 소원이다. 정의롭고 씩씩하지만 연애는 영 쑥맥! 잘생긴 남자를 짝사랑하다가 호되게 당한 적이 있어서 잘생긴 남자를 싫어한다. PD 말 안 듣고 자기 멋대로 하는 출연자도 완전 싫어한다.
유상우(28)	20년 동안 주희를 짝사랑해온 초등학교 동창이자 후배 PD.
주인하(31)	주희가 남몰래 짝사랑 중인, 같은 방송국의 남자 작가.
박정은(29)	이권양을 유혹하기로 작정한 케이블 방송계의 인기 연애 카운슬러.
이회장(60)	컨설팅 회사 대표. 이권양의 아빠. 마음먹은 일은 무엇이든 한다.
이수지(26)	이권양의 비서 겸 어시스턴트. 슈퍼모델 출신. 극강 비주얼.

● 간단한 줄거리

개편을 맞아 입봉 프로그램을 준비하던 주희는 실시간 연애 상담이라는 포맷을 착안하고 게스트를 물색한다. 스태프들이 이구동성으로 추천하는 0순위 게스트가 바로 '권양'이다. 벌써 몇 년째 각종 포털 사이트에서 최고의 인기 연애 상담 칼럼을 쓰고 있는 권양은 지금껏 그 아무도 얼굴을 보지 못한 베일 속에 싸인 인물이다.
혹자는 그녀가 눈부신 천상의 미녀라고도 하고, 혹자는 사고로 얼굴이 엉망이 된 은둔자라고도 한다. 유일하게 알려진 것은 '권양'이라는 필명으로 봐서 권씨 성을 가진 여자라는 것 정도.
그런 권양을 섭외하기 위해, 주희는 수차례 간곡한 이메일을 보내 그녀를 설득하려 했으나 아주 깔끔하게 거절당하고 말았다.
스타가 될 절호의 기회인 지상파 방송국의 예능 게스트 자리를 거절하다니! 부아가 치밀지만 어쩔 수 없다. 2순위, 3순위 후보들을 섭외하는 수밖에.
그러던 어느 날 권양으로부터 게스트를 맡겠다는 이메일 답장이 온다. 대체 무슨 바람이 불었을까? 하지만 이것저것 따질 때가 아니다.
방송국 회의실에서 첫 미팅이 있던 날, 드디어 얼굴 없는 연애 카운슬러 권양이 회의실 문을 열고 들어왔다.
"안녕하세요? 이권양입니다."

오 마이 갓. 권양은 이씨 성을 가진 이름만 권양인 남자, 이. 권. 양 군이었다!
그것도 찬란한 비주얼의 미친 훈남. 시니컬한 글과는 정반대로 살살 녹아드는 목소리는 어쩔 거야?
그가 계속 출연을 고사하다가 갑자기 출연하기로 마음을 고쳐먹은 이유 또한 황당하다. 국내에서 두 번째로 큰 컨설팅 회사의 대표인 아버지가 경영수업을 받으라고 엄명을 내렸는데 그 엄명을 피하기 위한 방책이 방송 출연이란다. 인터넷에서 한심한 상담 따윌 해주는 건 아버지가 직업으로 인정을 안 해주신다며…….

모델 뺨을 후려치게 생긴 이 남자가 하버드 MBA 출신이란다. 게다가 집안까지 빵빵하니, 흠잡을 곳이 없는 것만 같다. 이런 남자가 왜 연애 카운슬러를?

주희와 권양은 PD와 출연자의 관계지만 뭔가 갑과 을이 바뀐 것 같다. 이 남자, 잘난 것까진 좋은데 너무 고자세다. PD 말이라면 그냥 듣고 넘어가기도 해야지, 꼭 자기 의견을 덧붙인다. 그런데 또 그 의견이 맞다. 참 나…….
여러 훈남들을 실컷 짝사랑하다가 데어본 주희가 가장 싫어하는 남자가 바로 잘생긴 남자다. 잘생기면 얼굴값하고, 못생기면 꼴값한다지? 근데 주희는 얼굴값보다는 차라리 꼴값이 낫다는 주의다. 거기다 잘난 사람들이 넘쳐나는 방송국에서 주희가 제일 싫어하는 출연자는 PD 말 안 듣는 출연자다.
그런데 권양이란 인간은 잘생긴 데다 PD 말도 안 듣는다. 그런데 다른 스태프들은 모두 권양에게 흠뻑 빠진 모양이다. 모르겠다. 일단 그냥 가자.

반면 권양은 자꾸 주희에게 호기심이 생긴다. 그 전에도 자신을 싫어하는 여자들은 많았다. 연애란 기본적으로 취향이니까. 하지만 '더블'로 싫다는 여자는 없었다. 그것도 이유가 요상하다. '잘생기고', '잘나서'? 이 여자가 궁금해진다.
부족한 것 하나 없이 자란, 금수저 물고 태어난 권양에게 호기심이란 몹시 귀한 감정. 권양은 비서인 수지를 시켜 주희에 대한 기본적인 정보를 수집한다.

프로그램 첫 방송 전의 첫 회식 때부터 주희와 권양은 티격태격. 앙숙이 따로 없다. 그럼에도 불구하고 첫 방송은 대박! 초대박이 났다! 모두 권양 덕분이다. 겨우 몇 번의 방송으로 권양은 그야말로 대한민국 초인기남으로 등극했다. 덕분에 주희도 윗선의 칭찬과 더불어 보너스까지 두둑이 받았다.
그것으로 주희의 불만은 마무리되는 듯했으나, 두 번째 회식에서 주희와 권양은 또 부딪친다. 술에 취한 주희는 권양에게 말한다.

"자고로 연애 카운슬러는 실제 연애에서는 아무짝에도 쓸모없다고요."
그에 발끈한 권양 역시 반박한다.
"내가 맘먹고 카운슬링해서 안 이뤄진 연애가 없어요."
두 사람은 술김 반 진담 반, 자존심을 건 내기를 하게 되는데…….
연애 숙맥 주희가 마음에 둔 남자 인하와의 연애에 성공할 수 있도록 권양이 카운슬링을 해주면 계속 프로그램에 남고, 실패하면 자진해서 하차하기로 말이다. 프로그램에서 하차하는 순간, 권양은 아버지 회사로 끌려가 경영수업을 받아야 할 상황이다.

둘은 서로의 자존심을 건 내기 연애를 시작한다.
플레이어는 주희. 코치는 권양. 권양은 주희와 이른바 연애 실습을 시작한다. 동거 아닌 동거를 하면서 연애의 모든 것을 가르쳐주는 권양.
좋아하는 여자에게 다른 남자와의 연애를 코치해주는 것만큼 비참한 일이 있을까? "죽느냐 사느냐 그것이 문제로다"라고 했던 셰익스피어의 명대사보다 더 큰 문제에 빠진 권양.
권양은 단계별로 직접 주희와 데이트를 하면서 연애의 기술을 가르쳐주고 남자의 심리에 대해서도 얘기해준다. 매일매일 주희는 인하와의 진도를 보고한다. 그러면 고칠 점을 얘기해주는 권양. 그리고 다음 진도를 나간다. 예를 들면,

챕터1. 식사
챕터2. 차 마시기
챕터3. 영화 보기
챕터4. 카톡(라인)
챕터5. 통화

그다음부턴 스킨십의 각 단계다. 손 잡기, 머리 쓰다듬기, 키스, 가슴 그리고…… 섹스.

어쩔 수 없이 스킨십까지 직접 지도해줘야 한다.

이길 수도 질 수도 없는 내기 카운슬링은 어떻게 끝이 날까?

앞에서도 말했듯이 기획서는 정해진 형식이 없다. 본인의 스타일에 맞게, 또 실제 작품을 더 잘 포장할 수 있는 쪽으로 기획서와 시놉시스의 양식을 잡아나가면 된다.

8

미스터리 장르의 미래

웹소설 시장에서 미스터리 장르의 미래는 무궁무진하다. 단언할 수 있다. 주식이나 부동산 투자를 할 때를 생각해보라. 이미 많이 오른 주식이나 부동산에 투자해서는 돈을 벌기 어렵다. 웹소설도 마찬가지다. 로맨스, 무협 장르는 이미 시장이 뜨겁다. 그러나 미스터리 장르는 아직 발전할 영역이 무궁무진하게 남아 있다. 제대로 하나 터지면 단숨에 최고의 작가로 등극할 수 있다.

망설이는 그대여, 달려오라. 아무도 황금을 캐가지 않은 전인미답의 계곡으로.

청빙 최영진

명지대학교 문예창작학과를 졸업했다. 2009년 단행본 《문답무용》(전 8권), 2011년 단행본 《파이널에볼루션》(전 4권)을 출간했다. 2013년 네이버 '오늘의 웹소설'에 〈프로젝트 J〉를 연재했으며, 현재 2014년부터 시작한 〈호접몽전〉을 네이버 '오늘의 웹소설'에 연재하고 있다.

chapter 5

무한한 상상의 나래, SF & 판타지 소설

웹소설 작가가 된 계기

목표 변경과 시행착오

나는 학창시절부터 글쓰기를 좋아했다. 고등학교 때 처음 알게 된 PC통신의 세계에 푹 빠져서, 직접 쓴 어설픈 소설을 게시판에 올리기도 했다. 그러나 현실적인 문제로 대학은 글쓰기와 무관한 학과를 갔다. 입대하고 나선 최전방 철책에서 근무하게 됐는데, 밤새 북쪽 땅만 바라보며 서 있어야 했다. 할 수 있는 일이라곤 공상뿐이었다.

그때 글쓰기의 꿈이 다시 살아났다. 상상했던 기괴한 이야기들을 틈날 때마다 수첩에 끼적이는 게 유일한 낙이었다. 군대의 어둡고 억압적인 분위기가 음울한 상상력을 더욱 발전시켜주었다. 전역 후 부모님을 설득했다. 결국 생소한 수능을 다시 쳐서 서울의 한 대학 문예창작학과에 진학했다.

그런데 문예창작학과의 분위기는 또 달랐다. 정확히 말하면 내가 생각한 글을 쓰는 곳이 아니었다. 나는 주로 기괴하고 초현실적인 내용이면서, 동시에 재미 위주의 글을 쓰고 싶었다. 가장 좋아하는 작가가 스티븐 킹이라고 하면 쉽게 이해가 갈 것이다.

하지만 문예창작학과의 궁극적인 목표는 한국 문단에의 등단이었다. '사조'라 해서 소위 말하는 순수문학의 역사를 배우고 순수문학 쓰는 법을 배웠다. 그때 처음으로 깨달았다. 순문학은 글이면서, 동시에 학문이라는 사실을(괜히 '학學' 자가 들어간 게 아니었다). 또한 내가 쓰려 했던 글을 우리나라에서는 장르문학이라 칭한다는 것을.

과 내에서는 알게 모르게 판타지와 스릴러, 호러, SF 등의 장르를 천시하고 순수문학만 인정하는 풍조가 있었다. 우리나라 특유의, 청류와 탁류를 따지는 유교적 영향이었다. 4년간 문예창작학과를 다니면서 나도 그 분위기에 전염되었다. 진짜 쓰고 싶은 글은 따로 있는데, 등단하겠다고 학문을 공부하고 있으니 잘될 턱이 없었다.

마지막 학기 소설 수업 때, 당시 은사이셨던 소설가 박범신 선생님과 김영하 선생님께서 해주신 충고도 영향을 미쳤다. 문예창작학과다 보니 졸업논문 대신 졸업작품을 제출했다. 그때 내가 낸 소설을 보신 두 분은 공통적으로 이렇게 말씀하셨다. 넌, 아무래도 대중소설을 써야겠다. 최 군은 대중소설 쪽으로 나가는 게 낫겠어요. 수업 분위기나 가르치시는 스타일은 전혀 달랐는데 내 글에 대한 의견은 같았다.

이래저래 고민하다가 호기심에 들른 책 대여점에서 읽은 소설이 결정적으로 운명을 바꿔놓았다. 쓰고 싶었던 글은 거기에 있었다. 영웅과 괴물, 악당, 마법이 난무하는 세계에 빠져 몇 달을 살았다. 그 덕에 순식간에 해당 대여점의 VIP 고객으로 등극했다. 그런 후 장르문학 작가가 되기로 결심했다.

그렇다고 문예창작학과에서 보낸 시간이 무의미했다는 이야기는 절대 아니다. 거기서 4년간 글쓰기의 기초를 제대로 배웠으니까. 훌륭한 소설가 선생님에게 실전 강의를 들었으며 좋은 시와 소설들을 반 강제로 읽게 되었다. 그렇게 쌓인 것들이 지금까지도 유용한 자양분이 되어주고 있다. 나는 연재분 초교를 보내면 대개 띄어쓰기 서너 개만 교정되어 돌아오는데, 처음부터 이랬던 건 아니었다.

모든 체험은 글쓰기의 무기

개인적으로 어떤 일이나 경험을 하더라도 이게 다 글을 쓰는 데 쓸모가 있다고 생각한다. 전공 학과에서의 공부, 연애, 여행, 심지어 사기를 당하거나 우울증에 걸렸던 일들까지. 내 경우 몇 번의 시행착오는 오히려 훗날 도움이 되었다. 즉 웹소설 작가를 목표로 하는 이에게 현재 자신의 전공과 과거 경력 등은 전혀 걸림돌이 되지 않는다는 것.

바뀐 세상에 맞는 플랫폼

이 글을 읽고 있는 독자라면 웹소설 작가가 되고 싶어하는 사람이라고 봐도 무방할 것이다. 그러려면 먼저 웹소설이 뭔지, 어떤 장르인지 명확히 아는 과정이 필요하다. 웹소설은 쉽게 말해 웹, 즉 인터넷에 연재되는 소설이다. 사실 명칭만 다를 뿐이지 이와 유사한 형태의 소설 및 소설 연재 사이트는 10년도 넘게 전부터 있었다. 내가 처음으로 접하게 된 인터넷 연재소설은 바로 〈퇴마록〉이었다.

단, 웹소설이라 불리기 전의 인터넷 연재는 거의 100퍼센트 무료 공개였다. 〈퇴마록〉이 연재되던 PC통신 시절에는 그저 글을 쓰고 다른 사람들에게 읽히는 일 자체가 좋아서 연재했던 사람이 많았다. 조회수가 폭발해서 입소문을 타고 출판사의 눈에 들어 출간하는 식이 아니면 사실상 수입원은 없다시피 했다. 그러다 아예 소설 연재를 주 콘텐츠로 하는 사이트가 하나둘 생겨나기 시작했다. 현재까지도 활발히 운영되고 있는 문피아와 조아라 등이 대표적이다.

그때와 절묘하게 맞물려 책 대여점이라는, 장르소설 단행본을 비교적 안정적으로 판매 및 소비할 수 있는 시장도 생겼다. 그러면서 순수 무료 연재의 시대는 사실상 끝이 났다. 작가 지망생과 작가들은 연재 사이트에서, 장르소설 기준으로 1~2권 정도 분량의 글을 무료로 연재했다. 반응이 좋으면 장르문학 전문 출판사의 연락을 받아 단행본으로 출간하는 형태였다. 《묵향》부터 《달빛조각사》까지, 한국 장르소설계의 히트작들이 대부분 이 시기에 탄생했다.

출간된 책들은 장르 시장의 특성상 서점에서 팔리기보다 책 대여점과 만화방에서 소비되었다. 이런 형태에는 여러 장단점이 동시에 존재했다. 그야말로 애증의 관계였다. 여기는 웹소설 작법에 대해 말하는 자리이지, 한국 장르문학의 역사를 논하는 자리가 아니므로 이 부분은 생략한다.

시간이 흘러 기술이 발달하고 이북(E-BOOK)과 대화면 스마트폰, 태블릿 등 여러 기기가 만들어졌다. 처음 이북이 나왔을 때만 해도, 누가 컴퓨터 화면으로 소설을 보겠느냐고 비웃었다. 그러나 충분히 책을 읽을 수 있는 크기의 화면을 갖춘 휴대용 기기들이 나타나자 상황은 달라졌다. 특히 스마트폰 같은 경우 어차피 늘 들고 다녀야 하는 분신이나 마찬가지였다. 무거운 책 대신 스마트폰으로 출퇴근길에 가볍게 소설을 읽고 싶어하는 독자들이 압도적으로 많아졌다.

출판사 입장에서도 단행본이 팔리지 않게 되자 이를 대체할 새로운 수익 모델이 필요했다. 거기에 따라 이북과 인터넷 연재는 유료화에 박차를 가했다. 처음에는 유료화에 거부감을 느끼던 사람들도 점차 가장 저렴하며 편한 취미생활의 일부로 인정하기 시작했다.

그럼에도 불구하고 나는 여전히 구식의 '선 연재 후 출간' 형태에 매달렸다. 내가 전업작가가 된 후에는 대여점 개수가 크게 줄고 출판계도 불황에 허덕이고 있었다. 그렇다고 유료 연재를 해서 먹고살기에는 아직 대중화가 되지 않아 시장 규모가 너무 작았다. 또 저작권 개념이 미미하여 불법 복제된 작품이 온갖 곳에 떠돌아다녔다. 사람들은 돈을 지불하고 읽기보다 복제된 파일을 찾아 읽기를 더 좋아했다. 과도기이자 새로운 시장의 여명기였다.

폐업하는 장르 출판사가 속출하고 대여점은 급격히 줄어들었다. 유료시장은 아직 여물지 않았다. 그 무렵의 월수입은 100만 원이 채 안 됐다. 가장 어려웠던 시기였다.

웹소설, 유료 연재 시장의 절대강자

그러다 마침내 대한민국 포털의 대표격인 네이버가 나섰다. '웹소설'이란 명칭을 내걸고 연재 페이지를 만든 것이다. 이는 장르소설계에 큰 파장을 불러일으켰다. 웹소설 자체는 무료 공개라 누구나 읽을 수 있게 했는데, 작가에게는 창작 기간 동안 안정적인 집필 및 생계를 위한 원고료가 따로 지급되었다(세상에!). 또 연재된 분량 이후의 내용을 먼저 볼 수 있는 미리보기 형태의 유료 플랫폼으로 추가 수익도 기대할 수 있는 파격적인 구조였다.

새벽이 지나면 아침이 오는 법이다. 나는 은인처럼 여기는 지인으로부터, 오픈을 앞두고 작가 및 작품을 모집하는 네이버 웹소설팀에 투고해볼 것을 권유받았다. 그 얘길 듣자마자 이게 인생의 전환점임을 직감했다. 한 달이라는 짧은 기간 동안 좀 오버하자면 생명력을 깎다시피 해서 응모용 원고를 써냈다. 그 덕인지 생각보다 무난히 심사를 통과하여, 장영훈, 김강현 등 존경하는 장르소설계의 대가들과 함께 네이버 웹소설 초대(初代) 작가라는 타이틀을 거머쥘 수 있었다.

그때 시작한 연재가 이 글을 집필 중인 지금까지도 이어지고 있다.

네이버뿐만 아니라, 앞서 언급한 문피아와 조아라 등도 이런 변화된 분위기에 빠르게 적응했다. 사이트 자체를 유료화하여 출간하지 않더라도 곧바로 온라인상에서 작가가 작품을 판매할 수 있도록 대대적으로 개편한 것이다. 거기에 소설 메신저로 유명한 카카오페이지까지 합류했다. 그 결과 무수한 웹소설 사이트들이 나타났다가 사라져갈 때도 저 세 곳은 살아남았을 뿐만 아니라 여전히 큰 수익을 거두고 있다.

웹소설 작가를 직업으로

이제 웹소설과 미리보기가 더해진 형태는, 유료연재 시장의 대세로 자리 잡았다. 웹소설 작가를 직업으로 삼아 생계를 유지할 수 있는 세상이 된 것이다. 모든 직업이 그렇듯 웹소설 작가 또한 수입이 천차만별이다. 그러나 당신이 네이버의 웹소설 정식 연재 작가가 되었고 성실하게 미리보기 원고를 비축할 수 있다면, 어지간한 회사의 과장급이 부럽지 않을 것이다. 원하는 장소에서 일할 수 있고 인간관계에 스트레스 받을 필요가 없으며 출퇴근길 고통도 없다는 점을 감안하면, 웹소설 작가는 충분히 매력적인 직업이다.

Q 우리나라에서는 로맨스나 무협이 더 인기가 많고 독자층도 넓다던데, 굳이 판타지 장르를 택한 이유가 있나요?

A 나의 사견으로, 로맨스와 무협은 뭔가 정해진 공식이 있어 보였는데 판타지는 말 그대로 '환상'이니 자유롭게 쓸 수 있다는 점이 좋았다. 나중에는 그게 더 어렵다는 사실을 깨달았지만 이미 판타지 쓰기에 완전히 익숙해진 후였다. 사실, 나는 글로 로맨스를 못 쓴다. 그리고 무협은 어쩐지 내가 범접할 수 없는 영역 같아서…….

Q 작가님만의 판타지 쓰는 방식 같은 게 있다면?

A 어떤 상황과 독특한 캐릭터를 만든 후, 거기에 따라 이야기를 잡아가는 편이다. 예를 들어, '삼국지 게임에 도가 튼 소년이 삼국지 세상으로 가게 된다면 어떤 일이 벌어질까?'라는 상황을 가정한 뒤, 그것만으로는 가자마자 죽기 십상이기 때문에 좀 더 힘을 부여하는 식이다. 이후의 이야기는 큰 줄기와 결말만 정해두고 캐릭터가 움직이는 대로 간다.

Q 판타지 소설을 쓰는 데 가장 큰 영향을 받은 작가는?

A 해외 작가로는 스티븐 킹과 조지 R. R. 마틴, 국내 작가로는 《일곱 번째 기사》의 김형준 작가와 《카르세아린》의 임경배 작가이다. 스티븐 킹은 흔히 호러 작가로 알려져 있지만, 내가 느끼기에 그의 작품은 '호러 분위기 나는 판타지'에 가깝다. 《캐리》는 '염력을 가진 소녀가 왕따를 당했을 때 벌어지는 참극'을 그린 소설

이다. 그 정도의 초능력을 갖는다는 것 자체가 비현실적이기 때문에 나는 큰 카테고리에서 판타지 범주에 넣는다. 그걸 얼마나 실감나게, 현실적으로 그려내느냐가 판타지 소설의 승부처인데 스티븐 킹은 그런 면에서 탁월한 대가다. 조지 R. R. 마틴은 미드 〈왕좌의 게임〉의 원작 소설인《얼음과 불의 노래》의 작가다. 실존하는 듯한 인물 및 세계관 묘사와 특유의 흡인력이 엄청나다고 생각한다. 김형준 작가는 나로 하여금 판타지를 직접 써보고 싶게 만든 사람이고 임경배 작가는 '드래곤의 유희'라는 개념을 한국 판타지소설에 처음 도입한 인물로, 현재 네이버에서 웹소설을 연재 중이기도 하다.

Q 언젠가 꼭 써보고 싶은 종류의 판타지 소설이 있다면?

A 원시시대부터 근대까지를 아우르는 인류의 역사를 다룬 판타지 소설을 써보고 싶다. 일종의 팩션이라고 할 수도 있겠는데, 거기에 판타지적인 요소를 넣으면 재미있지 않을까. 네이버에서 연재했던 나의 웹소설 〈호접몽전〉도 어떤 면에서는 팩션이라 할 수 있는데, 이처럼 '중국의 삼국시대'에 국한된 게 아니라 언젠가 세계사 전체를 배경으로 한 역사 판타지를 쓰는 게 작가로서의 내 목표다. 다만, 그러려면 공부하고 준비해야 할 게 너무 방대해서 언제 시작할 수 있을지는 모르겠다.

웹소설, 어떻게 쓸 것인가?

어떤 상황에서, 어떤 사람들이 읽는지 주목할 것

웹소설 하면 대부분 인터넷 연재소설을 떠올릴 것이다. 그런데 의외로 어떤 독자층이 웹소설을 주로 읽는지는 제대로 알려져 있지 않다. 이쪽에 관심이 없는 사람들은 판타지소설은 어린애들이나 보는 것, 10대들의 전유물로 여기기 쉽다. 대여점 시절에는 실제로 그렇기도 했었다. 그러나 웹소설 및 유료 연재 시장으로 넘어오면서 상황이 좀 달라졌다.

유료 판매분 기준으로, 웹소설의 주요 독자층은 30, 40대다. 스마트폰을 소지했으며 구매력이 있는 직장인들이 대부분이다. 무협의 경우 40대 남성 비중이 좀 더 높으며 판타지는 20대 남성 비율이 높다.

로맨스는 20~40대 여성이 95퍼센트 이상의 절대 다수를 차지한다.

고된 출근길과 퇴근길에 스마트폰으로 웹서핑이나 게임을 하지만, 그러다 재미있는 소설을 읽기도 하는 것이다. 물론 운전하면서 볼 순 없으니 대개 대중교통 이용자들이다. 이런 환경에서 어떤 형태의 소설이 읽기 편할까? 이는 곧 웹소설을 어떻게 써야 하느냐 하는 질문과 직결된다.

가독성과 집중성은 필수요소

가독성이란 '읽기 쉬운 특성'이다. 웹소설은 내용면에서나 형태면에서나 무조건 읽기 쉬워야 한다. 몇 번을 강조해도 지나치지 않으며 웹소설 작가가 되고 싶다면 가장 중시해야 할 부분이다. 물론 모든 소설이 술술 읽혀야 하지만 웹소설은 특히 더 그렇다.

그렇다면 웹소설에서는 왜 이렇게 가독성이 중요할까? 바로 작은 화면의 휴대용 기기를 이용해 움직이면서 읽는 경우가 많기 때문이다.

스마트폰의 화면이 많이 커져서 소설을 읽을 수 있을 정도까지 됐다고 하지만, 여전히 단행본 조판 크기보다는 확연히 작다. 이는 곧 한 화면에 들어가는 내용이 적음을 의미한다. 이런 상태에서 문장이 길면 계속 독서의 흐름이 끊길 것이다. 페이지를 넘길 때마다 어쩔 수 없이 읽기를 멈춰야 하는 탓이다.

뿐만 아니라 대중교통에는 흔들림이 있다. 작은 화면을 들여다보다가 한 번 흔들린 것만으로 읽던 곳을 놓치기 일쑤다. 이런 문제들이 겹쳐지면 읽는 것 자체가 싫어지며 굳이 붙잡고 있을 이유도 없어진다. 더 읽기 쉽고 재미있는, 다른 대체할 소설이 얼마든지 넘쳐나니까. 실제로 네이버 웹소설팀에서 처음부터 지금까지 계속, 한결같이 내게 요구하는 부분도 가독성이다. 다른 조건들은 조금씩 바뀌었으나 가독성만은 항상 최우선이었다.

가독성과 빠른 진행을 위해, 웹소설에는 유독 대사가 많은 편이다. 그런데 인물의 대사가 계속 이어지면 소설을 읽을 때 간혹 이게 누구의 말이었는지 헷갈린다. 하물며 작은 화면으로, 움직이는 차 안에서 봐야 하는 웹소설은 더욱 그렇다. 하지만 아이콘 덕분에 그런 헷갈림이 확연히 줄어들었다. 나중에 아이콘을 감출 수 있는 기능까지 추가하면서, 현재는 이 아이콘에 대한 잡음은 거의 찾아보기 어렵다. 결론은, 그 정도로 가독성을 중시한다는 것이다.

긴 서사보다는 대사 위주에, 문장은 되도록 짧고 간결해야 한다. 이는 개인마다 문체의 특성이 있으므로 강요할 순 없는 부분이다. 하지만 웹소설 작가가 되고 싶고 그 가능성을 높이고 싶다면, 경쾌한 단문이 분명 유리하다. 특히 네이버의 경우는 필수조건이나 마찬가지다.

가독성을 높이는 데는 형태뿐만 아니라 내용도 중요하다. 상상해보라. 흔들리는 버스나 지하철, 출퇴근길의 빽빽한 인파 속에서 어떻게든 그 시간을 즐겁게 보내기 위해 웹소설을 읽고 있다. 소위 킬링타임용이다. 대단한 교훈이나 인생의 깨달음을 바라지 않는다. 그런데 소설이 어렵고 지루하다면? 오히려 스트레스가 쌓일 판이다. 내용이 어둡고 슬프다면? 안 그래도 짜증나는 출퇴근길이 더 우울해지기 십상이다.

즉 웹소설은 되도록 밝고 가벼우며 또한 쉬운 내용이어야 한다는 말이다. 물론 어둡고 무서운, 혹은 슬픈 이야기를 좋아하는 독자도, 작가도 있다. 문제는 그런 취향이 마이너하다는 점이다. 나 자신이 호러 작가 출신이라 할 수 있기에 더 확언할 수 있다. 안타깝게도 대한민국에서 호러소설은 마이너한 분야다. 여름에나 반짝 팔리는 정도에서 그친다.

웹소설이기에 가능했던 인물 아이콘

심지어 네이버 웹소설팀에서는, 이 가독성을 위해 기상천외한 방법을 고안했다. 바로, 대사 옆에 해당 인물의 아이콘을 넣는 것이다(내가 알기로, 아직까지도 이 방식을 적용한 연재 사이트는 네이버가 유일하다). 매 연재분마다 함께 업로드되는 삽화만 해도 충분히 파격적이었는데, 인물 대사 아이콘은 파격적이다 못해 온갖 비웃음과 비난을 들었다.

처음에는 이 대사 아이콘에 대해 정말로 말이 많았다. 이질적인 형태인 까닭이다. 당장 나부터도 이게 소설인지 만화인지, 아니면 게임인지 애매한 느낌이 들었다. 그러다 어느 날, 직접 지하철을 타고 스마트폰으로 네이버 웹소설을 읽어봤다. 그 결과 신세계를 경험했다.

보다 많은 독자들에게 내 웹소설을 읽게 하고 유료 연재로도 수익을 올리고 싶다면 다수의 취향을 택할 수밖에 없다. 그런 다수의 취향을 대중성이라 한다. 나는 호러와 기괴한 이야기를 좋아해서 판타지를 써도 그런 분위기가 묻어났다. 하지만 웹소설을 쓰게 되면서 분위기를 바꿨다. 관점에 따라 글의 개성을 잃었다고 볼 수도 있으나 대중소설가는 대중의 입맛에 맞게 글을 써야 할 의무와 숙명이 있다.

물론 강제할 순 없다. 쓰고 싶은 글에 대한 의지가 굳건하고 반드시 그 글로 성공하겠다면 누가 말리겠나. 한 번씩 등장하는 천재와 초히트작은 그런 분위기에서 탄생했다.

3

판타지소설, 이렇게 써라

대한민국 웹소설에서의 판타지라는 장르

알고 보면 판타지는 상당히 유서 깊은 장르다. 넓게 보면 《아서왕》 이야기나 《아라비안나이트》 시대까지 거슬러 올라갈 수 있다. 판타지(fantasy)의 사전적 의미는 환상곡이다. 따라서 판타지는 음악용어에서 유래된 말이다. 환상곡이란, 형식의 제약을 받지 않고 악상의 자유로운 전개에 의하여 작곡한 낭만적인 악곡을 뜻한다. 소설 자체가 상상에 의한 글인데, 판타지는 거기서도 한술 더 뜬다. 즉 판타지 장르의 생명은 상상력이다.

내 개인적인 생각에, 대한민국 판타지는 이런 의미에서 세계 어느 나라에서도 유례를 찾아보기 어렵다. 온갖 기발한 소재와 설정이 난무하기로는 독보적이다. 시장이 협소하고 번역되는 경우가 거의 없다는 게 아쉬울 뿐이다. 솔직히 나는《반지의 제왕》이나《해리 포터》보다《퇴마록》,《드래곤 라자》등을 훨씬 재미있게 읽었다.

우리가 흔히 아는 서양의 판타지소설은 대개 중세 유럽을 배경으로 한다. 이제 영화로 더 유명해진《반지의 제왕》, 드라마〈왕좌의 게임〉의 원작인《얼음과 불의 노래》등이 대표적이다. 현대 영국을 배경으로 하는《해리 포터》시리즈도 있지만, 그 근간에는 여전히 중세 유럽의 분위기와 신화, 마법 등이 깔려 있다. 이를 편의상 정통 판타지라 칭할 수 있을 것이다. 배경과 문체가 고전적이며 일정한 기준 이상의 문학성을 겸비했다.

초기에는 한국에서도 이런 정통 판타지가 강세였다. 대표적으로 이영도 작가의《드래곤 라자》, 전민희 작가의《룬의 아이들》같은 작품이 있다. 그런데 시간이 흐르면서 조금씩 개성적으로 변화하기 시작했다. '드래곤의 유희'(드래곤이 성체가 되기 전, 인간 모습으로 변신하여 인간 세상을 체험하는 행위), '소드 마스터'(검에서 마치〈스타워즈〉의 광선검과 같은 빛을 발하는 검술의 절대 경지에 이른 자)라는 개념을 최초로 도입한 임경배 작가의《카르세아린》이 좋은 예다. 용어 자체는 이전에도 존재했으나 이를 한국 정서에 맞게 소설 속에서 사용하고 체계화했음을 말하는 것이다.

그때까지만 해도 배경은 여전히 중세 유럽(혹은 그런 분위기의 이세계)인 경우가 많았다. 그러나 중세 유럽을 배경으로 한 판타지소설은 점차 클래식 취급을 받기에 이르렀다. 한국의 장르소설계, 그중에서도 판타지로 구분되는 작품 내에서 통용되는 세부적 구분은 그야말로 다양해졌다. 심지어 판타지 세계의 마법사가 중국 무림으로 건너가는, 박정수 작가의 《마법사 무림에 가다》와 같은 작품도 등장하여 인기를 끌었다. 판타지 장르와 무협 장르의 퓨전이라고 할 수 있는데, 퓨전판타지라는 용어도 이 무렵 나타났다.

한국 장르소설에서의 판타지 세부 장르

학술적으로 인정된 용어는 아니지만, 독자들이 원하는 취향의 작품을 수월하게 찾기 위해 자체적으로 구분하던 말들이 굳어진 용어가 있다. 이미 그런 구분의 요소가 존재하던 해외 소설을 국내 판타지에 적용한 것도 있고 순수하게 국내에서 창조된 개념도 있다. 그중 몇 가지를 간단히 살펴보자. 이 과정에서 자신이 쓰고 싶은 장르가 명확해질 수 있다. 물론 여기서 꼭 찾지 못해도 무관하다.

① 회귀물

회귀란 되돌아간다는 뜻이다. 만약, 10분 뒤 10년 전으로 돌아간다면 남은 10분 동안 뭘 할 것인가? 아마 역대 로또 고액 당첨금 번호나, 지난 10년 사이 주가가 폭등한 회사를 기억해두겠다는 사람이 많을 것이다. 혹은 10년 전에 저지른 실수를 지워버리고 싶은 이도 있을 것이다.

회귀물은 이런 식으로 주인공이 현재의 기억을 지닌 채 과거의 어느 시점으로 되돌아가는 내용이다. 즉 그 시점에서 주인공은 미래에 일어날 일을 아는 사람이 된다. 미래의 기억을 활용해 과거의 실수를 만회하거나, 더 나은 인생을 살아가는 과정이 독자에게 쾌감을 준다.

② 능력자물

말 그대로 초능력이나 기이한 능력을 지닌 인물들이 등장하는 내용이다. 히어로물이라고도 한다. 개인적으로 '마블코믹스' 소설판이 이 능력자물과 제일 유사할 것 같다. 배경은 대개 현대 혹은 가까운 미래인 경우가 많다.

③ 트랜스물

주인공의 성별이 바뀌면서, 거기서 비롯된 난감하거나 야릇한 상황이 재미를 주는 작품이다. 만화로는 일본의 《란마 1/2》이 유명하고 국내 판타지소설 중에는 《묵향》이 이 트랜스물 요소를 넣어 크게 인기를 끈 바 있다.

④ 레이드물

비교적 최근 들어 인기를 끄는 세부 장르다. 주인공을 비롯한 주요 인물들이 힘을 합쳐 괴수를 사냥하고 그 과정에서 문제를 해결하거나 강해지는 내용이다. 레이드란 게임에서 비롯된 용어인데, 여러

유저가 각자 역할을 맡아 강력한 보스를 사냥하는 행위다. 그래서인지 레이드물은 게임적 요소가 들어 있는 경우가 흔하다(주인공의 레벨이 오른다거나, 괴수에게서 나온 부산물을 판매하여 더 강한 무기를 구입하는 식).

⑤ **게임물**

글 중에 게임의 요소가 들어가 있으며 그 요소가 매우 큰 비중을 차지하는 세부 장르다. 주로 한국과 일본의 장르소설에서 유행하고 인기를 끌었다. 미야베 미유키와 같은 일본의 베스트셀러 작가도 게임 판타지 소설을 썼다(미야베 미유키는 게임광으로 유명하다). 초기에는 주인공이 가상현실 게임 속에서 활약하는 내용이 대부분이었다. 대표적으로 현재까지도 큰 인기몰이를 하고 있는 《달빛조각사》가 있다. 그러다 시간이 지나면서 현실에서 게임의 능력을 사용할 수 있다거나, 아예 현실 자체가 게임화되어버리는 등 여러 변화한 형태가 나타났다.

⑥ **퇴마물**

악령이나 악마를 퇴치하는 내용이다. 판타지와 호러의 경계에 위치하는 세부 장르다. 이 장르의 선구자격인 작품으로는 앞에서도 언급했던 이우혁 작가의 《퇴마록》이 있다. 현대에 들어서는 퇴마에 액션을 가미하여 세련되고 스타일리시하게 풀어낸 작품으로, 골수팬을 양성한 홍정훈 작가의 《월야환담》 시리즈가 유명하다(적이 뱀파이어에 한정되기에 좀 애매한 감이 있으나, 뱀파이어 또한 악마의 일종이므로 퇴마물이라 보았다. 이는 전적으로 내 개인적인 의견이다).

⑦ 대체역사물

만약 역사가 이렇게 바뀌었다면 어땠을까, 하는 호기심에서 비롯된 세부 장르다. 이미 역사를 아는 인물이 아득한 과거로 가서, 원래의 역사를 바꾼다는 점에서 회귀물과도 통하는 부분이 있다. 단, 회귀물은 대개 개인의 목적 달성이나 영달이 주된 내용이자 목표이며 대체역사물은 역사 자체가 바뀌는 데 초점이 맞춰진다. 이우혁 작가의《왜란 종결자》등이 이 세부 장르에 속한다.

⑧ 이고깽

'이세계로 간 고등학생이 깽판을 친다'는 문장의 줄임말로, 차원이동물의 한 종류다. 어감에서 알 수 있듯 속어에 가깝다. 주된 내용이 이 용어 자체에 설명되어 있다(연관 검색어로 양판소—양산형 판타지소설—가 있다). 이 장르의 작품은 한때 대여점을 점령하다시피 했으며 10대들에게 매우 인기를 끌었다. 대표적으로 장유진 작가의《절대자의 귀환》등이 있다. 다시 말하지만 이 장르 세부 구분은 그저 편의를 위한 것이며 정립된 용어가 아니다.

위에서는 대표적인 몇 가지만 꼽았으며 이 밖에도 세부 장르는 무수히 많다. 앞으로도 더 많이 만들어질 것이다. 또 이런 세부 장르는 유행을 타는 경향이 있어서, 한 장르가 일정 기간 폭발적으로 인기를 얻다가 시들해지면 새로운 장르가 나오거나 과거의 장르가 다시 흥하기도 하는 재미있는 현상을 보인다.

확 끌리는 핵심 소재에서 이야기 진행하기

위에서 끌리는 세부 장르를 발견했다면 이제 직접 글을 써볼 차례다. 혹 위에 언급된 세부 장르 중에서는 쓰고 싶은 게 없더라도 전혀 상관없다. 작가 본인이 새로운 세부 장르를 만들 수 있다는 게 판타지의 매력이니까. 무수한 새로운 장르가, 어떤 작가의 그런 상상에서 만들어졌다. 여기에 대한 내용은 아래에서 좀 더 자세히 언급할 것이다.

내 경우 대부분 새로운 판타지소설의 출발은 '특이한 소재'에서 비롯된다. 이 작법은 개인적으로 선호하는 것이라 사람마다 다를 수 있다. 다만, 시작이 수월해지는 건 확실하다. 재미있는 글을 쓰려면 작가가 쓰면서 재미있어야 하는데 늘 시작이 어렵다. 소재에서 출발하는 방식은 그런 어려움을 상당히 덜어준다.

회귀물에 이 작법을 적용해보자. 만약 내가 지금의 기억을 고스란히 가진 채 과거로 돌아간다면 어떻게 될까? 이 질문 자체가 바로 소재가 된다. 거기서 벌어질 일들을 상상해보며 사건을 진행하는 것이다.

갑자기 과거로 돌아왔으니 처음에는 당황스러울 것이다. 어라? 당황하는 와중에, 오래전에 돌아가셨던 할머니가 멀쩡히 방에서 나오신다. 너무나 반가워 눈물이 난다. 할머니를 포옹하고 울 수도 있다. 이 녀석 갑자기 웬 주책이냐며 대수롭지 않아 하는 할머니의 반응에, 비로소 과거로 왔다는 사실이 실감난다. 가만, 할머니께서 어떻게 돌아가셨더라? 음주운전 중이던 트럭에 치여 돌아가셨다. 주인공은 그 날짜를 기억하고 있다.

헐, 바로 일주일 후다! 당연히, 어떻게든 그 사건을 막으려 할 것이다. 하지만 어쩐지 주인공이 의도하는 대로 일이 돌아가지 않는다. 시간이라는 괴물은 과거에 일어났던 사건을 그대로 재현하고 싶어 한다.

여기까지만 진행했는데도 독자를 끌어들일 흥미로운 요소가 가득하다. 이게 바로 핵심 소재를 이용해 이야기를 시작하며, 거기서 비롯된 사건을 진행해나가는 집필 방식이다.

여기서 유념해야 할 부분이 있다. 힌트라고 생각해도 좋다. 바로 생각이 흐르는 대로 이야기를 진행하되, 결말을 미리 정해두면 좋다는 것이다. 안 그러면 이야기가 산으로 가기 십상이다.

순수문학 작법에서 쓰이는 기승전결의 구성이나, 세부 플롯 작성 후 거기 맞춰 글을 진행하는 방식도 있다. 이야기의 틀을 미리 짜두는 것이다. 나도 시도해본 방식인데 개인적으로 추천하지는 않는다. 물론 방법이 다를 뿐이지 틀린 건 아니다. 내가 플롯 구축을 권하지 않는 이유는, 판타지의 가장 큰 무기이자 특징인 상상이 끼어들 여지를 막을 우려가 있기 때문이다. 또 장편소설을 써본 경험이 없거나 적은 사람일 경우 플롯을 짜는 단계에서 지칠 가능성이 높다. 막상 본문을 쓰려고 하면 이미 쓴 글을 또 쓰는 기분이라 질려버린다.

대신 '특이한 소재에서 시작된 자유로운 진행'은 그만큼 이야기가 난잡해지거나 갈피를 못 잡을 위험도 높아진다. 결말을 미리 정해두는 것은 그런 현상을 막기 위한 최소한의 안전장치이자, 최종 목적지를 알려주는 이정표다. 대략적인 진행 방향 정도만 짜두는 것도 좋다.

쓰는 방법은 사람마다 다르므로 자신이 제일 잘 쓸 수 있는 방법을 찾아보길 권한다. 웹소설 작가에게는 글의 질 못지않게 집필 속도도 중요하기 때문에 능률적인 방식을 찾아야 한다. 나와 개인적으로 친한 웹소설 작가의 경우, 등장인물들의 대사를 먼저 나열해놓고 나중에 서사를 채워넣는 방식으로 원고를 쓰기도 한다. 이 방식은 한 회차를 완성하는 속도가 빠르며 대사가 중요한 웹소설에서 강점을 지닌다.

시점의 통일, 캐릭터성의 극대화

소재를 골라 이야기를 진행하기 시작했다면 당신은 이미 판타지 웹소설을 쓰기 시작한 것이다. 요리로 치면 재료를 골라서 다듬어놨다. 이제 적절한 조리방법과 양념이 필요하다. 아무리 신선하고 좋은 재료라도 간이 안 맞는다면 맛있는 요리라는 평을 받기 어려울 것이다.

이 양념의 역할을 하는 것이 바로 주인공을 비롯한 등장인물들이다. 조연, 악역부터 몇 회 만에 죽어버리는 엑스트라까지. 당신이 쓰려고 하는, 혹은 쓰고 있는 웹소설에도 필연적으로 여러 인물이 등장할 것이다.

그럼 위에서 언급했던 내용을 복습해보자. 웹소설을 쓸 때 최우선적으로 고려해야 할 점은? 바로 가독성이다. 언뜻 무관할 것 같지만, 가독성은 등장인물과 관련해서도 여지없이 적용된다.

우선, 시점의 문제다. 이는 일인칭 주인공 시점이나 전지적 작가 시점 등 형식상의 시점이 아니라, '이야기가 누구의 눈으로, 누구를 따라 흘러가느냐' 하는 얘기다. 당연히 주인공 중심으로 사건이 흘러가는 게 가독성이 압도적으로 좋다. 독자가 더 얘기에 집중하기 때문이다. 배경 설명이나 다른 인물의 얘기가 나오면 그냥 넘겨버리는 독자가 작가의 예상보다 훨씬, 정말 훨씬 많다. 당장 내 주변 지인들도 대개 그렇다는 사실을 알고 충격 받은 적이 있다. 그 후 글 속에서 설명의 비중을 현저히 줄였다.

현재까지 서비스 중인 웹소설은 100퍼센트 연재의 형식을 갖추고 있다. 좀 극단적으로 표현하자면, 이 연재의 매 회차마다 주인공이 나와야 한다. 일인칭 주인공 시점의 경우 당연히 그렇게 될 수밖에 없을 것이다. 화자인 '나' 없이는 진행 자체가 안 될 테니까. 하지만 전지적 작가 시점이나 일인칭 관찰자 시점이 되면 얘기가 달라진다. 참고로 웹소설에서 일인칭 관찰자 시점은 버리자. 일반 소설에서도 함부로 시도하기 힘든 시점이다.

물론 주인공의 얘길 하다가, 다른 장소, 다른 시간, 다른 인물의 얘기를 하게 될 수도 있다. 진행상 어쩔 수 없이 그 부분이 필요하다면 대신 최소화해야 한다. 한 에피소드 내내 딴 얘길 하는 건, 그냥 외전이다. 연재에서는 해당 회차를 포기하는 거나 마찬가지다. 생각보다 훨씬 많은 독자들이, 작가의 예상보다 훨씬 더 주인공에 대해 궁금해하고 애착을 갖고 있다.

만약 6회(네이버 웹소설 연재 기준으로 3주)에 걸쳐 주인공이 등장하지 않고 다른 사건이 진행됐다? 장담컨대 조회수가 반 이하로 떨어지는 기적을 볼 것이다. 한마디로, 이야기의 진행은 무조건 주인공 중심이다. 모든 사건은 주인공이 있을 때, 그 주변에서 일어나야 하며 해결도 마찬가지다.

이쯤 했으면 시점의 통일에 대한 이해는 됐으리라 믿는다. 다음은 캐릭터성에 대한 얘길 해보자. 캐릭터(character)를 우리말로 번역하면 작품 속에 등장하는 인물, 혹은 그 인물이 가진 독특한 개성과 이미지를 뜻한다. 이 캐릭터를 대체할 만한 단어가 없어서, 캐릭터성이라고 말할 수밖에 없다. 단순히 개성이나 특성이라 하기에는 훨씬 많은 걸 내포하고 있기 때문이다.

그런데 판타지 웹소설에서 내가 생각하는 캐릭터성은 이런 일반적인 캐릭터와 조금 다르다. 말하자면, '어떤 캐릭터가 일관되게 보여주는 특징이나 개성'이라고도 할 수 있다. 혹 이 글을 읽고 있는 당신이 문예창작학이나 국문학을 전공했다면 저항감이 생길지도 모르겠다. 바로 '일관되게'라는 부분 때문이다.

순수문학에서는 등장인물의 입체적 표현에 대해 많은 시간을 할애한다. 기본적으로 착해 보이던 인간이 악한 일면을 드러낸다거나, 원래 비열했던 자가 스토리가 진행되면서 점차 선해져가는 모습, 때로 대담한 짓을 저지르지만 평소에는 겁 많고 또 그런 한편으로는 섬세한 성격. 이런 것들이 입체적 표현이다.

세상에 한 가지 성격이나 특징만 가진 사람은 없다. 그런 면에서 등장인물의 입체적 표현은 중요하다. 하지만 판타지 웹소설에서는 이 입체적 표현을 좀 자제할 필요가 있다. 더 나아가 조연이나 악역이라면 과감히 포기해버리는 것도 필요하다. 성격이 바뀌거나 개과천선하더라도 대부분 이야기의 마지막에 배치한다.

이 또한 가독성과 연결되는데, 오직 글로 설명하다 보니 독자는 인물의 상당 부분을 상상에 의존하게 된다. 검은 머리카락에 영롱한 눈빛, 붉은 입술 등으로 최대한 묘사하긴 한다. 하지만 그 결과 떠올린 인물의 외모는 독자마다 천차만별이리라. 이름과 상상한 외모, 기본적인 성격만 기억하기에도 벅찬데 모든 인물이 저마다 입체적인 면을 가졌고 시간이 지나면서 변해간다면? 아마 나중에는 누가 누군지 분간하기조차 어려워질 것이다.

예를 들어, 소설《삼국지연의》는 등장인물이 엄청나게 많은 소설 중 하나다. 주인공 중 한 사람인 유비는 인덕의 상징이다. 그는 늘 인자한 웃음을 띠고 있으며 황실에 대한 충성과 두 의형제 관우와 장비에 대한 의리, 백성들에 대한 사랑으로 꽉 찬 사람이다. 유비의 이런 모습은 죽기 직전까지 크게 변하지 않는다. 정사가 아닌 소설《삼국지》만 접한 사람은, 유비도 교활한 꾀를 내기도 했고 여포를 버리는 과정에서는 비열하기까지 한 일면을 드러냈다는 사실을 모른다.

이런 캐릭터성을 유지하는 방법에는 묘사를 이용하는 것도 있다. 다시《삼국지》를 예로 들자면, 관우를 상징하는 묘사는 긴 수염과 청룡언월도다. 그러나 사실 그 시대에는 청룡언월도를 만들 수가 없었다.

이는《삼국지연의》의 저자 나관중이 캐릭터성을 일관되게 유지한 결과물이다. 촉한 정통설에 따른 표현이라거나, 유비를 미화하기 위해서라거나 하는 이유들은 제쳐두고 소설적 기법으로만 보자. 나관중이 그렇게 한 이유는 간단하다.《삼국지》에 너무 많은 인물이 나오기 때문이다.

일관되게 유지하고 밀어붙이는 캐릭터성은, 해당 캐릭터를 기억하는 데 큰 도움을 주어 가독성을 높인다. 그뿐만 아니라 거기서 비롯되는 재미도 준다. 조금만 슬픈 얘기를 들어도 눈물을 줄줄 흘리는 마초 캐릭터나, 초지일관 주인공을 사모하는 여성 캐릭터 등이 그것이다. 짝사랑을 오래하다 보면 지쳐서 포기하는 게 현실의 사람이다. 소설 속에서는 어떤 수모를 당해도 사랑을 포기하지 않는 인물이 존재하는 게 가능하다. 웹소설은 기본적으로 대중소설이니만큼 이런 인물들이 주는 재미가 큰 미덕이 된다.

영웅의 탄생

주인공의 전형이라는 요소가 있다. 로맨스소설의 남자 주인공이 십중팔구 미남에 부자이듯, 판타지소설의 주인공은 특별한 운명이나 힘을 가진 영웅이어야 한다. 판타지소설 자체가 영웅담에서 비롯됐다.

소설을 읽으면서 느끼는 재미에는 여러 종류가 있다. 예를 들어, 로맨스소설을 좋아하는 독자는 거기서 느껴지는 알콩달콩함과 설렘, 호러소설을 좋아하는 독자는 오싹한 스릴감을 기대할 것이다. 판타지소설의 독자가 원하는 즐거움은 대개 통쾌함이다. 약하던 주인공이 성장해가는 과정을 지켜보거나, 막강한 능력으로 악당을 박살내는 등의 재미를 원한다. 이런 부분에서 판타지소설은 신화나 영웅담과 제일 가까운 장르다.

상상을 통해 새로운 세계관 구축하기

오래전부터 쓰고 싶었던 이야깃거리, 그러면서도 진부하지 않고 자연히 흥미가 가는 소재를 선택했다. 개성 강한 인물도 정했다. 소재에 따라 인물이 사건을 겪고 움직인다. 이제 그 배경이 되는 세계가 필요하다. 이 세계를 설정하는 과정에서, 자연스럽게 세부 장르의 혼용 과정을 거치게 된다.

내가 네이버에서 연재 중인 웹소설 〈호접몽전〉을 예로 들겠다. 삼국지 게임을 엄청나게 좋아하던 주인공은 게임을 하던 중 삼국지의 시대로 이동하게 되었다(회귀, 차원이동). 당연히 주인공은 중국 삼국시대에 벌어진 역사적 사건과, 주요 인물들의 운명 및 성격 등을 다 알고 있다. 처음에는 낯선 세상에 당황하지만, 곧 자신이 알고 있는 지식을 바탕으로 하여 삼국지의 세상에서 활약하게 된다(대체역사물). 자, 역사를 아는 것만으로는 지나가던 황건적의 칼침 한 방에 죽기 십상이다. 주인공이라면 마땅히 좀 더 특별한 능력이 있어 생존율이 높아야 할 것이다. 그래야 이 인물, 저 인물을 만나보고 세력도 키우고 할 게 아닌가. 알고 보니 삼국지의 세상으로 넘어오면서, 직전까지 하고 있던 삼국지 게임의 데이터를 그대로 활용할 수 있게 됐다. 상대에 대한 정보가 삼국지 게임처럼 무력 얼마, 지력 얼마 하는 식으로 보이게 된 것이다(게임).

위의 예시만 해도 회귀물, 차원이동물, 대체역사물, 게임물 등 온갖 세부 장르적인 요소가 다 들어가 있다. 물론 저기 포함되지 않았고 이제까지 정의된 적도 없는, 전혀 새로운 분야를 개척해보는 것도 가능하다. 이렇듯 판타지소설은 쓰는 이의 상상력에 따라 얼마든 자유로운 세계관을 만들 수 있다.

같은 웹소설이라도 로맨스 장르는 보통 현대가 배경이다. 아니면 역사 로맨스라 하여, 대개 우리나라의 과거 한 시점—조선시대나 고려시대 등—이 배경이 된다. 딱히 조선시대라고 명시하지 않았고 실존하는 인물이 나오지 않았더라도, 인물의 말투나 복장, 글 속에서 묘사되는 풍습 등을 통해 독자는 조선시대라고 인식하게 되는 식이다.

무협 장르도 이와 비슷하다. 무협은 기본적으로 중국에서 유래됐다. 그렇다 보니 중국을 배경으로 삼는다. 흔히 나오는 소림사는 현존하는 중국의 사찰이다. 무당파가 근거지로 삼는 무당산 또한 실제로 중국에 있는 산이다. 이밖에도 항주, 장강 등 중국의 주요 지역이 심심찮게 등장한다. 기본적인 설정과 단어도 한자어가 대부분이다. 초식, 무공, 기(氣) 등이 그것이다.

이에 반해 판타지의 배경은 실로 다양하다. 내가 하고 싶은 이야기에 필요하다면 얽매일 필요가 없다. 우주도, 미래도, 중세 유럽도, 심지어 실재하지 않는 나라나 다른 차원마저도 배경으로 삼을 수 있다. 이는 판타지를 쓰는 게 가장 쉽다고 여기게 하면서도, 직접 써보면 어렵게 느껴지는 이유로도 작용한다. 쉽게 보이는 이유는, 검증할 필요 없이 만들면 그만이기 때문이다.

이 부분을 로맨스와 비교해보자. 현대가 배경인 로맨스 웹소설에서 남녀 주인공이 청계천 데이트를 한다. 그런데 아뿔싸, 지역을 강남이라고 써놨다. 비웃음을 사기 딱 좋다. 이는 청계천이 실존하는 대상인 까닭이다. 또 다른 예로, 주인공이 변호사다. 그렇다면 최대한 그 부분을 줄인다 해도 한 번은 법 얘기가 나올 것이다. 이런 경우 해당 분야에 대해 기본적인 조사를 하는 건 필수다. 주인공이 변호사인데 잘못된 법 지식을 줄줄 읊고 있다면 어떤 독자가 공감하겠는가.

자, 가상의 왕국 미켈란이 배경인 판타지소설이 있다. 주인공의 직업은 몬스터 소환사다. 즉 괴물을 다른 차원에서부터 불러오는 직업이다. 여기에 대해 검증할 방법이 있는가? 한마디로 작가 마음이다. 괴물을 한 번 불러오는 데 100만 원이 든다거나, 수명을 바쳐야 한다거나 어떤 조건을 걸어도 태클 걸릴 일이 없다. 이게 판타지의 배경 설정이 쉽게 느껴지는 이유다.

그럼 막상 시작했을 때 어렵게 느껴지는 이유는 뭘까? 역설적으로 저 '작가 마음'이 원인이다. 실존하지 않는 나라나 세계를 배경으로 삼다 보니, 하나부터 열까지 작가가 창조해야 한다. 지형부터 해서 화폐 단위, 종교, 인종 등등 생각해야 할 부분이 끝도 없다. 물론 웹소설에서 이런 배경 설정을 줄줄 나열하는 건 금물이므로, 그때그때 알맞게 언급해줘야 한다. 감각적으로 그 밸런스를 조정하는 것도 쉽지 않은 작업이다.

독자를 붙잡는 힘, 개연성

소재를 골랐고 거기에 따라 움직일 주인공과 주요 인물도 만들었다. 그들이 활약할 세계의 설정도 끝냈다. 이제 이야기가 진행되기 시작한다. 이 단계에서 꼭 짚고 넘어가야 할 게 '개연성'이다. 판타지소설 커뮤니티나 사이트에서도 종종 화두로 등장하며 게시판 다툼의 원인이 되기도 하는 마의 단어다.

그런 다툼이 벌어지는 이유는 개연성에 대해 한쪽이 기본적으로 잘못 이해하고 있기 때문이다. 개연성을 '실제로 일어날 수 있는 일' 정도로 알고 있는 사람이 많다. 개연성과 현실성은 완전히 다르다. 그 정의대로라면 판타지는 처음부터 개연성에 어긋난 글이 된다.

개연성의 사전적 의미를 보자. '절대적으로 확실하진 않으나, 아마 그럴 것이라고 생각되는 성질'이란다. 사전적 의미부터가 뭔가 애매하니 더 헷갈리는 사람이 많은 것이다.

주인공 A는 긴 머리의 청순한 여성이 이상형이었다. 어릴 때 짝사랑한 동네 누나도, 학교 여선생님도 그런 외모였다. 이런 주인공 앞에, 긴 머리에 청순한 외모를 가졌으면서 주인공과 자꾸 얽히는 여자가 등장했다. 독자는 이제 이변이 없는 한 주인공이 그녀를 사랑하게 되리라고 예상하게 된다. 그 예상이 바로 개연성이다.

이상형은 절대적인 가치가 아니다. 바뀔 수도 있다. 그래서 '절대적으로 확실하진 않으나'란 전제가 붙는다. 하지만 그렇다고 해서 뜬금없이 주인공이 짧은 머리의 선머슴 같은 여자를 사랑하게 되어버리면 개연성과 거리가 멀어진다. 그렇게 되기까지 독자가 충분히 이해할 만한 과정이 필요하다.

"열여섯 살인데 소드 마스터가 됐다니, 개연성이 없네요"와 같은 감상평을 종종 연재 사이트 게시판에서 보게 된다. 주인공이 소드 마스터가 될 때까지의 과정을 작가가 충분히 묘사했고 그것이 해당 작품의 세계관과도 어긋나지 않는다면, 저 감상평을 쓴 독자가 이해력이 부족한 것이다(물론 작가의 설명이 부실했을 수도 있다). 그러나 소드 마스터가 되기 위해서는 반드시 20세가 되어야 한다는 전제를 작품 속에 깔아놓고서, 별다른 이유나 설명도 없이 주인공이 열여섯 살에 소드 마스터가 되어버렸다면 개연성이 없는 것이다. 뒤에 다 나온다고 해명하는 작가들도 간혹 있는데, 단행본이라면 이게 가능하다. 독자가 인지하는 최소 단위가 한 권이기 때문이다. 그러나 연재 기반의 웹소설에서는 뒤에 나오기 전에 독자가 줄어든다. 정 뒤에 보충설명이 나오도록 하고 싶다면 바로 다음 회가 최선이다.

즉 개연성을 제일 간단하게 설명하자면 '앞뒤가 맞는 것'이라고 할 수 있다. 뒤로 가면서 자신이 잡았던 설정을 되짚어보고 모순되는 부분이 없는지 확인하는 과정이 필요하다. 이는 비단 판타지에만 해당되진 않는다. 다만, 판타지는 상상과 창조를 기반으로 하며 그 부분이 차지하는 비중이 다른 장르에 비해 훨씬 크다. 그런 만큼 개연성에 어긋나지 않도록 각별히 주의해야 한다.

가장 강력한 무기는 재미

사실 개연성이 약하거나 심한 경우 아예 없어도, 재미있으면 인기가 좋다. 드라마 〈아내의 유혹〉을 상기해보자. 아무리 연기를 하더라도, 오래 같이 살았던 부인이 얼굴에 점 하나 찍고 돌아왔다고 못 알아보겠는가? 이는 '아마 그럴 것이라고 생각되는 성질'을 한참 벗어났다. 그래도 시청률은 엄청났다.

연재라는 패턴과 특성에 적응하기

이제 웹소설의 실전적인 부분이다. 이는 판타지뿐만 아니라 전 장르에 해당되는 항목이다. 웹소설의 가장 큰 특징은 주기적인 인터넷 연재라고 할 수 있다. 몇 달, 몇 년에 걸쳐 한 작품을 완성하는 일반 장편소설과 창작 과정 자체가 다르다. 물론 전체를 완성해둔 후 연재하는 방식도 있겠지만, 그럴 경우 독자의 반응을 피드백하기가 어렵다(는 건 핑계고 사실 전체를 다 쓴 뒤 연재하는 일 자체가 어렵다).

재미에 대한 천부적인 감각, 환상적인 문장력, 다 좋지만 웹소설 작가가 되기 위해 가장 필요한 덕목은 끈기와 성실성이다. 네이버 기준으로 너무 분량이 적다고 욕먹지 않는 웹소설의 한 회 분량은 A4 용지 7쪽, 원고지로는 60장 정도다. 보통 이런 분량으로 주 2회 연재를 하게 된다. 즉 일주일에 원고지 120장 분량의 이야기를 상상해서 써내야 한다. 결코 만만치 않은 작업이다.

나는 보통 주당 원고지 150~200장 정도의 원고를 쓴다. 한 달이면 원고지 800장에 달하는데, 학창 시절 원고지 1,000장이 넘으면 장편소설이라고 배웠다. 두 달에 장편소설 한 편 반을 써내는 셈이니 상당한 정신적·육체적 중노동이다. 또한 게시판에 글이 올라가는 순간부터 연재 날짜와 주기는 독자와 한 약속이 된다. 혼자 창작노트에 쓰는 글이 아니라, 10만 명 가까운 대중에게 공개되는 것이다. 아무리 재미있는 글이라 해도, 수시로 연재 날짜를 어긴다거나 턱없이 적은 분량을 고수하면 외면받게 된다. 성실성과 끈기야말로 웹소설 작가가 필수적으로 갖춰야 할 재능이다.

댓글, 양날의 검

웹소설이 일반 소설과 구분되는 또 다른 특징 중 하나는 실시간으로 달리는 댓글이다. 대중의 평가는 냉정하다. 직접 얼굴을 보고 하는 말이 아니기에 조금만 이상한 내용이 있거나 재미없다고 느껴지면 가차 없다. 댓글로 미처 작가가 생각하지 못했던 중요한 부분을 지적해주는 경우가 심심치 않게 있으며, 새로운 에피소드나 등장인물에 대한 독자의 반응을 알 수 있기에 댓글을 확인하는 작업은 웹소설 작가에게 중요한 요소다.

단, 엄청난 상처를 받을 수도 있음을 염두에 둬야 한다. 일부러 찾아와서 글을 보는 독자들이기에 대부분 정상적인 댓글이 많지만, 간혹 작품과 무관한 인신공격을 하거나 소설 내용을 전혀 이해하지 못하고 일방적인 비난만 퍼붓는 댓글도 있다. 마음 약한 작가나 이런 데 내성이 없는 사람은 슬럼프가 오기 일쑤다. 최악의 경우, 글 쓰는 일 자체가 두려워질 수도 있다. 괜히 양날의 검이라고 표현한 게 아니다. 댓글을 잘 활용하고 활발히 소통하느냐의 여부는 작가 마음이다. 집필에 지장이 올 것 같고 보기가 두렵다면 아예 댓글을 안 보는 것도 한 방법이다.

기분 좋은 유료 결제를 유도하기 위한 요령

정식 연재 작가가 되지 못했을 경우, 개인적으로 유료 연재를 할 수도 있다. 문피아는 기본적인 원고료가 없는 대신, 진입 장벽이 낮은 편이다. 몇 가지 요건만 충족한다면 누구나 자신의 소설을 유료로 연재할 수 있다. 다만, 생계를 유지할 수 있을 정도의 수익을 내는 건

별개의 문제다.

따로 기본 원고료를 지급하는 네이버에서 연재한다 하더라도, 수익을 늘릴 방법이 있다면 당연히 활용하는 게 좋다. 바로 미리보기라 칭해지는 선택적 유료 연재다. 예를 들어 이번 주에 12회가 연재됐다면, 미리보기에는 13회 이후의 내용이 비공개로 올라간다. 회당 100원 정도의 비용을 지불한 독자들은 비공개를 풀고 미리 앞 내용을 볼 수 있다. 며칠만 기다리면 다음 내용을 볼 수 있는데 굳이 돈을 지불할 필요가 있을까, 하고 생각할 수도 있지만, 당장 봐야 직성이 풀리는 사람도 있다. 심지어 많다. 과거에 케이블 VOD가 없던 시절, 재미있는 드라마가 절묘하게 끊기면 돈을 내고서라도 다음 내용을 보고 싶었던 기억이 있을 것이다. 또 유료 연재의 가격이 현재까지는 비교적 저항감도 적기에, 돈과 시간이 있는 독자들은 미리보기에 기꺼이 비용을 지불한다. 개중에는 작가를 후원하는 개념에서 미리보기를 하는 고마운 독자들도 있다.

무료로 볼 수도 있는 내용을, 굳이 돈을 내고서 봤다. 이는 당연히 네이버에 이익이지만 작가에게도 수익이 돌아간다. 그렇다면 최대한 유료 결제를 유도하는 게, 그것도 되도록이면 비용이 아깝지 않도록 하는 게 모두에게 좋을 것이다.

그러기 위해서는 호기심을 유발해야 한다. 당연한 얘기지만 궁금하지도 않은데 굳이 다음 내용을 보려는 사람이 있을까. 연재라는 형태의 이점을 살려, 어느 부분에서 끊을지 조절하는 것도 웹소설 작가의 능력이다.

다음으로는 '유료'에 대한 최소한의 개념을 지켜야 한다. 9,000원을 내고 영화를 봤는데, 아무리 재미있어도 상영시간이 30분에 그친다면 뭔가 도둑맞은 기분이 들 것이다. 글도 마찬가지여서 지나치게 분량이 적으면 독자에게 실망감을 느끼게 한다. 개인적으로 한 편의 분량은 네이버에서 정한 기준인 A4 7페이지 정도면 충분하다고 생각하지만, 풍족한 분량은 독자의 만족감과 직결된다는 점도 기억해두자.

웹소설 작가 되기 실전, 네이버의 경우

이제 여러 사이트에서 새로이 웹소설 서비스를 시작하거나 준비하고 있다. 만화 전문 사이트이던 레진은 물론, 곧 한국 서비스를 개시할 걸로 보이는 아마존에서도 소설 연재 카테고리를 만들 계획이라고 한다. 웹소설 작가로의 등용문이 점점 넓어지는 셈이니 환영할 일이다. 그러나 아직까지는 작가가 되고자 하는 사람의 수에 비해 정식 연재 사이트의 수는 턱없이 적은 게 사실이라, 치열한 경쟁을 거칠 수밖에 없다.

내가 활동 중인 네이버 웹소설을 예로 들어, 웹소설 작가가 되는 절차적인 문제에 대해 얘기해보겠다. 누적 콘텐츠가 없던 초기에는 전적으로 투고에 의존했다. 담당자의 조사나 장르 전문 출판사의 추천 등을 거쳐 작가를 찾는다. 다음에는 당연히 원고를 받아서 검토

과정을 거쳤다.

현재는 챌린지리그라는 게시판이 생겨서 누구나 글을 올릴 수 있게 됐다. 챌린지리그에서 조회수와 독자들의 선호도, 담당자의 평가 등을 종합하여 승격작을 뽑는다. 그렇게 뽑힌 승격작은 베스트리그로 올라가고 거기서 또 선발된 작품이 최종적으로 정식 연재를 하게 된다. 정식 연재까지 올라가는 작품은 매달 한두 편 정도인데, 챌린지리그에 올라오는 작품의 수는 수천 개를 넘는다. 거의 5,000대 1 정도의 치열한 경쟁을 거치는 것이다.

그 과정이 너무 길고 험난하다고 생각되면, 여전히 투고의 문은 열려 있다. 단, 이제 네이버에서 투고로 정식 연재를 하기는 사실상 어려워졌다. 이미 충분한 연재 작가를 확보했으며 챌린지리그라는 등용문도 있기 때문이다.

조아라와 문피아의 자유연재 게시판에 소설을 올리면서, 연재 패턴과 습관을 들이는 것도 한 방법이다. 그러면서 자연스럽게 자신의 글에 대한 사람들의 반응도 알 수 있게 된다. 일정 정도 이상의 조회수가 나오고 완결까지 연재할 수 있다는 확신이 섰다면, 사이트 내의 신청 양식을 받아 연재 게시판을 신청할 수 있다. 그런 후 계약서를 쓰면 바로 해당 사이트의 웹소설 작가가 된다. 단, 계약서를 쓴 순간부터 연재는 법과 규칙에 의해 강제성을 띠게 된다. 해당 사이트에서 상위 몇 퍼센트의 작가를 제외하곤 생각보다 수익도 적을 것이다. 처음부터 최고의 조건으로 웹소설을 연재하는 신인작가는 없다. 대부분의 직업이 그렇듯이, 웹소설 작가 또한 차근차근 작품 수와 경력을 쌓아올려가는 시간이 필요하다.

글은 자신과의 싸움이다.

4

웹소설 작가를 꿈꾸는 독자에게

웹소설 연재를 좀 먼저 시작했다는 이유로, 과분하게도 웹소설 작법에 대해 글을 써달라는 청탁을 받았다. 크게 히트를 친 작품이 있는 것도 아니고 유명세를 떨쳐본 적도 없어서 고민이 컸다. 하지만 이 글을 읽을 독자들이, 내가 처음에 겪었던 시행착오와 무(無)에서 시작하는 난감함을 조금이라도 줄이길 바라는 마음에서 원고를 썼다. 제한된 지면 내에서 정리하느라 부족한 부분이 많지만, 내가 10년 동안 글을 쓰고 3년간 웹소설을 연재하면서 얻은 노하우는 대부분 공개한 것 같다.

웹소설 작가는 몇 달마다 한 번씩 계약을 갱신해야 하는 계약직이며 한 작품을 끝내고 나면 바로 다음 작품 연재를 할 수 있다는 보장도 없다. 4대보험이나 보너스는 당연히 다른 세상의 얘기다. 매주 써야 하는 원고의 양도 많은 편이다. 그럼에도 불구하고 이야기를 만들고 글쓰기를 좋아하는 사람에게는 최고의 직업이다. 더운 여름, 시원하고 예쁜 카페를 찾아 찬 음료를 마시면서 일하는 즐거움은 작가가 아니고서는 알기 어려울 것이다.

이 글을 읽는 당신이 웹소설 작가라는 목표를 이뤄, 나와 한 공간에서 연재하는 날이 오길 바란다. 그 과정에서 이 글이 조금이나마 도움이 됐다면 더할 나위 없으리라.

이대성

고등학교 1학년인 열일곱 살 때 《사악도인》(전 5권)을 출간하며 데뷔했다. 이후 《묵룡창》(전 5권), 《야차왕》(전 6권), 《천마금》(전 5권) 등 30여 권이 넘는 책을 출간했다. 네이버 '오늘의 웹소설'에 연재했던 〈수라왕〉은 무협 부문 1위를 차지할 만큼 인기를 끌었으며 17권의 단행본으로 나오기도 했다. 현재 네이버 '오늘의 웹소설'에 〈사자왕〉을 연재 중이다.

chapter 6

강호의 호연지기와 장대함, 무협소설

1

어떻게 무협소설 작가가 되었나

나는 무협소설을 쓴 지 올해로 15년이 된, 아마 이 책의 참여 작가 중에서 경력으로 치면 가장 오래된 작가일지 모른다. 고등학교 1학년 때 출판 계약을 한 걸 시작으로 현재 서른두 살이 되기까지 쭉 무협소설만 써왔으니까. 현재는 네이버 웹소설에서 〈사자왕〉과 〈수라왕〉 이렇게 무협 파트 소설 두 개를 동시에 연재 중이다(종이책으로 따져도 출간된 책 권수만 대략 서른 권이 넘는다).

나는 개인적으로 무협을 비롯하여 판타지, 로맨스 등등 모든 소설들은 기본적인 구조가 비슷하다고 생각한다. 따라서 이 자리에서 내가 독자들에게 줄 수 있는 조언이나 팁이라면 웹소설에서 가장 기본적으로 생각해야 할 개념들과 더불어 약간의 응용방법, 그리고 무협의 기본지식 정도가 아닐까 싶다. 물론 독자들에게 최대한 간단하게, 그리고 쉽게 설명하는 것이 나의 목표다.

소설을 쓰는 사람들 대부분이 그렇겠지만 나 역시 평소에 책 읽는 걸 좋아했고, 또 많이 읽다 보니 자연스럽게 내 머릿속의 이야기를 쓰고 싶다는 생각을 하게 되었다. 이 과정이 너무 자연스러웠기에 '소설을 쓴다'라는 것에 대한 어떤 거부감이나 불안감이 전혀 없었다.

앞에서도 언급했지만 난 고교 시절 인터넷에 연재했던 작품으로 종이책 계약이라는 것을 출판사와 하게 되었다(그때가 고1 때였으니 아마 2001년쯤이었던 것 같다). 그때는 나이도 어렸고, 출판을 목표로 인터넷에 연재한 것이 아니어서 부끄러운 이야기지만 편안한 심정으로 정말 마구잡이로 두서없이 소설을 썼었다. 이제 와서 돌이켜 생각해보면 완성도도 엉망이었고 기본도 안 됐던 글이었지만 첫 작품을 썼을 때가 가장 즐겁고 편안했던 것 같다. 여기서 중요한 사실 하나, 나는 글을 쓰는 데 가장 중요한 방법이자 마음가짐이 '즐거움과 편안함'이라고 생각한다.

당시 부족한 글이었지만 내가 쓴 첫 이야기를 읽어주던 독자들의 반응 하나하나가 어린 나에게는 굉장한 에너지가 되어 전해져왔다(사실 이건 지금도 마찬가지. 독자들의 반응만큼 직접적인 것은 없다).

아무튼 그렇게 즐겁게만 쓰던 작품에 출판 제의가 들어오고 나니 어린 마음에 덜컥 겁이 났었다. 종이책이나 출판사의 이야기는 나와는 거리가 먼, 남들의 이야기라고만 생각했기 때문이었다.

몇 날 며칠을 나름 신중하게 고민하고, 주변 사람들에게 조언을 구하러 다녔다. 그러다가 결국 이런 제의를 한 당사자와 직접 만나 이야기를 나눠보는 것이 가장 좋겠다는 결론에 이르렀다.

나는 무작정 교복을 입은 채로 출판사를 찾아갔다(나중에 들어보니 교복을 입고 거기까지 찾아간 사람은 내가 처음이라고 하더라. 그래도 관계자들이 귀엽게 봐줘서 다행이었지만). 그때 출판사 사람들과 진지한 이야기를 나눴고, 내 소설 속에서 어떤 '가능성'을 보았다고 말해주었는데, 시간이 지난 지금까지도 그 '가능성'이란 단어는 잊히질 않는다. 그 단어 하나에 첫사랑을 만난 것처럼 굉장히 마음이 설레었다. 솔직히 문장이나 맞춤법은 아무리 봐도 칭찬할 구석이 없었을 텐데 말이다.

그렇게 출판사와 첫 계약이란 걸 하게 되었고, 내가 모르던 것들을 많이 배울 수 있었다.

상당한 시간이 지난 후에 첫 작품이 세상에 나오고 나서 독자들에게 칭찬보다는 쓴소리를 많이 들었지만, 개인적으론 큰 공부가 됐던 게 사실이다. 지금에 와서 첫 작품을 다시 읽어보면 민망하고 부끄럽기까지 하다. 모자라고 부족한 것투성이니 말이다.

나의 첫 시작은 그렇게 약간의 기대와 걱정, 설렘이 있었다.

그리고 많은 것을 알게 된, 아주 좋은 경험이었다.

웹소설 쓰는 법

웹소설 쓰기의 일반론

이제부터가 본론이라고 말할 수 있을 것이다.

사실 나는 처음에 출판사로부터 원고 청탁을 받았을 때, 내 나름의 상당한 고민을 했다. '내가 과연 누군가에게 무언가를 가르쳐주거나 조언할 주제가 되는 건가?' 이런 원론적인 고민부터 '만약 하게 된다고 하더라도 대체 무엇을 말해줘야 하지? 뭐가 알고 싶은 걸까?' 등등에 대한 세부적인 생각들까지 머릿속을 어지럽혔다.

그리고 가장 부담스러웠던 건 사실 근본적인 문제였는데, 나 스스로가 누군가에게 '소설이라는 건 이렇게 쓰는 거다!'라는 것을 배워본 적이 없기 때문이었다.

아무래도 너무 어릴 때 데뷔해서 그런 것도 있겠지만, 개인적으로 글쓰기라는 것은 누군가에게 배울 수 있는 성질의 것이 아니다, 라는 생각을 하고 있었다(물론 지금까지도 이 생각에는 변함이 없다. 결국은 본인 스스로가 여러 번의 시행착오를 거쳐가며 체득하는 방법이 제일이라고 생각하고 있으니까).

다만 내가 이 자리에서 말하는 것들은 그 여러 번의 시행착오를 '조금'이나마 줄이는 데 도움이 될 약간의 조언 정도가 아닐까 싶다. 그것도 어디까지나 현재의 내 입장에서 주는 조언이다. 독자들은 조언 속에서 각자가 필요한 것을 취사선택해 받아들이면 되는 것이다.

앞에서도 얘기했듯 최대한 간단하게, 또한 쉽게 설명하는 것이 목표이기에 곧장 설명으로 넘어갈까 한다.

① 소재 혹은 영감

일단 내가 작업하는 방식에 대해서 얘기하자면, 나는 제일 먼저 어떤 '소재' 혹은 '영감'을 찾는다. 그리고 그것을 내 나름의 방식으로 소화시켜서 어떤 밑그림을 그린다. 이걸 기반으로 하나의 작품을 완성시켜나가는 것이다.

때문에 나는 이 두루뭉술하고 형체가 흐릿한, 첫 작업을 가장 중요하게 생각한다. 첫 작업에서 얼마나 강렬한 느낌이 드느냐? 아니면 스스로가 소재에 대해 얼마나 흥미를 갖느냐? 이런 것으로 그 작업의 성취도가 크게 달라지곤 한다. 물론 실제 글을 읽는 사람들의 반응도 많이 달라진다.

어찌어찌 스스로가 몰입할 수 있을 만한 소재를 잡고 밑그림을 분명하게 그리고 나면 그다음 순서로 넘어가면 된다.

② 처음과 끝

소재가 잡힌 후에 할 일은 바로 이야기의 첫 시작과 완결 시의 끝부분을 한번 그려보는 것이다.

'처음'과 '끝'.

사실 이 두 가지만 명확하게 잡을 수 있다면 벌써 소설 쓰기의 절반 이상은 끝났다고 보면 된다. 구조가 단순한 이야기를 쓰고 싶다면 여기에서 소설 쓰기는 사실상 끝이라고 볼 수 있을 정도다.

하지만 '재미'나 '흥미' 등등 글을 쓸 때 고려해야 하는 요소들을 생각하고, 조금 이야기다운 글을 쓰기 위해서는 이제부터가 본격적인 시작 단계라고 보면 맞을 것이다.

본격적인 웹소설 쓰기

자, 이제부터 핵심으로 들어가보자. 여기서는 내가 글을 쓸 때 가장 많이 고려하는 부분, 즉 재미나 흥미, 몰입감 등등 웹소설을 쓰는 데 있어 가장 중요한 요소를 하나하나 짚어가며 설명하려고 한다.

① 캐릭터

나는 소설을 볼 때 이야기의 소재와 '캐릭터'를 가장 중요하게 생각한다. 이유는 무척 간단한데, 소재와 캐릭터가 가장 많은 흥미와 상상력을 자극하기 때문이다.

그런데 만약 내게 소재와 캐릭터, 이 둘 중에 하나를 굳이 고르라고 한다면 난 주저 없이 캐릭터를 고를 것이다. 그만큼 소설의 몰입도와 흥미를 자극하는 요소 중에 제일 중요한 것이 바로 캐릭터라는 얘기다.

소설을 쓰면서 어떤 상황에서건 간단한 말투나 행동, 눈빛 하나만으로도 본인이 만들어놓은 캐릭터가 설명되어져야 한다. 그래야 이야기가 자연스럽게 흘러가게 되고, 캐릭터의 행동이나 처한 상황이 납득되는 것이다.

그렇게 캐릭터를 완벽하게 이미지화하기 위해서는 각각의 캐릭터에게 너무도 분명한 '특징'을 잡아주는 것이 아주 중요하다. 평범하거나 특색 없는 캐릭터가 있다면 나는 자주 등장시키지 않거나 한 번 등장시키고는 빼버린다. 상황이 여의치 않다면 색깔이 너무도 분명한 캐릭터와 함께 등장시키거나 한다.

캐릭터의 특징을 잡아주는 것은 의외로 간단하다. 일단 먼저 '외형적인 모습'을 잡아주는 것.

> 은발의 윤기 있는 머리카락, 키가 크고 턱 선이 유달리 날카로운 미남, 흑백이 선명한 눈동자가 시선을 사로잡았다.

앞의 예시 글은 분명 캐릭터의 외형적인 표현이다.

이와 같은 방식으로 캐릭터의 간단한 이미지 잡기가 끝난다면 그 다음엔 '캐릭터의 분위기'를 잡아주면 된다.

무표정한 표정이 더욱 인상적인 사내다. 허나 동작 하나하나에 기품이 있고 행동마다 자신감이 가득했다.

캐릭터의 간단한 분위기 묘사이다.

이렇게만 해놓아도 캐릭터에 약간의 생명력이 생긴다. 하지만 캐릭터가 이야기 속에서 자연스럽게 움직이고, 그 행동에 대한 명분이나 정당성을 갖게 하려면 여기에 특색 있는 대사와 특유의 표정, 행동들이 필요하다.

악동같이 장난스러운 표정으로 사내가 입을 열었다.

"그냥 대충대충 해. 그렇게 심각하게 생각할 것 없어. 일이 잘못되면 죽으면 그뿐이지. 안 그래?"

나는 사내의 영양가 없는 조언에 순간 멍청한 얼굴로 대답했다.

"지금 죽지 않으려고 제가 이 발악을 하고 있는 거 안 보이십니까?"

"에이, 죽는 건 네가 노력한다고 해서 피할 수 있는 게 아니잖아? 안 되면 그냥 죽어."

사내가 대수롭지 않게 말하자 나는 허탈한 음성으로 말했다.

"……제가 방금 목숨을 구해드린 걸 잊은 겁니까? 생명의 은인에게 정말 너무하시네요."

내 푸념 섞인 말에 방금 전까지 악동처럼 웃고 있던 사내가 실실 미소를 띤 채 말했다.

"내가 좀 배은망덕하긴 하지."

사내가 손가락으로 장난스럽게 내 뺨을 가볍게 톡톡 치자 나는 얼굴을 일그러뜨렸다.

간단한 대사와 표정들 위주로 짤막한 상황을 그려보았다.

위에서 예를 든 것처럼 캐릭터가 생명을 가지기 위해서는 대사와 표정, 행동이 매우 중요하다. 외형적인 묘사와 분위기에 대사와 표정, 그리고 소소한 행동들이 곁들여지면 그야말로 금상첨화. 그렇게 캐릭터들을 '입체화'시켜놓게 되면 이후 소설은 정말 편안하게 쓸 수 있다(물론 이 과정에서 캐릭터에 '매력'이라는 필수 옵션을 집어넣는 것도 잊지 말자).

캐릭터들이 이렇게 스스로 생명력을 가지게 되면 돌출행동이나 말투, 급작스러운 상황변화에 아주 '능동적'으로 대처할 수 있게 된다. '이 캐릭터라면 이런 상황에 당연히 이런 행동을 할 거야' 혹은 '이런 행동을 해도 전혀 이상하지 않아' 하는 상황이 되는 것이다.

캐릭터를 구축할 때 이처럼 확고하게 잡아놓으면 확실히 많은 부분에서 도움이 된다. 처음에만 표정이나 행동에 묘사를 넣어놓고, 차

후에는 묘사 부분을 제거하더라도 캐릭터의 표정이나 말투가 마치 마법처럼 머릿속에 자연스럽게 그려지기 때문이다. 그러면 글이 조금 더 담백하고 편안하게 읽힌다.

② 조율

그런데 이것도 고려해야 하는 부분이 있다.

처음부터 끝까지 완벽하게 스토리를 꽉 잡아놓고 소설을 쓰게 되면 캐릭터들의 입체성이 부담스러운 상황이 발생하게 된다는 것. 갑작스러운 캐릭터의 행동이나 상황 대처가 이야기의 전체적인 흐름에 방해가 되는 경우가 생기게 된다.

여기서 내 노하우를 공개하자면, 전체적인 이야기(스토리)와 캐릭터가 충돌하는 경우 나는 캐릭터에 맞춰서 이야기를 새로 짜곤 한다. 나는 이야기의 처음과 끝만 분명하게 잡고 글을 쓰기 때문에 이런 방식이 오히려 잘 맞는다(물론 이건 어디까지나 캐릭터가 매력적으로 잡혔을 경우다).

다만 이야기의 시놉시스를 촘촘하게 짜고 쓸 경우에는 이렇게 캐릭터가 돌출행동으로 튀거나 상황에 맞지 않는 행동을 했을 때, 본인의 판단하에 신중하게 '조율'을 해야 한다.

처음 잡아놓았던 이야기의 전체적인 분위기나 의도가 전혀 생각지도 않은 방향으로 흘러갈 수 있다. 그렇다고 이야기의 흐름 때문에 캐릭터의 입체성을 줄이는 것도 별로 좋은 방법은 아니다. 결국은 이와 같은 조율을 많이 하면서 스스로에게 맞는 방식을 체득해가야 하는 것이다.

③ 완급 조절

사실 캐릭터와 이야기를 완벽하게 짜놓을 수 있다면 내가 할 수 있는 조언은 그리 많지 않다. 그 외의 나머지는 본인이 경험하고 깨달아서 직접 꾸준히 써보아야 하는 부분들이기 때문이다.

그래도 굳이 하나의 조언을 더 하자면, 소설을 쓰면서 이야기의 진행, 상황적으로 전체적인 긴장의 강도를 조절할 줄 알아야 한다. 말이 조금 길고 어렵지만 이것 역시 간단하게 말하면 '완급' 혹은 '호흡'을 조절해야 한다는 것이다.

이야기가 계속해서 긴장감 있게 몰아치게 되면 그 몰입감은 분명 상당할 것이다. 하지만 긴장감이라는 것은 보는 사람을 그만큼 경직되게 만든다. 짧은 호흡의 글을 쓸 때는 긴장감을 끝까지 가져가는 것도 분명 좋은 방식 중의 하나다(글을 오래 쓴 경험이나 연륜에 따라 다르긴 하겠지만 이야기의 긴장감을 길게 끝까지 가져갈 수 있다면 그 글은 분명 무척이나 완성도가 높은 작품이 될 것이다).

그런데 긴장감이 높은 소설의 경우, 중간에 짧은 방해요소나 기대했던 흐름이 나오지 못했을 때 그 전까지 쌓아왔던 긴장감이 한순간에 깨지거나 무너지게 된다. 그럴 경우 다시 소설 속으로 몰입할 때까지 상당한 노력이 필요하다.

그래서 보통 중편 이상의 장편을 쓸 경우, 긴장감을 주는 부분과 가벼운 마음으로 볼 수 있는 재미있는 부분을 늘 적절한 비율로 뒤섞어놓아야 하는 것이다. 이때 재미있는 부분은 대부분 캐릭터가 가지고 있는 매력으로 풀어나가면 상당히 쉽게 풀린다.

이해를 돕기 위해 쉽게 설명하자면, 영화배우 중 명품 조연배우로 유명한 유해진 씨나 오달수 씨를 떠올리면 된다. 그들이 작품에 등장할 때 보면 극의 긴장감이나 몰입도에 방해가 되지 않으면서도 분위기가 상당히 부드러워지곤 하니까. 이런 식으로 긴장감을 풀어주었다가 다시 조여주면, 사람들은 더욱 큰 흥미와 집중력을 가지고 몰입하게 되는 것이다.

소설을 쓸 때도 똑같다.

긴장감을 계속해서 유지하고 그것을 점점 더 크게 키우는 방식도 물론 좋지만, 완급 조절을 통해 이야기의 긴장감을 자유자재로 조절해가는 것도 분명 완성도를 높이는 데 꼭 필요한 방법이다.

두 가지 중에 본인에게 맞는 방법을 찾는 것은 역시 많이 써보는 것밖에 정답이 없을 터.

가독성 높이기

자, 이제 실질적으로 내가 예전부터 고려해가면서 썼던, 지금도 계속해서 생각하고 있는 가장 중요한 부분에 대해서 적어보도록 하겠다.

많은 사람들이 소설을 쓸 때, 특히 인터넷이나 스마트폰으로 쉽고 편하게 읽는 웹소설을 쓸 때, 무의식적으로 놓치기 쉬운 부분이 있다. 바로 '가독성'이라는 부분이다.

네이버 사전에서 가독성이라는 단어를 검색해보면, '문자, 기호 또는 도형이 얼마나 쉽게 읽히는가 하는 능률의 정도'라고 나와 있다. 맞다. 그렇다면 나는 여기서 조금 더 정확하게 문자라는 형태, 즉 '글의 배열이나 구성이 얼마나 읽기 편하게 완성되어 있는가'라는 부분에 대해서 언급해볼까 한다.

책이라든가 인터넷에서의 연재라든가, 두 가지 모두 하나의 공통점을 가지고 있는데, 바로 글줄 바꾸기이다. 쉽게 풀어 설명하자면 엔터키를 쳐서 하나의 문단을 한 칸 아래 줄로 내리는 작업을 말한다.

흔히들 편집 단계에서 하는 것이라고 생각할 수 있겠지만, 이것은 집필 단계에서 꽤나 중요한 역할을 한다. 본인 스스로가 글 사이사이에 엔터를 쳐서 호흡과 완급을 조절하는 연습의 기회가 되어주니까.

그럼 이해를 돕기 위해 간단한 예를 들어보겠다.

이건 생각해보면 참으로 신기한 일이었다. 눈에 보이지 않는 시간이라는 생물. 그것이 지나간 흔적이니까. 나는 지금 눈앞에 구체화되어서 나타난 시간이라는 것을 마주하고 있다. 나와 눈을 정면으로 마주하고 있는 사내아이. 이 아이가 바로 과거 내가 사랑했던 여자의 아이이며, 그녀와 나의 지나간 흔적이었다.

예를 들기 위해 간단하게 써본 글이므로 내용은 조금 부실할지도 모르겠다. 아무튼 앞의 글을 토대로 이제부터 내가 생각하는 가독성에 대해서 설명해보겠다.

앞의 글은 엔터를 삽입하지 않은 순수한 형태의 글이다. 글 전체가 하나의 큰 덩어리처럼 보여서 심리적으로 접근하기가 어렵다. 이것을 조금 접근하기 편하고, 읽기 쉽게 풀어써주는 작업, 그것이 바로 '가독성'의 작업이자 '글줄 바꾸기 작업'이라 할 수 있다.

그럼 앞의 글에 정말 어떠한 양념 없이, 간단하게 엔터만 삽입해보도록 하겠다.

이건 생각해보면 참으로 신기한 일이었다.

눈에 보이지 않는 시간이라는 생물. 그것이 지나간 흔적이니까.

나는 지금 눈앞에 구체화되어서 나타난 시간이라는 것을 마주하고 있다.

나와 눈을 정면으로 마주하고 있는 사내아이.

이 아이가 바로 과거 내가 사랑했던 여자의 아이이며, 그녀와 나의 지나간 흔적이었다.

이해가 되었는지 모르겠다.

무조건 문단이 끝났다고 해서 엔터를 치라는 말이 아니다. 연결의 이음새나 읽음의 호흡 등을 고려해서 엔터를 치라는 것이다.

익숙해지게 되면 굳이 머릿속으로 생각하지 않아도 자연스럽게 이루어지는 작업이지만, 익숙해지기 전까지는 조금 의식적으로 염두에 둘 필요가 있다.

과거 종이책으로만 글을 읽던 때에는 이러한 가독성을 굳이 크게 고려하지 않아도 되었다. 이 부분들은 출판사에서 편집을 할 때 어느 정도 보정을 해주었기 때문이다. 하지만 지금은 사정이 다르다. 스마트폰으로 쉽게 소설에 접근할 수 있기 때문에 글이 한 덩어리처럼 크게 나와 있으면 독자들은 단번에 소화하기가 어렵다.

따라서 이 작업은 글을 읽는 사람이 조금이라도 '소화하기 쉽도록 작게 썰어주는 일'이라고 생각하면 편할 것이다. 그리고 소설을 쓰는 사람 역시 처음부터 이런 작은 부분까지 고려해서 작업을 하게 된다면 분명 전체적인 글의 흐름도 달라질 것이다.

3

무협이라는 장르의 세계관

사실 지금까지 설명했던 것들은 장르를 불문하고 모든 웹소설에 해당하는 공통적인 작법이라고 할 수 있다.

그런데 내가 이 책에 참여하게 된 이유는 '무협을 쓰는 작가'였기 때문이다. 앞의 기획의도에서는 언급하지 않았지만, 개인적으로 무협이라는 독특한 장르의 매력을 독자들에게 알리기 위해 이번 프로젝트에 참여했다고 해도 과언이 아니다.

자, 그럼 지금부터 무협소설의 매력 속으로 한번 들어가보자. 허락된 페이지가 많지 않기에 최대한 간략하고 이해하기 쉽게 설명하겠다.

무협의 시대적 배경

무협의 기본 세계관은 대부분 오래전 중국을 배경으로 한다. 대부분 '명나라' 시대를 배경으로 잡으며, 경우에 따라서는 그 이전이나 이후가 될 때도 있다.

최근에는 이런 시대적인 배경을 그다지 중요하게 여기지 않는 분위기도 있어서 시대가 이것저것 뒤죽박죽 섞인 경우도 눈에 많이 띈다(이 부분은 옳다, 그르다의 문제가 아니기 때문에 굳이 길게 언급하지는 않겠다. 어디까지나 작가 개인이 판단해야 할 문제니까).

무협의 시작

중국이라는 지나칠 정도로 넓은 대륙, 그 큰 대륙이 배경이 되어 버리면 그 안에서 벌어지는 일도 보통의 경우 스케일이 거창하기 마련이다.

대륙의 각 지역마다 무력을 가진 거대한 세력이나 집단들이 존재하고, 그 세력들 간에 이익이나 신념을 위해 다툼이 잦아지는 것. 그러면서 온갖 이야기가 시작되는 것이다.

무협의 세력 구도

크게 나누자면 무협, 즉 강호의 세계에는 세 개의 파벌이 있다. 물론 작가가 창작을 어떻게 하느냐에 따라 달라질 수도 있겠지만, 이 자리에서는 아주 기본적인 것만 이야기할까 한다.

그 세 개의 파벌은 바로 정파(正派), 사파(邪派), 마교(魔教)다.

갑자기 한자어가 등장하니까 조금 어렵게 느껴질 수도 있겠지만, 사실 이것도 쉽게 풀이하자면 순서대로 좋은 사람들, 나쁜 사람들, 괴상한 사람들 정도로 표현할 수 있을 것이다.

① 정파(正派)

'정파'는 기본적으로 스스로가 좋은 사람들이라고 부르짖고 다니는 자들의 단체를 말한다. 그들은 협(俠)을 숭상하고 정의를 수호하는 집단이다. 약한 자를 보호하며 불의에 맞서는 그런 단체. 그게 바로 정파다.

그런데 최근 나오는 무협소설을 보면 정파는 사실 겉으로만 착한 척하고 뒤에서는 온갖 나쁜 짓을 일삼는, 그런 위선적인 모습으로 많이 그려지고 있다. 어떻게 보면 인간미(?) 있는 모습이긴 하지만, 정파의 기본적인 정신이나 이념은 위에 언급한 것처럼 정의를 수호하는 선량한 모임이라고 보면 된다.

대표적으로 거론되는 세력들을 나열해보자면, 흔히 알고 있는 '소림사'를 포함한 구파일방(九派一幫, 아홉 개의 문파와 하나의 방파)을 비롯해 소림사, 무당파, 화산파, 점창파, 아미파, 종남파, 곤륜파, 청성파, 공동파, 개방 등등이 있다.

작가의 설정마다 여기서 한두 개가 새롭게 추가되거나 빠지거나 한다. 이들은 돈이나 이득을 위해서 모인 집단이 아니라, 사제지간으로 맺어진 끈끈한 형태의 단체이기 때문에 각 세력 간의 결속력이 상당히 강하다. 스스로가 속한 단체에 대한 자부심도 엄청나게 강한 집단이다 보니 한번 싸움이 벌어지면 잘 물러서지 않는다.

정의롭지만 상당히 고지식하고 보수적인 단체가 바로 정파다.

② 사파(邪派)

정파에 비해 '사파'는 기본적으로 이득을 위해 모인 단체들이다. 사파는 요즘 말로 해서 '조직폭력배'라고 생각하면 이해하기 쉬울 듯하다. 그들은 이득을 위해서는 물불을 가리지 않으며, 소속된 집단의 이득보다는 개인의 이득을 위해 더욱 열심히 움직인다고 보면 된다.

사파는 스스로가 어떠한 영역이나 자리를 정해놓고 상인들이나 평범한 사람들에게 자릿세와 보호세를 걷으며 자금을 끌어모은다. 그리고 그 자금으로 단체를 운영하고 외부에서 무공이 강한 고수들을 영입해와 더욱더 세력을 넓힌다. 그 시스템이 조직폭력배와 다를 바 없고, 하는 행태도 그와 비슷하다.

사파는 강한 자에게 고개를 숙이고 약자를 짓밟는 자들이다.

그런데 아이러니한 것은 얼마 전까지 무협소설에서 주인공이 사파에서 나오는 경우가 적지 않았다는 것(물론 지금도 나오고 있지만)이다. 아마 사파만이 가지고 있는 독특한 분위기와 매력(나쁜 남자의 느낌이라고 해야 할까)을 극대화한 작품들이 있는데, 어딘가 경직되고 고지식한 정파의 주인공보다는 상당히 인간적인 부분들이 많아서인지 더 재미가 있다.

대표적인 세력들은 장강수로채, 황하수로채, 녹림십팔채 등등으로 주로 수적(水賊, 수로를 중심으로 움직이는 도적), 산적(山賊, 산을 중심으로 움직이는 도적)이다. 여기에 비적(匪賊, 거처 없이 돌아다니는 떼강도 집단)도 등장하는데, 주로 범죄자 집단이나 떼강도 집단들이 사파로 취급된다. 거점을 제대로 잡고 뒷골목을 주름 잡는 단체들도 종종 나타나곤 한다.

어디까지나 사파 집단은 정파보다 작가의 창의력이 많이 개입되는 부분이라고 할 수 있다.

③ 마교(魔敎)

마교의 한자 뜻을 풀이하자면 '마(魔), 악마적인 무언가를', '교(敎), 가르친다'라는 뜻이 된다. 그들은 정파나 사파와는 다르게 '어떤 신적인 존재'를 신봉하는 종교 집단이라고 보면 맞을 것이다.

무언가에 미쳐 있는 광신도라는 존재는 어떤 상황에서건 무섭고 두려운 것이다. 하물며 그런 광신도들이 사람을 한순간에 죽일 수 있는 강력한 무공까지 익히고 있다면 분명히 그 존재만으로도 공포스럽지 않겠나.

그래서 정파와 사파, 둘 모두가 마교라는 존재에 대해서 항상 경계하며 두려워하곤 한다.

작가가 마교라는 단체를 어떻게 설정하느냐에 따라 달라지겠지만 마교의 색깔은 크게 두 가지로 나누어볼 수 있다.

하나는 보통 본인들 스스로가 마교라 부르는 경우이고, 다른 하나는 본인들을 제외한 외부의 세력들이 마교라 규정짓는(혹은 매도하는) 경우다.

본인들이 마교라 칭하는 경우라면 굳이 설명할 필요도 없이 괴상한 사교 집단이며, 광신도 집단이다. 아주 단순하고 명확하다. 말 그대로 악(惡)의 집단이라 보면 정답. 대개의 경우 그들은 강호 정복을 위해 피바람을 일으키는 것을 주저하지 않는 것으로 묘사된다.

하지만 이와는 반대로 본인들의 의사와 관계없이 외부의 세력들에 의해 마교라 불리는 경우에는 이야기가 좀 흥미로워진다. 이들의 성격이 무척이나 복잡해지고 난해해지니까. 그들은 자신들을 억지로 벼랑 끝까지 몰아세우고, 매일같이 생명을 위협하는 강호에서 살아남기 위해(혹은 복수하기 위해) 악착같이 무공을 익힌다. 그것이 오랜 기간 유지되면서 그들은 강력한 무공을 익히게 되고, 자연스럽게 강호의 패자 중에 하나가 되곤 한다. 이런 형태의 마교가 가장 입체적인 형태의 마교이기 때문에 개인적으로 상당히 좋아하는 마교의 모습이다.

마교는 다른 세력과는 달리 하나의 단체다. 하지만 그 이름은 작가마다 다르게 표현하고는 하는데, 대표적으로 알려진 이름으로는 천마신교를 들 수 있다(가끔 백련교나 배화교 같은 실제로 존재했던 사교 집단을 마교라 설정하는 경우도 있다).

이들은 정파도 아니고, 사파도 아니지만 그 누구보다도 강호에 위협적인 존재다.

그 외의 단체들

정파, 사파, 마교와는 조금 색깔이 다른 집단도 있다. 오대세가(혹은 육대세가나 칠대세가)라는 단체가 그것(대개 이들은 정파로 분류된다)인데, 이 오대세가에 속한 단체들은 앞서 언급했던 단체들과는 다르게 철저한 '혈연집단'이다. 이들은 핏줄을 우선시하는 단체이며 직계가족과 방계가족으로 나뉘어 철저하게 차별대우를 받는다. 아무리 재능이 있더라도 직계가 아니라 방계라면 가진 재능에 걸맞은 위치에 올라갈 수가 없다(물론 이 부분도 작가의 설정마다 조금씩 다르지만).

이런 불합리한 규율 때문에 내부에서 보이지 않는 갈등이 생기고, 그 갈등 덕분에 굉장히 입체적인 색깔이 나오곤 한다. 많은 무협소설의 주인공이 바로 이 오대세가에서 나왔던 것만 봐도 알 수 있는 사실이다.

여기에 속한 단체들은 남궁세가, 제갈세가, 하북팽가, 사천당가, 진주언가, 모용세가, 황보세가 등등으로, 작가의 설정에 따라 추가되거나 빠지거나 한다.

그 외에 낭인(浪人, 일종의 용병), 표사(鏢士, 물류를 안전하게 운반하는 사람들), 황군(皇軍, 황제의 군사들) 등등 강호에는 위에 언급한 것보다 더 많은 단체들과 세력들이 존재한다.

그들이 서로 복잡하게 얽히고설키며 각자의 정의를 이루어가는 것이 바로 무협소설의 묘미다.

4

무협이라는 장르에 대하여

사실 무협은 일반적으로 대중들에게 '어렵다'라는 이미지가 강한 장르다. 한자가 많이 나와서, 혹은 여러 가지 생소한 이름의 단체들이 많이 등장해서일지도 모르겠고, 남성적인 특징이 강해서일지도 모르겠다.

오랫동안 고민해보고 나서 내가 내린 결론은 매우 단순했다. 결국 무협을 쓰는 작가들이 조금 더 쉽게, 접근하기 편하게 써야 한다는 것이다.

기본적으로 무협소설은 엄청 재미있는 장르다. 한번 빠지면 헤어나오지 못할 만큼 그 재미와 깊이가 심오하다. 앞으로 그 재미를 여러 사람들과 공유하고 공감하는 것이 나의 개인적인 목표다. 그래서 이 책의 집필에도 참여한 것이고. 이 글을 쓰면서 나 스스로를 점검하기도 했고 새롭게 무협에 대해서 고민하기도 했다.

다시 말하지만 무협은 참으로 매력적인 장르다. 무협 안에는 '로맨스'도 있고, '미스터리'도 있다. 물론 그 반대도 가능하다. 로맨스에 무협을 녹일 수도, 미스터리에 무협적인 느낌을 섞을 수도 있다. 이해하기 쉽게 예를 들어보면 대표적으로 역사 로맨스를 들 수 있을 것이다.

역사 로맨스를 보면 온갖 무협적인 설정들이 들어간다. 말 타는 장면부터 활 쏘는 장면, 무기를 다루는 장면까지 이게 로맨스인지 무협인지 장르가 헷갈릴 정도다. 사실 대중들은 이미 무협이 무엇인지 알고 있는지도 모른다. 단지 그것이 그림이나 영상물이 아니라 글로 표현되었을 때 어렵게 느끼는 것일 뿐일지도 모른다.

영상물도 글로 얼마든지 표현될 수 있다. 반대로 글도 얼마든지 영상물이 될 수 있다. 이제 그만큼의 기술력은 되는 시대니까. 그러니 이제 무협 작가들이 할 일은 대중들에게 쉽게 다가가기 위한 방법을 연구하는 것이다.

반대로 독자들도 이런 재미있는 장르에 조금 더 관심을 기울여주었으면 좋겠다. 혼자만 알고 있기에 무협은 너무도 아까운 장르다.

Q 무협소설은 어려운 말이 너무 많아서 읽기가 어려워요.

A 이건 무협소설을 쓰는 작가로서 '부분적'으로 공감하는 의견이다. 확실히 무협소설은 처음 접할 때 어렵다. 일반적으로 쓰지 않는 단어와 한자가 많이 들어가기 때문일 것이다. 특히 오래된 작품들일수록 그런 편이다. 하지만 이건 작가들에 따라 많이 달라진다. 최근에는 최대한 쉽게 써서 무협을 처음 접하는 독자들도 쉽게 읽을 수 있게 쓰는 작가도 많다. 따라서 처음 무협소설을 접하는 독자라면 최근에 나온 무협 작품부터 시작할 것을 추천한다.

Q 무협에서 나온 무공 이름(한자)들은 전부 다 생각해서 쓴 건가요?

A 이름 있는 유명한 문파의 무공들은 그대로 가져다 쓴 것이 많고, 별로 유명하지 않거나 내 소설에서만 나오는 문파들의 경우는 직접 한자를 조합해서 만든 경우가 대부분이다. 가급적이면 한자는 직접 조합해서 쓰려고 한다. 그것도 창작의 영역이라고 생각하니까. 그렇다고 해서 내가 한자를 잘 아는 것은 아니다. 부끄럽지만 요즘은 작업환경이 좋아져서 한자의 뜻을 바로바로 알 수 있으니까 그것을 참조해서 만들어 쓰는 편이다.

Q 무협에서 나오는 문파들은 실제로 존재하나요?

A 몇몇은 놀랍게도 실존했거나 지금까지도 존재하는 문파들이다. 물론 무협소설에 나오는 것처럼 장풍을 사용하고 하늘을 붕붕 날아다니는 능력은 없다. 현재까지 명맥을 유지하는 문파는 모든 사람들이 다 아는 소림사를 비롯해서 무당파와 화산파, 아미파 정도가 될 것이다.

Q & A

Q 무협에서 말하는 내공 수련법 같은 것이 실제로 효과가 있나요?

A 이건 사실 나도 잘 모르겠다. 무협소설을 쓰면서 실제로 기공수련을 한다는 사람들 얘기도 들어봤고, 뇌수련법이나 명상법, 심지어 연단법(쉽게 말하자면 신선이 되는 약을 만드는 방법)을 한다는 사람들 얘기도 들어봤지만 나는 그런 것에 대해서는 전혀 모르는 평범한 사람이다. 다만 일체유심조(모든 것은 마음가짐 혹은 마음먹기에 따라 다르다)라는 말이 있는 것처럼 무언가에 집중해서 하다 보면 어떤 변화가 있지 않을까, 라는 열린 생각은 하고 있다.

5

지망생에게 전하는 메시지

마지막으로 웹소설을 쓰고자 하는 독자들에게 한마디 하는 것으로, 부족하지만 무협소설에 대한 이야기를 마칠까 한다.

내 생각에 글이라는 것은 정답이 없다. 십인십색(十人十色, 열 명의 사람은 열 개의 색이 있다)이라는 말처럼 개개인 모두가 성향이 다르고 취향이 다르기 때문이다.

내가 재미있고 좋아하는 글이 다른 사람에게는 맞지 않을 수도 있는 것이다(사실 이 부분이 글을 쓰면서 가장 힘든 부분이다. 하지만 동시에 분명히 인정하고 넘어가야 하는 부분이기도 하다).

그러니까 결국 작가가 모두의 취향을 맞추기는 사실 대단히 어렵다. 하지만 씁쓸하게도 그런 어려움 속에서도 대다수의 사람들을 단번에 자신의 팬으로 만들어버리는 마력을 지닌 사람도 분명 있다. 천재라고도 불리는 그런 종류의 사람들.

만약 그런 사람을 보게 되면 좌절하지 말고, 그의 곁에서 그를 면밀하게 관찰해보고 느껴보시라. 그럼 분명히 그 사람이 천재라고 불리는 이유에 대해서 객관적으로 판단할 수 있을 것이다. 그 사람도 항상 노력하고, 스스로를 끊임없이 다듬는 것을 보게 될 테니까.

나 역시 많은 천재를 보아왔고, 그들을 바로 곁에서 지켜봤다. 그리고 노력하는 천재와 그렇지 않은 천재의 끝을 봐왔다(노력했던 천재는 아직까지도 본인의 가치를 여실하게 증명하고 있지만, 노력하지 않고 스스로의 재능에만 의존했던 사람은 전부 다른 일을 하고 있다).

이왕 말하는 김에 조금 더 솔직해지자면, 웹소설을 쓰는 과정에서 노력한다고 모두 다 성공을 거두는 것은 아니다. 이것 역시 씁쓸한 이야기일지도 모르겠지만, 성공이라는 것에는 노력도 중요하지만 플러스알파, 즉 타이밍이라는 요소가 상당히 중요하다. 하지만 타이밍이라는 것도 분명히 본인이 그것을 잡아챌 수 있는 역량을 가졌을 때나 찾아오는 것이다.

그러니까 본인의 역량 계발을 위해 부지런히 노력해야 한다. 이렇게 말하는 나도 물론 마찬가지일 것이고.

오늘날 네이버라는 거대 포털사이트가 이북(E-Book) 시장에 들어오면서 엄청나게 많은 것들이 변한 게 사실이다. 그 전에도 분명 이북이라는 시장이 있긴 했지만, 지금의 네이버처럼 확실하고 거대한 흐름을 만들어내지는 못했으니까.

아무튼 네이버가 이북 시장에 들어옴으로써 거대한 변화가 생겼고, 다행히 나에게도 그 거대한 흐름을 좇을 기회가 찾아와주었다. 나는 물론 기회를 잡기 위해 많은 노력을 했다. 그 결과, 지금 웹소설을 연재하며 변화한 시대에 맞춰 여전히 '노력'하며 소설을 쓰고 있다(노력이라는 말은 백번을 말해도 계속 말하게 되는 묘한 마력이 있는 것 같다).

스마트폰이라는 기기가 등장하면서 사실상 종이책 시대가 끝났다고들 말한다. 분명 틀린 말은 아닌 게 확실히 종이책은 판매율이 많이 떨어졌으니까. 다만 명심해야 할 것은 시대가 변해서 읽고 접하는 것에 차이가 있을 뿐, 여전히 '책'을 읽는 사람들은 많다는 것이다. 종이'책'이 아니라 전자'책'이라는 형태로 옮겨왔을 뿐이지만 말이다.

이 글을 쓰는 동안 나 나름대로 굉장히 뜻깊은 시간을 가질 수 있었다. 스스로의 글쓰기 방법을 나름 객관적으로 돌아볼 수 있었고, 머릿속에만 있던 것들을 이렇게 문자로 풀어내면서 여러 가지 사실들이 한층 새롭게 다가왔다.

그러나 막상 다 쓰고 나서 죽 읽어보니 이런 생각이 들었다. 내가 지금껏 설명했던 웹소설 쓰기 방법이나 조언이 어떤 사람들에게는 잔재주 혹은 편법에 가까운 것으로 여겨질지도 모르겠다는 생각 말이다.

그렇다 해도 분명하게 말할 수 있는 건, 내가 얘기했던 방법을 자신만의 것으로 잘 녹여서 사용할 수 있다면 그 사람에게는 정말 값진 자산이 될 거라는 점이다.

사람 마음이라는 게 참으로 간사한 것이 맨 처음 원고 청탁을 받았을 때는 내 앞가림을 하느라 바빴는데, 작업을 완료한 지금에 와서는 함께 작업한 다른 작가들에게 폐를 끼치지 않을지 걱정이 앞선다. 아마 여러 명이 함께 작업한 프로젝트가 처음이라서 생기는 염려 같다.

그리고 한 가지 더 덧붙이고 싶은 건, 사실 이 글을 쓰면서 아쉬운 점이 많았다. 내가 하고 싶었던 말은 단순한 웹소설 쓰기 방법이 아니라 무협에 대한 깊은 이야기였는데 여건상 그게 잘 안 됐다.

그동안 써왔던 무협이라는 장르에 대해서, 그 세계관이나 재미적인 요소들에 대해서 조금 더 세세하게 풀어서 쓰고 싶었는데 수박 겉핥기로 끝난 게 아닌가 하는 아쉬움이 남는다. 만약 무협에 대해 더 궁금한 점이 있다면 내 네이버 블로그로 찾아오시거나 쪽지로 물어봐주시기를.

상담은 언제든 환영이다.

도전! 웹소설 쓰기

1판 1쇄 2016년 1월 15일
1판 5쇄 2018년 5월 30일

지은이 박수정(방울마마), 유오디아, 용감한 자매, 이재익, 청빙 최영진, 이대성
펴낸이 윤혜준
편집장 구본근
디자인 정은경디자인

펴낸곳 도서출판 폭스코너
출판등록 제2015-000059호(2015년 3월 11일)
주소 서울시 마포구 월드컵북로 400 문화콘텐츠센터 5층 15호(우03925)
전화번호 02-3291-3397
팩스 02-3291-3338
이메일 foxcorner15@naver.com
페이스북 www.facebook.com/foxcorner15

종이 · 광명지업(주) 인쇄 · 수이북스 제본 · 국일문화사

ISBN 979-11-955235-4-2 03800

* 이 도서의 국립중앙도서관 출판예정도서목록(CIP)은 서지정보유통지원시스템 홈페이지(http://seoji.nl.go.kr)와 국가자료공동목록시스템(http://www.nl.go.kr/kolisnet)에서 이용하실 수 있습니다.(CIP제어번호 : CIP2015035315)